犬身

上

松浦理英子

朝日文庫

本書は、株式会社パブリッシングリンクが提供する電子書籍配信サービス"Timebook Town"上に二〇〇四年四月から二〇〇七年六月まで連載され、二〇〇七年十月、朝日新聞社より刊行された単行本を上・下に分冊したものです。

犬身〈上〉●目次

犬身〈下〉●目次

犬身《kensin》 上

第一章

k e n s y o

犬憧

遠くで犬の啼《な》き声がした。遠くといっても、今窓辺に行って待てばほどなく窓から見える風景のどこかを犬の姿がよぎるかも知れない、と期待できるくらいの距離で、啼き声が耳に入った瞬間パソコンのキーボードを打つ手をぴたりと止めた八束房恵《やつづかふさえ》は、立ち上がって五歩で窓辺に寄り十センチほどあいていた窓をさらに大きくあけると、外に身を乗り出した。

啼き声の主はこちらには向かわず遠ざかる方角に進んだらしい。しばらく佇《たたず》んでいても、マンションの二階から見下ろす住宅街に犬は現われず、人影もまばらな通りは眠たげに静まっているだけだった。房恵は眼を上げてずっと先の犬啼山《いぬなきやま》を眺めた。見馴れた小高い山は、九月の終わりの今はまだ青くこんもりとしている。振り返ると、パソコン二台、会議用テーブルと作業机を兼ねた広い机一脚、本棚二本の置かれた六畳ほどの仕事場が薄暗く垢じみた獣舎のように見える。席に戻り、再びパソコンに向かって文章を打ち込み始める。

——私が生まれた愛媛県は犬のかたちをしています。小学校の郷土についての授業でそう教わり、地図で確かめたらほんとうに犬が走っている恰好にそっくりで、尻尾まで生えているのに驚きました。そうです、実は私はこの地方の出身ではないのです。それが、本誌編集長の誘いでここ狗児市《くじし》にやって来て『犬の眼』という名前のタウン誌を作っているのも、何かの因縁でしょうか。今ふと思ったのですが、「因縁」の「因」という字、クニガマエの中を「大」じゃなくて「犬」にしたら、この文章にぴったりですね。(Y)——

『犬の眼』巻末の編集後記の文章だった。署名込みで二百三十五字と確認すると、房恵はパソコンを操《あやつ》って、書き上げた文章をレイアウト・ソフトで作成した原稿画面の中の編集後記欄に移す——専門用語で「流し込む」という作業を行なった。デスクトップ・パブリッシングのことなどほんの三年前までは何も知らなかったのに、今では一通りのことがこなせるようになっている。房恵はついでに編集長の久喜洋一《くきよういち》が先に流し込んでいた編集後記を読んだ。

——『犬の眼』十一月号をお届けします。ビールのうまい季節も過ぎましたね。と言いながら、私も含めて大半の日本の酒飲みは、結局一年中何かにつけビールを飲んでいるわけですが。そういえば、昔は一日の終わりに五百㎖の缶ビールを一本飲むと、すごく贅沢な気がしたものでした。今じゃ昼間は水代わりにガブガブ飲み続けていて、ありがたみもなくなったような……。夜は飲んでないですよ、夜は。日が暮れると別の酒を飲むのです。さて今夜はどこに飲みに行こうかな。そうだ、『犬の眼』を見てみよう（笑）。（K）――

それは編集後記の文章なんてそうしゃれたものはなかなかないだろうけれど、と房恵は思った。わたしの書いた文と久喜が書いた文に、大して出来の差はないんだろうけれど。久喜の文章を読んだ後のこの寒々しさをいったいどうすればいいんだろう？　特に末尾の「そうだ、『犬の眼』を見てみよう（笑）」がいやだ。笑いを誘ってるつもりらしいけれど、今どきこんなギャグにくすりとでも笑ってくれるのは、せいぜい小学校二年生までの子供だけのはず。もう半年くらい書き出しはいつも「『犬の眼』何月号をお届けします」だし、その定型を生かす趣向でもあるのかといったら何にもないし、内容は酒とか競馬とかインターネット・オークションとかの個人的な趣味の話ばかりだし、それも途中で書くのに飽きて、最後の三分の一くらいは露骨に残り字数を埋めてるだけだし、こういう書き方を「弛緩《しかん》している」っていうんじゃないの？

房恵は片足で床を蹴ってキャスターつきの椅子を右手の本棚の前に滑らせ、『犬の眼』のバック・ナンバーをおさめた棚から創刊号を取り出して、裏表紙をめくった。

――私が東京での生活を切り上げて生まれ故郷の狗児にUターンした時、開発が進んでかつてとは様変わりした街から、通いたいバー、デートに利用したいレストラン、おいしいラーメン屋等々を探し出すのが、楽しみでもあり苦労でもありました。その経験が、県西部の街案内をするメディアを作ろうという発想を生み、本誌『犬の眼』創刊に結びつきました。「犬の眼」とは探索する眼という意味です。ほんものの犬は視覚よりも嗅覚でものを認識するようですが、細かいことはさておき、これより狗児市・御手《お て》市・穴掘《あなほり》市を中心とする県西部の街の探索行に皆さんとともに出発したいと思います。どうぞよろしくお願いいたします。(K)――

すごく面白いというわけじゃないけど標準的な文章、この頃の久喜にはさすがに意気込みもあれば心地いい緊張感もあった、と改めて感じた房恵が溜息をついていると、ドアが開いて、Tシャツにハーフ・パンツの久喜が缶ビールを片手に入って来た。

少し前に「シャワー浴びて来る」とバス・ルームに消えた久喜は、暖気というか蒸気というか湿気というか、むっとする生温かい空気を体にまとわりつかせていた。その体を作業机の椅子にどさりと投げ出すと、暑いのかTシャツの裾を鳩尾《みぞおち》あたりまでめくってふくれた腹を出し、寛いだ表情で缶ビールのプル・タブを起こす。久喜の腹など見たくもないので眼を逸《そ》らすと、房恵はまた椅子を滑らせてパソコンの前に戻り、校正でもしようと決めて流し込みずみの全ページをプリント・アウトする操作をした。今月号も久喜と房恵の担当ページの配分は、久喜が全体の三分の一、房恵が三分の二。三年雑誌をやる間に腹が出て怠け癖がついた久喜は、積極的に仕事をしようとしないで房恵にまかせられるところはまかせきりにするのだった。

「風呂入っちゃった」久喜の暢気《のんき》な声がした。「シャワーだけにしようと思ったんだけど」

房恵は久喜をちらりと見たが、大学時代に始まってもう十年以上ものつき合いになる久喜とは、いちいち律義に返事をしないと機嫌が悪くなるような水臭い間柄ではないので、黙ったまま頭を元に戻した。「昼間から風呂？」「勤務時間中に風呂？」などというやんわりとした非難を、以前はよく口にしたものだけれども今さら言う気にはなれなかった。

久喜は鋏を持ち、ビールを口に運ぶ合間に手の爪を切り始めた。房恵は見て見ぬふりをして、プリンターから排出されて来た分から原稿を読み直す。ぱちんという音が響いて、飛んで来た爪の小片が読んでいる原稿にぶつかった。それも気にしないことにして読み続けた。少したつと作業机の椅子の軋《きし》む音がし始めたので、きっと机に足を載せて足の爪を切ってるんだろうと見当をつけて眼をやると、案の定そうしていた。房恵の方は黙々と原稿を読んだ。

また少しあって、久喜が呼びかけた。

「あのさ。臍《へそ》のゴマってどうやったら取れる？　臍の襞《ひだ》にこびりついたようなやつ」

久喜は俯《うつむ》いて、盛り上がった腹の頂点にある臍を両手で広げて覗き込んでいた。房恵は邪慳《じゃけん》に答えた。

「綿棒にオイルつけて拭き取るの」

「どんなオイル？」

「キッチンにオリーブ・オイルがあるじゃない」

「あれでいいのか」立ち上がってキッチンに行こうとした久喜だが、途中で足を止めた。

「綿棒がないや」

「タオルでもティッシュでも使えばいいでしょ」

そんなこともわからないのかと呆れたが、のっそりとした動きでキッチンに向かう久喜を見送ってから、いや、昔の久喜は決してあんなふうじゃなかった、何でもすぐ人に訊いたりしないで自分で知恵を絞ったし、発想力も応用力もあったし、いつもきびきびと喋り行動してた、それに頬がこけるほど痩せてた、いったいどうして今みたいにやる気のない動作ののろい小太りの男になっちゃったんだろう、まだ三十一なのに、と思いをめぐらせた。

オリーブ・オイルのボトルを片手に、首にはタオルを巻いて、どことなく浮き浮きした様子で久喜は帰って来た。腰を下ろすと、左手の指に巻きつけたタオルにオリーブ・オイルを垂らし、「おれ気がついたんだけどさ。太ると臍が深くなるね」などと言いながら、指に巻きつけたタオルを臍に差し込んだ。房恵は思いついて「切腹すれば？」と声をかけた。「何でだよ？」と俯いて二重顎になった久喜のくぐもった声が返って来た。

「うわあ」今度は叫び声がした。「奥の方に塊があるぞ」

「塊？」房恵は興味を惹《ひ》かれて立ち上がった。「どんなの？」

久喜は房恵が近づくのを待って、腹を突き出して見せた。房恵が覗き込んで「逆光で見えない」と言うと、久喜は椅子をつかんで半回転し窓を向いた。自分の影で暗くなることのない角度を見つけ、房恵は久喜が開いて見せる臍を見下ろした。

なるほど久喜の臍は腹にたっぷりついた脂肪のせいで深くて暗い。オリーブ・オイルで濡れて光る臍の入口あたりはさっぱりしているが、久喜のことば通り、奥に赤褐色の小石のような臍のゴマの塊がどっしりと鎮座している。久喜が両手で開いている臍を右から左から検分すると、臍の奥行きからして見えている部分は氷山の一角で、塊の根はさらに深い所にあるのがわかった。

「どうしてこんなになるまでほっといたの？」

「風呂で臍も洗ってるつもりだったんだけどなあ」

「時々は綿棒使って奥まで掃除しなきゃ。で、どうするの、これ？」

「取るさ」

久喜は太い人差指の先を臍に差し入れたが、びっくりしたように途中で動きを止めた。

「臍の膜に貼りついてるみたいだ。動かすと膜が引っぱられて痛いよ」

「ほんと？」

どうしようもなく好奇心に駆られた房恵は久喜のかたわらに膝をつき、久喜よりも細くて爪の長い親指と人差指の先を眼の前の臍に差し込んだ。指先に触れた塊をピンセットのように挟んで引っぱると塊は揺らいだが、久喜が「う」と呻いて房恵の手を押し止めた。

「無理はやめてくれよ。膜がびりっと行きそうだ。臍ってへたにいじると腹膜炎起こすんだろ？」

「臆病者」

膝をついたまま見上げると、久喜は困ったように房恵を見返したが、その表情がふっと、困惑よりはもう少し温かく親しみ深いものに変化した。房恵にはその表情の表わしているものが不快ではなかったけれども、何を表わしているのかすぐにはわからなかった。それよりも久喜の臍から立ち昇って来た臍のゴマの臭気に気を取られた。

一週間に一度は丁寧に手入れをする房恵の臍につくゴマは、わずかな量でしかも新鮮なので香ばしいとさえ言っていい。房恵はよけいな匂いがつかないようにオイルも何もつけないで、爪楊枝で掻き取って嗅《か》いでうっとりすることがある。そして、今の久喜の臍のゴマの煮詰めたような臭気の中にも、間違いなく適度の量、適当な鮮度の臍のゴマの香ばしい匂いが含まれている。一瞬鼻を突くけれど、匂いの核の部分にあるかぐわしさを嗅ぎ落としさえしなければ決して悪いばかりの匂いではなかった。

そういえば、日本では概して嫌われる腋臭《わきが》も、知らない人や嫌いな人のものは不快きわまりないけれども、久喜の腋から流れ出す匂いはいやではなかった、むしろ金木犀《きんもくせい》の香りに似ていて好ましかった、久喜の外見も細くて堅くてみずみずしい樹木みたいだった、とも房恵は思い出す。久喜本人は長い間気がついていなかった腋臭を、房恵は学生時代暑い季節になると楽しんだものなのに、久喜が卒業して出版社に就職するとデオドラントということを教えないわけには行かなかった。世の中房恵のように久喜の腋臭が好きだという人ばかりではないのだから、教えるのが親しい者のつとめだと考えたのだ。

風呂に入ったばかりの久喜の腋は、ちゃんとデオドラント処理して来たのかどうかは知らないが、とりあえず今は匂わない。臍のゴマ以外にかすかに漂うのは、無香料・無着色の石鹼の匂いと、マンションの狭くて換気の悪い浴室のすえたような水蒸気の匂いで、そんな魅力のない匂いを嗅ぐと久しく嗅いでいない久喜のかぐわしい腋臭が懐かしくなるのだけれども、いちばん最近嗅いだ久喜の腋臭はといえば、校了中の深夜だったせいでもあるのか、元気のない濁った感じのもので、二十代前半の頃の華やいだ若々しい匂いではなかった。

いろんなことが変わって行く。房恵にしても、腋臭はないけれども三十歳になって汗が何というか、籠もったような沈んだような地味な匂いに変わった。そのせいか、近頃は全身の毛穴から元気が噴き出していたかのような二十歳の頃ほどには、犬に好かれないような気がする。昔はスーパーマーケットの店先に繫がれて飼主を待っている犬をちょっとかまうと、犬はすぐになつき、房恵の匂いを嗅ぎながらだんだん昂奮して来てはしゃぎじゃれつき始めたものだった。今はそこまでのことはない。

久喜ともいっときほどの深いつき合いはなくなった。学生時代は毎日のように会い、電話をかけ合い、連れ立って映画やコンサートに出かけ、さまざまな事柄を話し合った。

最も仲のいい女友達以上に久喜とは長い時間を過ごした。旅行にまで一緒に行った。決して恋人同士ではなく、まわりのみんなも久喜と房恵のことはきょうだいのようなものと見なしていたし、実際房恵は久喜に恋心など抱いたことはないが、あまりにもべったりくっついていたので、暇な時にふと実験でもするように体を組み合わせたことはある。一度や二度ではない。それで房恵は久喜の匂いに親しんだ。

どうしてわたしはいまだに久喜といるんだろう、と訝《いぶか》しみながら、房恵は自分を見下ろす久喜の顔を眺めていた。はっきりいってとっくに飽きてるのに。四年前に「田舎に帰る」という連絡を受け、たぶんこれでもう久喜とのつき合いもなくなるだろうと思っていたら、半年くらいたって「おれのつくった会社で働いてくれ」という要請があった。応じて狗児市に来た当初は、『犬の眼』の取材も兼ねて連日連夜ともに遊び歩いた。それから三年、この頃はもう仕事場でしか会わない。誘い合って飲みに出ることもない。

「このでかいゴマ、どうしたらいいかなあ？」久喜が呟いた。

「そうね、むしり取るのがいやなんだったら……」

思案する房恵の髪に久喜の手が触れた。変に甘い声が続いた。

「舐《な》めて取って」

「何？」房恵は久喜の手を払いのけた。「何て言った、今？」

「冗談だよ」久喜は椅子の上で体を引いた。「ちょっと昔のことを思い出しただけだよ」

「わたしがいつ、あなたの臍のゴマを舐めた？」

「ゴマはともかく、臍は舐めたじゃないか」

「舐めてないよ」

「いや、舐めたぞ。母犬が仔犬にするみたいに。おれは忘れてない」

久喜が大まじめなので、房恵も真剣に記憶を探ってみた。正直なところ、全く憶《おぼ》えがないのだけれども、久喜はこの手のいい気な記憶違いはしない男なので、実際房恵が忘れているのかも知れなかった。しかし、そうであっても今久喜の臍を舐める気にはなれない。房恵は立ち上がった。

「あのね、昔のことは昔のこと。今はあなたの体のどこも舐めるつもりはないから。心得ておいてね。それから」一息入れてから語気を強めて言う。「わたしはあなたに対して母犬みたいな気持ちを抱いたことなんかないからね。あなたにはちっとも犬っぽいところはないし」

「わかったよ。犬はあんただけだ」

久喜はめくり上げていたTシャツの裾を元に戻し、頭の後ろで腕を組んで眼を閉じた。

「わかったからって寝ないでよ。仕事してよ」

房恵は思わず大きな声を出した。久喜は眼を閉じたままうるさそうに眉間《みけん》に皺を寄せ、のびをするように上体を反らした。房恵はＤＴＰ用のパソコンの所に行って、さっき分けておいた久喜担当のページの原稿をつかみ、眼元をこすっている久喜の前にばさりと置いた。

「明日中には印刷所に入れるから。ちゃんと校正しといて」それから自分の担当分の原稿を取り上げ、宣言した。「わたしは今日は早退する。うちで校正する」

「待って」久喜が呼び止めた。「帰る前に粉瘤《ふんりゅう》、絞ってくれないか」

昨今ほとんどの時をぼんやりした風情で過ごしている久喜だけれども、時々何かのはずみで、妙に切実な、見る者を立ち去りがたくさせる表情を浮かべる。

「まだ切ってもらってないの？」

房恵はいったん原稿を机に置き直し、久喜の後ろに回った。久喜の首の左側のＴシャツの襟首がかかるかかからないかというあたりに、分泌物が詰まって小さく盛り上がった部分がある。一年ほど前に突然出現した直径一センチばかりのその隆起は、中のねっとりした分泌物を指で押し出すと平たくなるが、しばらくするとまただんだん中味が溜まって大きくなる。調べてみるとそういうできものは「粉瘤」とか「アテローム」といって、病院できちんと処置できれば完治するけれども、単に絞っているだけではいつまでも再発を繰り返しがちらしい。見れば、久喜の粉瘤は絞るのに頃合いの大きさに育っていた。

「病院行くのなんて面倒じゃないか」久喜が言った。

房恵の久喜に対する唯一の無償のサービスが、粉瘤を絞ってやることだった。久喜が初めて限界まで分泌物を溜め破裂寸前にふくらんだ粉瘤を指で破った時、手伝って毛穴の奥に残った中味をすっかり押し出してやって以来、そのサービスが習慣になった。粉瘤の中味には濃厚な脂臭さがあって、少量でもかなり匂う。何に似た匂いかというと、房恵の知る限り、動物園に立ち籠めている匂い、体を洗っていない動物の匂いにいちばん近い。その匂いも嫌いではなかったし中味を絞り出すことが面白いので、久喜に頼まれるたびに房恵はつい引き受けてしまうのだった。

これまでに何度も絞られた粉瘤は、中味の出口になる中央の毛穴が開ききってへこみ、クレーター状になっている。房恵はティッシュ・ペーパーを右手に持ち、隆起の縁に左右の人差指を添わせ、中味がいちばん詰まっていそうなポイントを探ると、ここだと思うあたりを両側から挟んで一気に押した。ぶつん、と堰《せき》の切れる音と手応えがあって、白くてやわらかいクリームのような分泌物が噴き出し盛り上がり、おなじみの匂いが鼻を打った。排出された分泌物は、空気に触れると見る見るうちに酸化して黒ずんで行く。

その劇的な変色を見るのも好きだった。

もう一度絞って出せるだけの分量を出しきると、房恵は排出物を拭き取ったティッシュを久喜に渡した。うなずいて受け取った久喜は、自分の体から出た物をしげしげと見た。「ありがとう」と礼を言った後、久喜もやっぱりティッシュを鼻に近づけて匂いを嗅ぐのだった。それで一区切りついたという気持ちになり、原稿をバッグに押し込んで房恵は仕事場を出た。


まっすぐに続く土手の上を房恵は軽快にペダルを漕いで走った。自転車は主婦が買物に使うような平凡なシティ・サイクルで、特に恰好のいい物でもなければスピードを出すのにふさわしいつくりにもなっていなかったが、毎日の通勤や気晴らしに乗り回すのには不足はなく、今日のように気が向いた時は、お気に入りの走行コース、犬洗川《いぬあらいがわ》沿いの土手を走るのを、房恵は日々の数少ない楽しみの一つにしていた。

自転車で土手を走る時、房恵の頭には自分が中型の犬になって元気よく駆けるイメージが思い浮かぶ。それも、猟犬や軍用犬のような人為的に品種改良されたスマートな犬が疾駆《しっく》する立派過ぎる絵柄ではなく、犬の原種の姿形をとどめた柴犬ふうの雑種犬が懸命にではなく自分に心地いいスピードで走っているさまが、心になじむのだった。毛は茶色で、背筋に沿って黒い毛が少し混じって、尻尾はくるりと巻いていて、と犬のイメージは細かい所まではっきりしていた。

　走っているうちにほんとうに犬になれればいいのに、といつも思う。そうでなければ、自分はほんとうは犬なのにたまたま人間に生まれてしまったのではないかと思う。どちらの思いも房恵を軽く昂奮させる。おかげで房恵は今日も、臍にゴマを溜めた働かない久喜のことや明日中に校正しなければならない原稿のことをしばし忘れた。

　房恵はこの世で犬ほど好きなものはなかった。もっともらしい理由はない。犬は可愛い、犬は優しい、犬は清い、と感じる資質が生まれつき自分に備わっているのだとしか思えない。飼った経験はといえば、幼稚園の頃家の庭に迷い込んで来た白黒模様の雑種犬を、小学校三年の時に亡くすまで養ったことがあるだけだけれども、犬を可愛い、優しい、清いと感じる気持ちはその後もずっと衰えず、今に至るまで道端で犬に出会うたびに、よほど怖そうな犬でなければどんな犬でも、甘やかな気持ちで見入らずにはいられない。甘やかな気持ちというのは別のことばでいえば、憧れだろうか、慕わしさだろうか。撫《な》でたい、手触りを感じたい、なついてほしい、ひととき戯れたいという欲求も交じってはいるけれども、そうした欲求が満たされなくても、犬を見ただけである喜び、ある満足を覚える。

それほど魅力的な犬というものに自分もなりたいと願うのは、房恵にとってはごく自然な心の動きだったから、小学校二年生の時学級文集用に「わたしは犬です」という題名の作文を書いたりもしたのだけれども、クラスの口の悪い男子の何人かに「じゃあ首輪をつけろ」とか「おすわり、お手をしろ」というような野卑なことばを浴びせられて、どうも自分の願いはあまり人に共感してもらえないようだと悟り、それからはめったに犬になりたい、犬でありたいという願いを人には漏らさなくなった。

漏らさないかわりに胸に宿した願いを房恵は熟成させた。小学校時代は「自分は犬のはずなのに、どうして人間の姿で生きているのか」とか「犬の姿になる時はどんなふうにしてなるのか」といった問題に対する答を、毎晩蒲団の中で熱心に考えた。

人間の姿になったのは、きっと犬だった時に悪いことをしたからだ。犬がどんな悪いことをするだろう？　犬の仲間に対しての悪いことに違いない。熊とか猪とか野犬狩りの人間とかの外敵が群れに迫っている時、分別のつかない仔犬が不用意に飛び出して自分だけではなく自分を守ろうとした母犬や、その他何匹かの犬を死に至らしめる、というふうな。ああ、確かにこれはひどい、悪いことだ。罰として人間に変えられてもしかたがない。

で、元は犬だった人間には、体のどこかに犬の頭の形をしたできものがあって、それは人面瘡《じんめんそう》ならぬ犬《けん》面瘡と呼ばれているのだけれど、人間として悲しい思いをするたびに犬面瘡は成長して、だんだん頭以外の部分、背中やら尻尾やらも盛り上がり形成されて行く。それにつれて人間の体は吸収されて小さくなって行って、最後の方は、人間の部分の体積と犬の部分の体積が逆転して、人面瘡のある犬が四本足で歩き回るようになる。その人面瘡を嫌った人間が棒でひっぱたくと、それは裂けて血しぶきとなって飛び散り、犬はどこにも人間の部分がなくなって、完全な犬に戻りいずこへともなく走り去る。

来る日も来る日も空想に遊び続けていると、だんだんお話作りが趣味になって来て、まだ滝沢馬琴の「南総里見八犬伝」も「犬婿入り」の民話も犬祖伝説も知らないうちから、「犬が人間になる話」「人間が犬になる話」を幾種類も小学生の房恵は編み出した。

たとえば、物心ついた頃から不運が続き、独りぼっちで野良犬たちしか親しむ相手もいない男が、人生最大の不運な行きがかりから人を殺《あや》めて逃亡、追手に斬りつけられ瀕《ひん》死《し》の状態でようやく森に辿《たど》り着き、倒れ込んだところへ犬の群れが現われて、男を取り囲んでぺろぺろと舐めまわす、舐めまわされるうちに、男の姿は少しずつ犬に変わって行き、やがては群れの中の一頭として森の奥へ消えて行く、という話。

また、人間の女に恋した犬が人間の男に化けて目当ての女に近づくのだけれども、人間の作法を知らない犬男は無器用に女につきまとうだけなので、女を怯《おび》えさせてしまい変質者扱いされて、女を守ろうとする人間に撃ち殺されてしまう、血を流して横たわった男は本来の犬の姿に戻る、それを見た女は生来《せいらい》動物好きだったので「犬のままでよかったのに」といまわの際《きわ》の犬に語りかけ、血まみれの体に腕をまわす、犬はかすかに尻尾を振るとこときれる、という話。これは六年生の時に夏休みの宿題の作文として書いて提出したら、秋田犬を飼っている担任の女性教師が「泣いた」と言ってくれた。

お話作りはさすがに中学に進むと部活動や人づき合いに取り紛《まぎ》れてだんだんやらなくなったが、現実での犬との触れ合いは飼犬が死んでからも絶やさず、近所で飼われている犬を飼主に断わって散歩に連れ出したり、友人の家の犬と遊んだり、スーパーマーケットの前などで飼主を待つ犬にまめに愛想を振り撒《ま》いたりと、ささやかではあっても交流経験を積み重ねたので、それなりに犬を見る眼を養えたし、犬とのつき合いの技術も磨けた、自分なりの犬観も自然とできて行った、と思う。学問的な知識はあまりないけれど、犬を飼った期間が短いわりには犬とのなじみがある方ではないかと自負してもいる。

大学の卒業旅行で久喜と一緒にインドに行った時こそ極楽で、牛や山羊が放し飼いにされているることが知られているインドの町には野良犬も多く、自分から人なつっこく寄って来るのもいるし、人間を見ようとしないでじっと蹲《うずくま》っているのでも、たいていは舌を鳴らして呼ぶと近づいて来て撫でられるままになるので、久喜が「汚ないからやめろよ」「嚙まれても助けないぞ」と言うのも聞かず、房恵は毎日夢中で犬との親睦に励んだ。それで何度か久喜と喧嘩をした。

「ガイドブックに書いてあるぞ、インドでは狂犬病が根絶されていないから、野良犬に近づくなって」

「そんな公式的な注意を鵜《う》呑《の》みにしちゃだめよ。嚙まれなきゃ狂犬病にならないでしょ。わたしは嚙まれないように注意してるわよ。よく見てて。わたしは自分から犬には近づかない。呼ぶと嬉しそうな顔をして寄って来る嚙みそうにない犬としか遊んでないから」

「真菌とかエキノコックスとか、犬からうつる病気はどうするんだよ?」

「それは……防げないね」

「真菌なんて、おまえにうつったらおれにもうつる可能性があるんだぞ」

「そんなことが怖いんだったら、わたしには指一本触れないでよ」

「犬馬鹿め。おまえの脳味噌はたぶん半分くらい犬でできてるな」

埃っぽいゲストハウスの部屋で久喜が吐き捨てたそのことばが、房恵の心を揺さぶった。大学在学中女子学生たちに「けっこうきれいな顔立ちをしてるのに、いつも剽軽《ひょうきん》な顔つきでいるからあんまりハンサムに見えない」と囁かれていた久喜の顔が、インドに入って以来あちこちで眼にするヴィシュヌやシヴァやクリシュナらインドの神々の絵姿のように美しく見えた一瞬でもあった。

「ああ、そうだったんだ」思わず呟いた。

「何が？」腹立ちの治まらない口調で久喜は尋ねた。

「ずっと変だと思ってたの。でも、今腑《ふ》に落ちた。わたしは体は人間だけど、魂の半分くらいは犬なのよ」

「何言ってんだ。おまえはほんとに……」

久喜は顔をしかめたのだけれど、久喜に対する感謝の気持ちでいっぱいだった房恵は、いつかしら「犬化《いぬか》願望」と名づけた自分の願いを、小学校二年生の時以来約十四年ぶりに人に打ち明けたのだった。

「性同一性障害ってあるじゃない？『障害』っていうか、体の示す性別と心の性別が一致していないっていうセクシュアリティね。それと似てるのかな、わたしは種同一性障害なんだと思う」

「日本に帰ったら精神科の病院に行けよ。医者は新しい病気を学会に報告するチャンスができて喜ぶだろうな」

すんなり納得するはずもなく、久喜はそう嘲った。

房恵にしても、自分で思いついた病気だし、笑いを誘う話の種として楽しもうとする気持ちもないではなかったのだけれど、体は人間、魂は犬という「種同一性障害」の概念は房恵の特性を理由づけるのにあまりにも便利だった。犬への愛情と犬化願望だけではなく、人間の誰にも、男にも女にも、恋愛感情や性的欲求を抱かない理由まで説き明かせるのだから。おかげで自分でも自分の特性に納得が行き、居場所がはっきりしたという気がして、安心感を得たばかりではなく、感激に涙ぐみそうにもなったのだった。

種同一性障害という病気を、百パーセント信じてはいないけれどいくらかは信じている、ないしは信じたいと願っている。馬鹿みたいだと感じるけれど、自分でも笑ってしまうけれど、この思いつきは手放せない。房恵の心境はそういうものだった。以来、人間との性行為にはますます冷淡になった。房恵を口説《くど》きにかかる人間がいると、わたしとのセックスは獣姦なのに、わたしが人間の姿をしているばっかりにわからないんだ、と相手が気の毒にもなれば、そんな気持ちになる自分が滑稽で吹き出しそうにもなるのだった。

「種同一性障害って言ったたって、じゃあ、おまえ犬とセックスできるのか?」久喜は何箇月かの間、まっとうに追及した。「できないだろう？　でっち上げだろう、そんな病気？」

「いや、体の種と魂の種が違っているから、犬と人間と、どっちの種に対しても性的に不能なんじゃないのかな」

「よし、そこまで言うんなら一生言い続けるんだぞ、種同一性障害とやらだって。後になって『やっぱり違ってた』なんて言ったら怒るからな」

一生言い続けられるかどうか断言はできないけれども、あのインド旅行から八年、三十歳になっても房恵の自己認識は変わらず、年を経《へ》れば経るほど、自分が人間には「馴れ親しんだ感じ」以上の好意を持てなくて、犬に対しての方が情熱的になる、という確信が深まって行く。ただ、種同一性障害という病気を思いついた当初の喜びはとっくに薄れ、今では、じゃあ種同一性障害のわたしはいったいどうしたら満足の行く生き方ができるんだろう、と考えては、何も思い浮かばず気落ちするようになっている。

性同一性障害であればさしあたっては性転換手術が目標になるのだろう。けれど、種転換手術は技術的に不可能だし、かりに犬になれたとしても、室内飼いでまともな食事を与えてくれ散歩にもきちんと連れて行ってくれる立派な飼主に恵まれればいいけれど、ろくでもない人間に飼われて虐待されたりいばられたり繋ぎっ放しで放置されてはつまらない。野良犬として気ままに生きようにも、日本にいてはすぐに保健所に捕えられ殺処分されるのが落ちで、幸せになれるとは思えない。

実現可能な希望としては、将来犬と一緒に暮らしたいというものがあるにはあるけれど、それで犬になりたいという願いが叶《かな》うわけではないから、本質的な解決にはならない。でも、このままだらだらと人間として過ごして行くのなら、形の上では普通の人間と同じように、人間の男とつがいになって一家をかまえ、家庭に犬を招き入れて暮らすのが望める範囲でのいちばんの幸せ、ということになるだろう。

それも決して悪くない。悪くはないけれど、そんな幸福しか望めないのがわびしい。人間として生きているわたしの人生はとてもわびしい、と房恵は思い、いや、もしかすると、犬が好きで犬になりたいというような特性がなかったとしても、わたしの人生はわびしくつまらないものかも知れない、と思い直す。ことに今は生活に全く活気がない。仕事は覇気《はき》をなくした久喜が指揮するものだから、知恵の絞りがいのないルーティン・ワークになり下がっているし、私生活で打ち込める趣味もなければ、友達らしい友達も久喜一人しかいない。

かつてはもう少しましだった。学生時代は学生仲間の陽気な群れの中で過ごしていたし、東京で会社員をしていた頃も、心から打ち解けられるかどうかは別として、職場に行けば常にまわりに何人もの人がいてそれなりの刺戟を与えてくれた。どうも自分は人の多いにぎやかな所が好き、というか、群れの中の一員でいることが好きらしい、一対一の濃密な人間関係はなくても平気だけれど、と気がついたのは、久喜以外に知り合いのいない狗児市にやって来て二年もたとうという頃だった。

もう三十歳だし、このへんで生活の改善を図りたかった。いい案もないけれど、せめて仕事は変えて、久喜とも少し距離を置きたい。この土地の温暖な気候や「犬」のつく地名がなぜだかとても多いところは気に入っているけれど、人口十数万の田舎で求人もそうふんだんにはないから、どこかよそに移ることになるだろう。また東京に出るか、さもなければ郷里の愛媛に戻るか。郷里の両親はもうこの世にはいないけれど、少しは親戚もいるし、高校までの旧友にも会えるから、狗児にいるよりは心安らぐだろう。

仕事を変えることまで考え始めたのはつい最近のことで、久喜に対してはまだ匂わせてもいない。単なる腐れ縁の関係とはいえ、房恵が離れて行こうとすると久喜はやっぱり動揺を示すだろう。久喜のはっとした表情を見るのがいやで簡単に退職をほのめかせない程度には房恵は気が小さく、それゆえにまだ犬の眼社で足踏みを続けている。

人間は面倒臭い。犬になりたい。房恵は生きて来た三十年間で何百回と唱えた文句をまた唱え、自転車のペダルを踏む足に力を入れた。犬洗川沿いの土手は、夕刻の犬の散歩でにぎわう時間帯、房恵が森林浴ならぬ犬浴《いぬよく》の時間と呼ぶ時間帯になっていた。下校中の学生や買物に出た主婦、河川敷《かせんじき》でフットサルや野球や釣りをする者たちも行き来するのだけれど、もちろん人間浴などと呼びたくなるような喜ばしさは生まれない。

正面からマスティフ系の、鼻面《はなづら》がやや短くて太い犬が歩いて来た。このタイプの犬の気性が顔つきのいかめしさに見合って荒いのかどうか房恵は知らないけれども、案外優しそうだと思いながら見ていると犬の方も惹かれたように房恵を見る。犬のその表情が房恵を「仲間のように見えるけど、仲間かな?」と推《お》し量《はか》っているように思えた。視線を交わしながらすれ違った後心残りを覚えて自転車を停《と》め振り返ると、犬も房恵を振り返っていた。それだけのことだったけれども、犬と親愛の情が通い合ったかと想像すると、房恵の胸に温かさが広がった。

マスティフ系の犬の後、しばらく犬の姿が途切れた。房恵は「犬あれ」と声に出さずに呟いた。呟きの効果かどうか、土手と河川敷を結ぶ石段を柴犬と初老の男が上がって来た。その後は、トライカラーのコーギーときりりとした顔つきの熟年女、ボストン・テリアと姉妹らしい二人連れの少女、と次々にすれ違って行く。いちばん好きな柴犬系の雑種犬となかなか出会わないのは残念だったけれど、犬浴の効果で房恵の気持ちは確実にやわらぎ、体も寛いで風がそれまでよりもずっと優しく皮膚に絡んで通り過ぎて行くように感じられた。

犬渡橋《いぬわたりばし》という小さな橋の手前で、房恵は自転車の速度をゆるめた。犬渡橋を渡るのが房恵の住むアパートへの道筋だが、もっと先の大きな橋、犬戻橋《いぬもどりばし》を通り過ぎた所に大型スーパーマーケットがある。ちょっと迷ってから、スーパーマーケットに寄ることに決めた。犬戻橋を巻尾の犬が歩いているのを欄干の飾り穴越しに見て、早くあそこまで行こうと思いペダルを踏み込んでから視線を間近に戻したら、不意にこちらを見つめる眼とぶつかった。

籐《とう》で編んだ大きな買物籠を片手に提《さ》げた男が房恵の前にいた。男は房恵と眼が合うのを待っていたかのように、軽い会釈をしてよこした。反射的に会釈《えしやく》を返したものの、背が高くほっそりとしていて年の頃は三十六、七歳で、ベージュのコットン・パンツにグレイの地の胸元に淡いピンクでMARIAという文字の入った高級そうなTシャツを着た男の知り合いに、房恵は心当たりがなかった。

その男が小さなバーのマスターだったと思い出したのは、一メートルも進んでからだった。犬洗川の土手の河川敷ではない側は、土手よりやや低くなった所に建物が並んでいて、ほとんどは普通の民家なのだけれども、犬渡橋と犬戻橋の間にぽつんと一軒カウンターだけのバーがあって、店の名は〈天狼《てんろう》〉、房恵は一年ほど前、土手をサイクリング中に店の木製扉の上部に犬の、いや狼の頭が彫られているのに眼が留まって、このバーを知ったのだった。
『犬の眼』は誌面で紹介できる店を常時探しているので、房恵は久喜を誘って〈天狼〉に入ってみた。カクテルの味もよかったため『犬の眼』への掲載を頼んだのだけれども、バーテンダーも兼ね一人で店を営んでいるあのマスターに「うちは限られたお客さんだけでこぢんまりとやって行きたいので」と断わられた。断わられるのは別にかまわなかった。房恵と久喜は仕事とは関係なく常連になるつもりで、再度〈天狼〉に飲みに行った。

ところが、二回目に行った時に房恵と久喜は喧嘩をした。直接の原因は何だったか忘れたが、久喜が怒りにまかせて「おまえなんかバター犬にもなれないくせに」と罵ったので、房恵は久喜の頭をひっぱたいた。すると、驚いたことに久喜はスツールから転がり落ちてしまった。他に客がいなかったのがわずかな救いではあったけれども、優雅なバーの下品な客となったのがひどく恥ずかしく、房恵も久喜も二度と〈天狼〉に足を踏み入れなかった。

顔が赤らむ思いで房恵は肩越しに振り返った。男はまさに〈天狼〉の建物に向かって、土手のゆるやかな傾斜を下っているところだった。そうだ、あの店のカウンターの奥の棚には、獣毛を使った本物そっくりの精巧な狼のマスクが置いてあった、頭からすっぽりかぶるやつだ、その隣にはジャコメッティの彫刻『犬』の幅二十センチくらいのレプリカもあった、と次々に記憶が甦って来た。

房恵がジャコメッティのレプリカを見つめていると、男が房恵の前にそれを置き「ご存じですか？　作者はこの彫刻を指して……」と言いかけたのを、房恵が「知ってます。『ぼくは以前この犬だったんだ』って言ったんでしょう？　素敵ですよね」と引き取った。続いて「でも『これからこの犬になるんだ』っていう科白《せりふ》だったらもっとよかったのに」「どうして？」「せっかく犬だったのに人間なんかに身を落とすことはないじゃないですか」というやりとりがあって、男の浮かべた薄い愛想笑いでその話題は打ち切られようとしていたのに、久喜が横から「そんなふうに思うのはあんただけだよ」といちゃもんをつけて来て、それで喧嘩になったのだった。

男の顔には特徴がなかった。もともと房恵は人間の美醜に関心が乏しく容姿の好き嫌いもあまりないから、人間の顔を憶えるのは不得意なのだけれども、特にあの男の顔は憶えにくく、細面《ほそおもて》で物静かな印象が漠然と残るばかりで、眼鼻の形などはついさっき見たにもかかわらずもうはっきりとは思い描けなくなっていた。男の方がたった二回しか店を訪れていない房恵を憶えていたのは、客商売という商売柄からだろうか。房恵と久喜は要注意客のリストに載せられているのかも知れない。どのみちもうあの店に行くこともない。

スーパーマーケットの前には茶色い雑種犬が一匹繋がれていた。駐車場の車の少しあいた窓ガラスの間から鼻先を出している黒い犬もいた。その二匹を撫で匂いを嗅いでもらってから買物をすませ外に出ると、駐車場に見憶えのある赤い車が停まっているのが眼に入った。何という車種か知らないけれども後部に荷物置場がついているタイプで、しかも本来は座席が二つずつ二列あるのを一列取り払い、運転席と助手席だけにして荷物置場を拡げている。そして助手席か荷物置場には、栗色で毛足が優美に長いあどけない眼をした中型の雑種犬が乗っていることが多かったので、房恵はその赤い車を見かけると犬がいるのを期待して近寄って行くのが習慣になっていた。

赤い車と犬の主が、マーケットの右手にある坂を八百メートルばかり上った所に住む女性陶芸家だということを、房恵は知っていた。『犬の眼』に地元で創作活動・表現活動をする人を訪問インタビューするページがあって、玉石梓《たまいしあずさ》というその二十代の女性陶芸家も半年前に取材させてもらったのだった。人の顔をなかなか憶えない房恵も、二時間近く取材しポートレイト写真もじっくり選んだ相手の顔は忘れない。取材後もたまにスーパーマーケットで買物をする梓の姿を見かけた。が、眼が合うでもないのでわざわざ声はかけず、いつもやり過ごしていた。犬の方とは出会うたびに窓越しの挨拶を交わすのだったが。

犬の名前はナツという。取材に行った時に聞いた。畳十二畳分はありそうなリビング・ダイニング・ルームに通されると、木の床に置かれたマットレスの上に四本足を折って蹲ったナツが、眠そうな眼でこちらを見ていた。椅子に腰を下ろしてしばらくすると、ゆっくりと歩いて来て遠慮深げに房恵の匂いを嗅いだ。もう十三歳の老犬ということだったが、栗色の毛にはまだまだ光沢があってなめらかだった。撫でるとふさふさの巻尾がぐらぐらと揺れた。玉石梓は、房恵が犬を見た瞬間、取材対象の梓よりも犬に興味を奪われたことを見て取ったに違いない。

今、赤い車の中に犬の姿はなかった。ナツは顔見知りの犬の中でもお気に入りの一匹だったこともあり、房恵はがっかりして買った物を自転車の籠に放り込むとサドルに跨《またが》った。ふと、老犬のナツはひょっとしたら具合が悪いか、あるいはもう死んだ可能性もある、と思い、わたしは大好きなナツが死んでも死亡の知らせをもらえないので、ナツが生きてるか死んでるかうやむやのまま会えなくなるんだろう、と寂しく考えた。

将来飼うならばナツのようなおとなしい犬が飼いたい、と自転車を漕ぎながら房恵は夢想した。ナツの飼主とナツのしっとりした関係が思い出された。

「この犬はめったに吠えないんですよ」と玉石梓は言った。

「どんなふうに躾《しつけ》を？」房恵は尋ねた。「子供の頃うちにいた犬は、庭で飼ってたんですけど、門の所にお客が来ただけで犬はしゃぎして飛び回りましたよ。それがまた可愛かったんですけどね」

「特別なことは何もしてませんよ。家の中で飼って、長い時間一緒に過ごしてやってれば、だいたいこんなふうに落ちつくものじゃないでしょうか」

そう言いながら、玉石梓は房恵から離れて自分のそばに来たナツを優しい眼で迎え、背中の毛を指でとかしてやったのだけれども、その様子が房恵の眼には犬との理想的な穏やかで温かいスキンシップに映り、犬との暮らしへの憧れをいっそうかきたてられたものだった。

写真撮影係として取材に同行した久喜は、取材が終わって玉石梓の家を出ると「妙ななまめかしさのある人だったな」と呟いた。房恵は世間でいわれる色気というものがどんなものだか全くわからないので、「そう？」とだけ応えた。房恵には玉石梓は、特に社交的だったり話好きだったりはしなくて基本的には内向的だけれども、まあ普通に喋るし人間や犬に温かく接する人、という印象があるばかりだった。

「どんな犬を飼ってらしたんですか？」玉石梓は房恵に尋ねた。

「ナツより一まわり小さい、白黒のぶちの雑種です。名前はパト」

「パトラッシュを縮めた名前？」

有名な小説を元にしたテレビ・アニメーションに出て来る犬の名前を出され、房恵は力を込めて首を横に振った。

「違います。パトカーから取ったんです。同じ白黒模様だから」

口にしてみて、それはそれで子供っぽい名前のつけ方だと思い当たり、名前をつけた当時は本物の子供だったのだから無理もないというのに、房恵はちょっと恥ずかしくなった。玉石梓はそんな名前のつけ方が面白かったのか、唇の端からかすかに犬歯を覗かせて微笑んだ。今から思えば、友達になれそうな感じのいい笑顔だった。親しくなっておけばよかった、そうしたらナツともっと遊べて、ナツが死んだ時には知らせてもらえる仲になれていたかも知れないのに。

勝手な考えに浸りながら夕陽の射《さ》す土手を自転車を走らせるうちに〈天狼〉の近くまで来ていた。掃除でもしているのか〈天狼〉の扉が大きく開いているのが見え、房恵は、またあのマスターと出くわしたらいやだ、川の向こう側を行けばよかった、と悔やんだが、ここまで来たら気休めに三メートルほどの幅の道のなるべく〈天狼〉から遠い所、川寄りの側を通って行き過ぎるくらいのことしかできなかった。

ハンドルを切った房恵の視野に、ナツの面影が一瞬浮かんだような気がした。素早く前方を見通すと、間違いなくナツが飼主の先に立ち、開いた口から舌を出して暢気そうにとことことこちらに向かって歩いて来るところだった。嬉しさのあまり、房恵は自転車を停めて栗色の犬に見とれた。ナツは相変わらず眠そうな眼をして、息を吐くのと同じリズムで四本の肢《あし》を上げ下げしながら進んで来た。「お久しぶりです」という人間の声を耳にしてようやく、引綱を握っている玉石梓に眼が行った。

「あ、どうも、憶えていていただいて」

あわてたせいでしどろもどろの挨拶になった。玉石梓は足を止めた。ナツも房恵のすぐ手前で立ち止まったけれど、房恵には特に注意を向けないで舌を出したまま前方を眺めている。自転車から降りてかがんでふわふわの胴体に腕をまわして存分に撫でたかった。しかし、今そうするといかにもがっついて見えるだろうと思ったので、房恵はぐっと欲求を抑え込んだ。

「そんなにこの犬が気に入ってるんだったら、あげましょうか？」

そう言われてびっくりして視線を上げると、玉石梓は、人が冗談を言う時によく見せる笑顔ではなく、笑う一歩前、いや、一歩半か二歩くらい前の、けれども決して無表情と見間違えることはない、けむるように感情の浮かんだ顔で房恵を見ていた。笑ったのは房恵の方だった。

「人の弱点を弄《もてあそ》ばないでください」

玉石梓も笑顔になった。

「すみません、お名前は憶えてませんけど」

「八束です」

「八束さんは犬の神様の使いみたいですね。犬の神様の使いって、どんなものかよく考えもしないで思いついたことを言ってるんですけど」

梓のその発想が琴線《きんせん》に触れ、房恵は急速に打ち解けた気分になった。

「それが犬を見かけるたびに撫でてやるのだけが使命の下級霊だとしたら、わたしにもつとまりそうな気がしますね」

「ご自分では犬は飼ってないんでしたっけ？」

「ええ。アパート住まいだし、永住する土地も決まっていないうちから十年以上生きる生きものを飼うわけには行きませんからね」

「心の中で想像上の犬を飼うタイプですか？」

「そういう少年が主人公の児童文学がありましたね。でも、わたしは違います。わたしの場合は自分が半分……」

どうもこの人とは話が合うようだと房恵は感じ、そういう感覚は久々だったせいで気持ちが浮かれ、饒舌《じようぜつ》になりつつあった。珍しいことに「自分が半分犬みたいなものですから」ということばがするりと出ようとしていた。ちょうどそこへ、空気がいっぱい詰まった物が強い圧力をかけられて弾《はず》む音がそう遠くない場所から聞こえた。何だろうと怪しむ暇もなく、横合いから勢いよく飛んで来た堅い物が房恵の腰を直撃した。片足は自転車のペダル、片足は軽く地面につけただけの房恵の体はぐらりと傾いた。

房恵はバランスを失って倒れかかっていた。傾いた方にナツがいた。ナツは房恵と梓が話している間、地面に伏せて休んでいた。このまま倒れるとナツを下敷きにしてしまう、と思った房恵は、とっさにハンドルを大きく切るのと同時に片足で地面を蹴って、自転車の倒れる方向と位置を変えようとした。タイヤがアスファルトをこすってたてた耳障《ざわ》りな音を聞きながら、房恵は体をナツのいない側に向けて投げ出すように倒した。

地面に倒れた時の音は体の芯にずんと響いた。その衝撃に数十秒息を詰め、次いで足やら腰やら肘やらに湧き起こった痛みに耐えながら、自分がいったいどうなっているか房恵は知ろうとした。頭と肩は道からはみ出して土手の草に半ば埋もれている。サドルは足の間にはない。足の一部が自転車の下にあるような感触がある。手は地面につこうとしてハンドルから離した憶えがある。あちこちが痛いことは痛かったが、おそらく大した怪我《けが》はなかった。

ふと気づくと、ナツの鼻先が至近距離にあった。ナツはいつものあどけない眼で静かに房恵を見下ろしていた。房恵は横向きに倒れている体の上側にあった手を伸ばしてナツの口の端に手を添わせた。

「大丈夫ですか？」

玉石梓の声がした。とりあえず上半身を起こし、玉石梓の手を借りて自転車の下から足を引き抜いた。眼の先の地面に白黒模様のサッカー・ボールが転がり、中学生か高校生の少年三人が、地面に散らばった房恵の荷物、バッグとバッグから飛び出した原稿やペン・ケース、さっきスーパーマーケットで買ったサラダ菜や豆苗《とうみょう》やトマト等の食品を拾い集めていた。

少年たちは真赤な顔をして房恵に「すみません」と謝った。この少年たちが土手の斜面を上りながらふざけて投げつけ合ったり蹴ったりしていたサッカー・ボールが、誤って房恵にぶつかったということらしい。少年たちは拾い集めた物をバッグと買物袋におさめ、房恵の前に置いた。そして、「もう行っていいよ」と房恵が言うまで、どうしていいかわからないようにその場に立ち尽くしていた。

「立てますか？」

男の声に振り向くと、〈天狼〉のマスターがいつの間にかそばに来ていた。〈天狼〉のマスターは房恵の自転車を起こして支えると、言った。

「わたしの所で傷を洗って消毒するといいですよ」

「いえ、大丈夫ですよ」

房恵はこうした場合たいていの人がまずは条件反射的に口にするはずの答を口にした。

〈天狼〉のマスターは眉をひそめた。

「あなたたちはいつも、大丈夫か大丈夫じゃないか確かめもしないで、大丈夫だと答える」

それほど語気は強くないけれども非難するようなことばと口調だった。予想外の反応に虚を衝《つ》かれて房恵がぼんやりしていると、玉石梓が声をかけた。

「手当てを受けた方がいいと思いますよ」

玉石梓はさっさと地面に置かれたバッグと買物袋を〈天狼〉のマスターが支えている自転車の籠に入れ、房恵の腕を取って立ち上がるのを手伝った。自転車を押すマスターの後について、玉石梓と梓に腕を取られた房恵と綱で引かれたナツはバー〈天狼〉に向かった。

房恵の右肘は見事にすり剝《む》けて血を滲《にじ》ませていた。マスターに促されるままにカウンターの内側の蛇口で傷を洗った。

「すり剝いたのは肘だけですか？」奥の扉から救急箱を持って現われたマスターが尋ねた。「服で覆《おお》われている所だって、意外にすり剝けているものですよ。靴下をめくってみてはどうでしょう？」

言われてみれば、自転車の下敷きになっていた右足の踝《くるぶし》あたりがじんじんと痛い。しゃがんで土にひどく汚れたコットン・パンツの裾を折り返し靴下を引き下げて見ると、ほんとうに踝にも血が滲んでいた。そこで不自由な恰好で足も洗うことになった。玉石梓もカウンターの中に入って来て、親切にも房恵自身にはやりづらい右肘の消毒と絆創《ばんそう》膏《こう》を貼るのを受け持ってくれた。

手当てを終えて房恵と梓がカウンターの外へ出たのとほとんど同時に、マスターが冷たいお茶らしい物が入ったグラスを二つ、カウンター・テーブルに置いた。このマスターも非常に親切なたちらしかった。それで房恵は梓と並んでスツールに腰かけ、グラスを手に取った。中味は香ばしく煮出された麦茶だった。その香りを嗅ぐと、不測の事故で昂《たか》ぶっていた神経がすうっと鎮《しず》まって行った。

「あ、ジャコメッティの『犬』ですね」

玉石梓が指差した。カウンターの奥の棚には一年前と変わらず、ジャコメッティの『犬』のレプリカと狼のマスクが置かれていた。マスターは梓に向かって言った。

「ご存じですか？　ジャコメッティはこの作品について……」

梓は最後まで聞かず「知っている」というふうにうなずいた。房恵は、マスターはジャコメッティの『犬』に注目した人にはいつも同じ話をするのだろうと考えながら、あけ放された店の出入口の方を見た。外に繋がれたナツが戸口まで来て、こちらを向いてきちんとおすわりをしている。もう外は薄暗くなっていてナツの表情は見分けられなかったけれども、シルエットを眺めるだけで可愛くてたまらないという気持ちになった。

マスターと梓の会話が続いていた。

「かつて犬だった人間がいたらどう思いますか？」

「犬だった時の方が可愛かっただろうに、と思いますね」

いいことを言う、と思って房恵は二人の方に向き直った。マスターがちらりと房恵に眼をやってから、さらに尋ねた。

「じゃあ、かつて人間だった犬がいたら？」

「それはちょっと気味が悪いかも知れない」

「えっ？　そうですか？」思わず房恵は話に加わった。

「だって、そりゃあ純粋な犬の方がずっといいでしょう？」

梓はあたりまえだというように答えた。

「よろしかったらまた来てください」

マスターが房恵と梓に名刺を渡した。名刺には「Bar 天狼　朱尾献《あけおけん》」と記されていた。

その晩、すり傷と打ち身の痛みでなかなか眠れず、房恵は長い時間ベッドの中で一日の出来事を思い返した。とりわけ玉石梓のことを考えた。考えないではいられなかった。それというのもあの転倒事故の時、房恵はナツの上に倒れまいとして体勢を変えようとしたのだけれども、梓もまたナツに怪我を負わせまいとして、房恵の自転車の前輪を蹴りつけ反対側に倒そうとしたような感じがしてならなかったからだった。

一瞬のことだったから錯覚かも知れない。いや、絶対に玉石梓はそうしたに違いない、と房恵は思った。だからあの後あんなに親切だったんだ、と。自分の愛犬が怪我をするのより赤の他人が怪我をする方を迷いもなく選ぶ。そういう玉石梓に房恵は強い好意を感じた。それが「玉石梓の犬になりたい」という思いの始まりだった。

玉石梓について、房恵は思い出せる限りの事柄を思い出そうとした。『犬の眼』で梓を取材することになったきっかけもほとんど忘れていたけれど、ともに陶芸には全くうとい久喜と房恵にこういう人がいると教えたのは、久喜の二つ違いの弟、道広《みちひろ》だった。道広は『犬の眼』の印刷製本も請け負う印刷会社で働いているのだが、その会社は兄弟の父親が経営しているもので、好きなことしかしたくない気ままな長男は一度は父の会社に入ったもののすぐに辞めて自分の会社を起こし、素直な弟は次期社長として父の会社にいるのだった。

久喜がいまだに両親と実家に暮らしているのに、道広の方はもう結婚してマンションに住んでいるところなども、兄に似ない成熟した弟だと房恵の眼には映るのだけれど、兄弟仲は悪くないらしく、日曜日に父親と兄弟の男三人で釣りに行ったりするらしいし、『犬の眼』の校正ずみ原稿がMOディスクにおさめられ印刷に出せる状態になると、道広自ら犬の眼社に取りに来て、久喜にふるまわれた缶ビールを飲んで行く。玉石梓の件もそんな折りに切り出された。

仕事を発注して来る先に、陶芸家の妹を『犬の眼』で紹介してほしいと言う人がいるというのが、当初の話だった。創作活動・表現活動をやっている者が宣伝効果を期待して、縁故を通じてあるいは本人自ら『犬の眼』に載せてくれと頼んで来ることはわりにあって、『犬の眼』もそうした頼みに気安く応じる。ただ、ほんとうに活動をしているかどうかだけは一応確認をする。聞けば、玉石梓というその陶芸家は個展も開いたことがあるし、掲載を頼んで来た兄の玉石彬《あきら》は狗児駅前のシティ・ホテル〈ホテル乾《いぬい》〉の取締役で、ホテルではもっぱら妹の手になる花瓶や灰皿やティー・カップなどを使っているのだという。

「恵まれた環境にいるなあ」久喜は嘆息した。「食べて行ける陶芸家なんてごくわずかだろうに、その人は兄貴がパトロンになってくれてるわけだ」

「正確には玉石一族がだけどね。ホテルはあの一族の物だから。でも、彬さんは『妹を陶芸家として育てたのはおれだ』って言ってたよ」

「わたし一人っ子だからわからないんだけど」房恵は二人に尋ねた。「きょうだいって普通そんなに仲がいいものなの？」

「しっかり者で面倒見がよ過ぎる兄貴っていうのは、おれだったら煩《わずら》わしいな」道広が言った。

「おれみたいなちゃらんぽらんな兄貴がいいんだ」久喜がちょっと嬉しそうな顔をした。

房恵は〈ホテル乾〉に出向きラウンジでお茶を飲みながら、玉石梓の作らしいカップや皿や花器を眺め、陶芸品としてのよしあしはよくわからないものの、きれいか汚ないかをいえばきれいだと感じ、まっとうな陶芸家だと久喜に報告した。それから玉石梓に電話をかけて取材を申し込んだのだが、意外にも梓は自分は取材を受けるほどの者ではないと辞退しようとした。恐る恐る「お兄さまからのご紹介なのでつい取材させていただけるものと考えてしまったのですが」と言ってみると、「ああ、兄からの」と納得した梓は一転取材に応じたのだった。

房恵は仕事場の『犬の眼』バック・ナンバーを並べた本棚から、玉石梓の載っている号を取り出した。「郷土に咲かせる」という通しタイトルのその取材ページは、B五判の小冊子のうちの二ページを当てられていて、インタビューの他に写真が通常三点ほど使われる。うち一点は工房の写真で、ガス窯《がま》やろくろやまだ焼いていない作品を置く棚の間にナツが佇んでいるが、これはナツが写っている物を房恵の趣味で選んだのを憶えている。他の二点はお定まりの取材相手の顔写真と作品の写真だった。

掲載ページを開くとまず眼に飛び込んで来たナツの写真に、十秒くらいとろけるような気持ちで見入ったのは当然としても、玉石梓のポートレート写真に視線を移したとたん、肘と踝の昨日怪我した箇所がむずむずし始め、そのむずむずした感じが広がって胸に集まって来て、意味もなく声が絞り出されそうな、そんな心持ちになったのは房恵自身にとっても驚きだった。

初めて会った時は特に何も感じず、梓の顔よりもナツの毛の色と同系色でそれよりもやや黄色味のまさったセーターに眼を惹かれたものだったのに、改めて写真を見ると、細くもなく大きくもないけれど睫毛《まつげ》が濃いせいか輪郭のくっきりした瞳は、情愛をたたえて深く、まろやかな唇は人間と話すよりも犬を呼ぶ時の方が美しく開くだろうと思わせ、カシミアのセーターを着ているからという理由だけではない体のやわらかい感じは、慕い寄る犬をいかにも温かく受け止めそうだった。

房恵が人間の容姿をこんなに快いものと感じたことはかつてない。もしわたしが体まで犬だったらきっと今盛んに尻尾を振ってるはず、と房恵は思い、それから、もしわたしが昨日のナツの立場だったら、梓が自分を守るために乱暴にも人間を蹴り倒してくれたことでどんなに感激するだろう、と想像してほとんど恍惚とした。どうかしてる、わたしは、と胸の内で呟いて房恵は、近くに持って来ていた椅子に腰を下ろした。

作業机の所では、MOディスクを取りに来た道広と久喜が例によって缶ビールを飲んでいた。ゆうべ結局家で原稿の校正はできなかったのだけれど、今日会社に来てから馬力をかけて作業を進め、予定通り夕方には印刷に出す準備が整ったのだった。房恵は誌面の玉石梓のプロフィールに記されていた生まれ年を思い出して、兄弟に声をかけた。

「二人は玉石梓さんと同じ学校だったことはないの？」

「誰だっけ、それ？」久喜が訊いた。

「陶芸家の人よ、道広くんに紹介してもらった」

「あの人か。何歳なの？」久喜が訊いた。

「今年二十九歳」房恵は教えた。

「ああ、おれと同い年だって彬さんから聞いたことがあるな」道広が答えた。

「学校は一緒じゃなかった。学区が違うんじゃないかな。玉石家は差尾町《さしおちょう》の方だし」

「縁がなかったな」久喜が言った。「魅力的な人だったけど」

「兄さん、誘ってみれば？　独身らしいし」

「いや。そういう対象にはならないんだ。おれ、女の趣味が悪いんだよ」

「そうなの？」

道広は笑いを含んだ声で返しただけで、久喜の女の趣味の悪さについて突っ込んだ話をしようとはしなかった。道広の女の趣味はいいのだった。結婚した時道広は、飼っていた二匹のハムスターとともに妻との暮らしを始めたのだが、やがて妻はハムスターの毛のアレルギーになった。鼻水や眼の充血くらいではすまず頭痛や発熱などの重い症状が出て、見るからにつらそうだったのに、妻は自分も動物好きだったこともあり、ハムスターをどこかにやってくれとは決して言い出さず、ハムスターが自然死するまで二年間、体の不調に苦しみながら面倒を見続けたのだという。

房恵は兄弟の顔を見比べ、道広は人生に不満のない顔をしている、兄の久喜の顔つきとは随分違う、たぶんわたしだって道広のような健康的な顔はしてないだろう、と考えていた。玉石梓はどうだったか。ものを作る人だからか顔つきの中には厳しさもそこはかとなく滲んでいたような気もするけれど。思い出すとまた胸が絞られて喉が鳴りそうになった。

「そろそろ行くよ」道広が立ち上がった。

「何だよ、もっと女の話しようぜ」久喜が引き止めた。

「おれを兄貴の世界に引きずり込まないでくれよ」

道広は冗談めかした言い方で軽くかわすと、さっさと部屋を出て行った。久喜は溜息をついて缶ビールをつかみ、顎を高く上げて残りの中味を飲み干した。音をたてて缶を机に置いた久喜と房恵の眼が合った。久喜が訊いた。

「あんたも帰るのか?」

「うん。行く所があるから」

「そうか。気をつけて行けよ」

じきに久喜も仕事場を出て飲みに行くに違いないのだが、今は作業机の前にぽつんとすわったままだった。出て行きがけに房恵はもう一度振り返った。俯きかげんの久喜の後ろ姿が一人ぼっちのモグラのようだった。久喜も誘おうかという考えがちらりとよぎったけれども、房恵は黙って外に向かった。

傷の手当てをさせてくれたお礼に、菓子か何か手土産でも用意しようかとも思いはしたけれど、それは大袈裟《おおげさ》なような気がして、房恵は手ぶらでバー〈天狼〉に入って行った。人気のない薄暗い店内のカウンターの中に、朱尾献とおぼしき者が入口とは反対の方向を向いて背をかがめているのが見えた。扉の開閉の音にその人物は頭を起こした。後ろ頭には尖《とが》った二つの耳がつき銀色の毛が密生していて、振り返るまでもなく朱尾献がいつもは棚に置いてある狼のマスクをかぶっていることがわかった。

朱尾献はマスクを取り、乱れた髪を直しながら言った。

「どうもすみません。一人遊びをしてまして」

スピーカーからはマイケル・ジャクソンの「スリラー」が流れていたが、朱尾献はそれも止めた。

「どうぞおかけください」

店内にはジャズが流れ始め、朱尾献はまじめくさった顔で「何になさいます？」と訊くので、房恵は今しがた目撃した「スリラー」のプロモーション・ビデオを思い出させる朱尾の一人遊びの光景は自分の幻覚だったのではないかと疑ったほどだった。朱尾本人も何事もなかったようにふるまっているし、房恵も見なかったことにしようと決めソルティ・ドッグを注文した。飲み物が運ばれて来てから「昨日はお世話になりました」と言うと、朱尾は軽くうなずいた。

それで房恵の用事は終わってしまったのだがソルティ・ドッグはまだ残っていたので、房恵は時間潰しのために朱尾に質問をした。

「朱尾っていう苗字、珍しいですね。このへんのご出身なんですか？」

「わたしはここの生まれではありませんし、祖先の出自も親に聞かされたことがないので知らないんですよ」

よく聞けば、朱尾の崩すことのほとんどない丁寧な話し方には、狗児の訛《なま》りとは別のかすかな癖があるようだった。

「でも、犬に関係する地名が多いこのあたりにいかにもありそうな苗字ですよね。一説によると、昔この地方にはとても賢い犬の血筋があって、もちろん犬種でいえば普通の雑種なんですけど、賢い犬を求める人々が噂を聞きつけて遠方からもやって来て、こぞってその血筋の仔犬を引き取って行ったんだそうです」

ナツもその賢い血筋の子孫なのかも知れない、と房恵は考えた。

「朱尾さんは苗字ばかりじゃなくて、名前にも犬の字が入ってますね」

「それは、世に人に貢献するようにという願いを込めてつけた、と聞いています」

「何だか素敵ですね。犬的な精神に充《み》ち満ちた名前だっていう感じがする」

「犬的な精神というのは、愛情の豊かさとか、誰かの役に立つのが嬉しいというようなものですか？」

「ええ。あと、無類の素直さとか」

「いいイメージばかりなんですね。犬嫌いの人の言う卑しさやみじめさのイメージはないですか？」

「全くないですね。いたいけだとか、いやな人間にいじめられたりいばられたりされがちでかわいそうだと思うところはありますけど」

「でも、ご存じですか？　献という字の元々の意味は、犬の肉を食器に盛《も》って供する、ということなんですよ」

「ほんとに？」

それは房恵にとってはかなりの衝撃だったのだが、朱尾献はうっすらと笑いを浮かべていた。

「何で犬なんですか？　そんな漢字をつくる古代中国人の感性は理解しにくいですね。犬肉なんて大しておいしくないっていうじゃないですか。ご馳走ならあの国には他にたくさんあるでしょう？」

「ええ、よくわかりませんね。ただ、これはわたし流の勝手な考えですが、犬の魂ならば最上のご馳走だと思います」

房恵は朱尾の特徴のない顔をまじまじと見つめた。

「食べるんですか、魂を？」

「もし食べられるのであれば美味だろうなってことですよ。食べることにたとえなくてもいいです。磨きたててガラス・ケースに入れて応接間に飾っておいてもいいし、カットして指輪にしたりステッキの握りに埋め込んでもいい。何ならわたし自身の額に穴をあけて嵌《は》めたっていい。単に掌の中で転がしたりさすったりするのでもいい。火打ち石のように二つの魂をかちかち打ち合わせてもいい。いろんな楽しみ方がありますよ、犬の魂には」

　犬の魂を物質のように愛《め》でるという着想そのものは房恵にとって新鮮で興味惹かれないことはなかったのだけれども、堰を切ったようにずらずらと喋った朱尾はやや気味が悪かったし、朱尾の挙げた愛で方にはどうもフェティシズム的というか、犬の魂への優しさが欠けているような感触があって、房恵は自分の魂の犬である半分がなぶられるような不快感を覚えた。それにもかかわらず、朱尾との会話がいやにはならないのだった。

「もしそんなふうなことができるんだとしたら、この世に犬はいっぱいいるんだから、犬の魂が不足することもなく無限に楽しめますね」

「そうでもありません」朱尾は首を振った。「賢い犬じゃないとだめなんだ。とても賢くて、感情が豊かで、怒りや屈託も知っていて、なおかつ犬らしい愛情に溢《あふ》れている犬……」

慨嘆《がいたん》口調になって行った朱尾を見て房恵は、この人はファンタジーに溺れてるんだ、と思った。「種同一性障害」というファンタジックな概念にしがみついている房恵と似たようなものだろうか。けれども、ファンタジーの方向性が全く違うので、房恵は朱尾に共感も連帯感も抱くことができなかった。ふと眼を上げて朱尾が尋ねた。

「あなたは今でも犬になりたいと思っていますか？」

一年ほど前に久喜と訪れた時の会話を朱尾は憶えているようだった。実をいえば、自分が店にいる間に「犬になりたい」というようなはっきりとしたことばを口にしたかどうかは記憶が曖昧だったのだけれども、朱尾が訊くからにはきっと言ったのだろうと考えて、房恵はきっぱりと答えた。

「熱望してますよ。前よりもいっそう」

朱尾は薄笑いではなく、歯を見せてにっこりと笑った。房恵と朱尾は少しの間、お互いに珍しいものでも観察するように眺め合った。そうしているうちに電話が鳴り、朱尾は房恵の正面を離れた。房恵はソルティ・ドッグがなくなっていることに気がついた。朱尾が戻って来ると、房恵は「お勘定を」と言いかけた。遮《さえぎ》るように朱尾が言った。

「玉石梓さんがいらっしゃるそうです。八束さんに会いたいので帰らないで待っていてほしいとのことです」

房恵の尾骶骨《びていこつ》はまるでその先が尻尾となっているかのように激しく震えたので、房恵は今の瞬間自分の体は犬になっていたのではないかと思ったくらいだった。続いて頭に浮かんだのは、自分が仔犬になってスツールの上にちょこんとすわり入口をじっと見つめて玉石梓を待っていて、ついに梓が扉を開いて姿を現わすと、飛び上がってスツールから転げ落ち、しかしちぎれそうに尻尾を振り回しながら梓に飛びついて行く、という一繋がりの映像だった。房恵の胸は甘い気持ちでいっぱいになった。

新しいソルティ・ドッグが前に置かれた。注文はしていないので不審に思った房恵に、朱尾は言った。

「お祝いの一献《いっこん》です。嬉しそうにしていらっしゃるので」

「嬉しそう、ですか？」

「はい。急に魂が朝焼けの色になりましたね」

ありがたく一口飲んでから、房恵は尋ねた。

「さっきから魂、魂とおっしゃってますけど、魂に実体はあるんですか？」

朱尾は静かに答えた。

「ありますよ。わたしは魂のコレクターなんです」

朱尾が真剣なのかふざけているのか房恵には判断がつかなかった。しかしどちらであれ、朱尾の話に自分が刺戟を受け感興を催すことには気づいていた。とびきりのもてなしを受けているような気もするし、朱尾の計算通りに楽しんだり驚いたりするさまを面白がられているような気もする。どこか気味が悪い、何か違和感があると意識はするものの、全体としては心地悪くないのだった。

扉が音をたてた。音の始まりとほとんど同時に房恵は振り向いていた。入って来たのが間違いなく玉石梓だとわかると房恵の尾骶骨には再び震えるような感覚が起こったのだが、梓の方は挨拶をするでもなく笑顔を作るでもなく、きまじめな面持ちで足早に進んで来て房恵のそばに立つと、房恵の昨日すり剝いた右腕に触れ「怪我はまだ痛みますか?」と尋ねた。

「いや、押したりしなければ痛みませんよ」

梓が覗き込むような仕草をしたので、房恵はシャツの袖をめくり上げ直径三センチほどに赤く腫れた傷口を見せた。梓は房恵の隣のスツールに腰かけブルドッグを注文すると、房恵の方に体を向けた。

「日中会社の方にお電話して具合をお尋ねしようと思ったんですけど、ちょっと取り紛れてしまって。夜、もしかしたらこちらにいらっしゃるんじゃないかと思ったんです」

「今、ナツは?」

房恵が尋ねると梓は愉快そうに微笑んだ。

「家に置いて来ました。車だったら連れて来て、車の中で待たせとくんですけどね。今は自転車で来たから。八束さんはほんとに犬の神様の使いみたいですね」

「玉石さんの方がそうじゃないですか」

ブルドッグのグラスを持った梓は、房恵をじっと見つめて問いかけた。

「昨日、ナツの上に倒れないようにしてくださったでしょう?」

「ええ。犬好きとしては当然のことです」

房恵の答を聞くと、梓の眼がすうっとやわらいだ。もとより険しい眼つきをしていたわけではないけれど、よく知り合っていない大人同士の間にはたいていある警戒心や儀礼的なかまえが融《と》け去ったかのようだった。房恵の顔から視線をはずしてブルドッグを口に運んだ梓の唇には、寛いだ微笑が浮かんでいた。

房恵の方はすっかり満ち足りた気持ちだった。梓と一緒にいることが、話しているということが、無性に嬉しく楽しいのだった。わたしは長い間わたしの魂の半分は犬だと思って来たけれど、この人といると、普段他の人間と向かい合っている時には半ば眠っている犬の魂が、完全に目覚めて生き生きと活動するみたいで、精神的にはもうほとんど犬になったようでさえある、と思った。

「ナツが死んだらどうしよう、と思うんです」梓が言った。「今はまだ元気ですけどね」

「犬をずっと飼い続けるつもりではないんですか？」房恵は質問した。

「決めてません。犬がいることですごく行動を縛られますしね。もちろん、犬ほどわたしの支えになってくれるものはないんですけど」

カウンターの中から朱尾が言った。

「じゃあ飼い続けるべきですよ。わたしに言ってくださったら、いい犬を探して来ますよ」

房恵は朱尾に尋ねた。

「わたしにも探して来てくれますか？」

朱尾は首をかしげた。

「あなたが犬を飼うのはあまり似合わないな」

意地悪なことばに房恵は眼を丸くした。

「どうしてですか？」

朱尾は返事をしないで、ついさっき演奏を停止したＣＤプレイヤーの所に行った。ほどなく、それまでのクールなジャズとは打って変わって扇情的《せんじよう》で劇的なエレキ・ギターの音がスピーカーから流れ出した。「大丈夫ですか？　こういうロックは苦手ではありませんか？」と言いながら戻って来た朱尾は、ＣＤのブックレットを開いた状態で房恵の前に置いた。英語の歌詞が掲載されたページで、ゴシック体で印刷された曲名をたどって行くと二曲目に「I WANNA BE YOUR DOG」とあった。そして、店内に響き渡る男性ヴォーカルはそのタイトル通りのフレーズを繰り返しているところだった。

房恵は思わず顔を上げた。朱尾はすました顔で言った。

「八束さんのテーマ曲ですね」

「え？　八束さんは犬になりたいんですか？」梓の声には好奇心が滲み出ていた。

本来自分の口から言うべきたいせつな思いをあっさりと朱尾に曝《さら》されて、怒りとまでは行かない、屈辱感とまでは行かないものの、ちょっと始末に困る不満感が房恵の胸に渦巻いていた。この朱尾献という男は曲者《くせもの》だ、と思い、何か言ってやりたかったけれど、何を言えばいいのか、うまいことばが見つからなかった。梓が店に入って来てから初めて、房恵は梓よりも朱尾に注意を奪われていた。

そういう時、梓の優しげな声が耳に入り込んで来た。

「八束さんが犬になったら、素晴らしい犬になるでしょうね」

梓のそのことばは三十年の人生で人から言われたことのあるどんなお世辞よりも、房恵を感激させ天にも昇る心地にしたといっていい。房恵は梓の顔を見た。梓は慈愛を感じさせる穏やかな表情で房恵の視線を受け止めた。おおかたの日本人の例に漏れず房恵もアイ・コンタクトが苦手で、人と眼が合うとすぐに逸らしてしまうのだけれども、この時に限って見つめ合うことに全く気詰まりを感じなかったのは、アイ・コンタクトを嫌う動物である犬が飼主とならば見つめ合うことができるのと同じなのに違いない。房恵の心も非常にまろやかになっていた。

梓が財布を取り出した。

「ナツが待ってるのでわたしは帰りますけど」

房恵の表情が翳《かげ》ったのに気がついたかどうかわからないが、梓は間を置かずに言った。

「またうちに来てナツと遊んでやってください。わたしは日曜の午後ならたいてい暇ですから」

房恵は架空の尻尾を梓の姿が扉の向こうに消えるまで振り続けた。

秋晴れの日曜の午後、房恵は玉石梓の家へと続くゆるやかな坂道を自転車で上って行く。自転車の籠には犬用の食べ物、羊の耳と豚足の輪切りが入っている。それらナツのための手土産は、梓の家を訪ねる日にちを約束した後インターネット・ショップから取り寄せた。仕事場のパソコンの画面を睨《にら》んで、表示されている種類豊富な犬用の食べ物のリストの中から、保存料だの着色料だのが含まれていない自然食品がいいだろう、そして、サラミなどに加工したのよりは原形をとどめたものの方が健康的だしおいしそうに思える、などと考えながらよさそうなものを選び出すのは飽きない作業だった。

半《なか》ばナツになり代わったような気持ちで、画面上の豚の尻尾やら牛のアキレス腱やらの味と匂いに夢中で想像をめぐらせる房恵を見とがめて、久喜が言った。

「届かない所にある食い物を見つめて涎垂《よだれ》らしてる犬みたいだぞ」

犬呼ばわりされるのは全く悪い気のしないことだけれど、「届かない所にある食い物を見つめて涎垂らしてる」だなんて、よくもそんな犬のかわいそうな姿を思い浮かべられるものだ、という不満を感じたので、房恵は久喜を相手にしないでおいた。

久喜の心の籠もらない犬呼ばわりなどよりも、「八束さんが犬になったら、素晴らしい犬になるでしょうね」という玉石梓のことばの方がたいせつなのはいうまでもない。

「殺し文句にやられましたね。むろんあちらは殺し文句のつもりではないでしょうけど」

朱尾献はそう言った。あの晩、房恵は梓が帰ってからも〈天狼〉で飲み続け、結局午前零時の閉店まで朱尾と話したのだった。いったい何が楽しくてそんなに長居したのかもう思い出せないけれど、朱尾との会話は不思議と途切れないし他に客も来なくて落ちつけたし、いい心地に酔っていたのは確かだった。朱尾はまた、梓がうちに遊びに来てくれと言ったのは社交辞令じゃないかと危ぶむ房恵に、適切な助言もした。

「まずは連絡をとってみてはどうですか。もし先方が迷惑そうだったら引き下がればいいだけのことですよ」

気がつけば房恵は朱尾と携帯電話の番号、携帯メール・アドレスの交換までしていて、すでに今日までに房恵からは「玉石さんと約束成立」、朱尾からは「よろしゅうございました。素晴らしき日となりますよう」というメールを交わしてもいた。朱尾は何を考えているのかつかみにくいし、どこか薄気味悪い印象が消えないままではあったけれど、ものわかりがよくて気安くつき合え、犬化願望はもちろんどんな部分を見せても、怖《お》じず嘲らずあたりまえのことのように受け入れてくれるようだ、と房恵に思わせた。

八百メートルほどの坂道をずっと自転車を漕いで上るのは無理で、途中で房恵は自転車を押しながら歩いた。梓の家は丘の中腹にぽつんとあるのだった。坂道の上り始めには何軒かあった民家がじきに途絶え雑木の匂いが強くなって、やがて差しかかる大きなカーブを曲がりきればすぐに、めざす家が見えるはずだった。房恵はカーブの手前で一度足を止めて、心の準備をした。わたしはちゃんと素晴らしい犬のようにふるまえるだろうか?

カーブを曲がりきる寸前、眼の前にやわらかそうな茶色いふわふわした綿毛のような物が舞い降りて来た。房恵は反射的にその小さな茶色い塊をつかみ取った。掌を開いて見てこれはナツの毛に違いないと思い、いとおしむ気持ちで毛の塊を頬にこすりつけた。茶色い毛は幾片かに分かれて落ち、空中をどこかに運ばれて行った。道路の左側に梓の工房の赤い屋根が見えた。道を横切ると、工房と住まいの建つ広い敷地の正面に出る。住まいの玄関の前で、赤いバンダナで髪を覆った梓がナツにブラシをかけていた。房恵が近づいて行くと、気がついてブラシを置いて立ち上がった。

房恵は梓の姿を見るだけでもう飼主を見つけた犬のように嬉しくてたまらなくなり、人間のことばで挨拶するのも忘れて満面の笑顔で進んで行った。梓も房恵につられたように笑顔だけで房恵を迎えたのだけれども、梓の破顔はほどなく平凡な社交的微笑におさまった。

「ナツは毛の生え変わりの時期で」

玄関前の三和土《たたき》に立っているナツのそばには、ゴミ袋と箒と、さっき房恵の前に漂って来たのと同じ茶色い毛の塊が二つ三つ載った塵取りがあった。梓が着ている臙脂色《えんじいろ》のエプロンにもナツの毛が相当ついていた。房恵の眼には茶色い犬の毛が梓の皮膚の奥から湧き出《い》づるやわらかい光のように映り、色っぽいというのはこういう人のことだろうかとも考えた。

「服に毛がつくこんな時期にお招きして申しわけありません」

「いえ、全然大丈夫ですよ」房恵は上機嫌で答えた。「菖蒲湯《しょうぶゆ》っていうのがありますけど、わたしは犬の毛をたっぷり浮かべた犬毛湯《いぬげゆ》に入りたいくらいですから」

微笑みを浮かべかけた梓がじっと一点を見つめたかと思うと、手を伸ばして房恵の耳の近くの髪に手を触れた。梓は犬に触るように自分に触ったのだという気がしたので房恵は変に思いもしなかった。むしろ、房恵の髪から離れた指先に茶色い毛が一本つままれていたことが意外だった。

「ナツの毛が道路の方にまで飛んだのね」

犬に触るように触ったのではなかったのだと知ると少しだけ落胆したけれども、一瞬のことで、バンダナとエプロンを取り払った梓に家の中へと促されると、気分はたちまち元通りになり、玄関の戸が開かれるとナツに続いて家の中に足を踏み入れた。

リビング・ダイニング・ルームに入ると、ナツは早々に自分用のマットレスに上がって蹲った。梓が「どこでも好きな所にすわってください」と言ったので、房恵はナツの後肢のそばにそっと腰を下ろした。背中を撫でてもナツは静かに横たわったままだった。迷惑そうではなかったけれど、犬が喜んでいるように見えなければ房恵の気持ちも遠慮気味になるので、手を引っ込め、ただ隣にすわっていることにした。触れ合えなくても一緒にいるという感じが味わえれば一応の満足は得られるのだった。

「八束さんの犬への接し方は、何だか、犬と存在を混じり合わせようとしてるみたいですね」

リビング・スペースの低いテーブルに湯気の立つ器を二つ置きながら、梓が言った。そこで房恵はリビングの方に移動し、人間らしくクッションにすわって梓と向かい合った。梓の前では全く緊張を感じないせいか、口からひとりでにことばが流れ出した。

「そうでしょうか。そうかも知れませんね。わたしには小さい頃からずっと、犬になりたい、犬でありたいっていう犬化願望があるんですけど、そういう願望ってつまるところ、犬と混じり合いたいということなのかも知れない、と今思いました」

テーブルの上の碗が抹茶茶碗ふうの取手のない物だったので、房恵は一瞬犬用の食器と見間違えそうになったのだけれど、もちろんちゃんと見れば人間用の小ぶりな碗で、内側が白、外側は象牙色に近い赤みがかった色でまだらに彩られた、梓の作とおぼしき物だった。中を満たしている黄金色の液体からは甘酸っぱい香が立ち昇っていた。梓は手で碗を示して勧めた。

「ローズヒップ・ティーです。お嫌いじゃなければいいんですが」

「うちでも常備してますよ。ローズヒップの学名は『犬の薔薇』っていう意味なんですってね」

「それは知りませんでした」梓は少し笑った。「さっきの話の続きですけど、わたしは犬になりたいとは思いませんね。犬と混じり合いたいとも思わない。犬は自分とは別のものでなければ困るっていう感じが強いです」

「困るんですか？　どうして？」房恵は人間らしく会話を深めて行こうとした。

「犬といることでわたしは変わるというか」梓は注意深くことばを選んでいるようだっ

た。「犬に向かい合った時、わたしはいちばん穏やかで安定した好ましいものになる。わたしの中のいい要素を犬が惹き出して拡大してくれる。そういうものとして、犬が必要なんだと思います。あくまでわたしのために犬をそばに置く。だから別のもの、という感覚ですね。エゴが強いのかな、わたしは」

梓の声音はおとなし過ぎ、話に出て来た自己イメージもやや謙虚に過ぎるように感じられたので、房恵は景気づけのためにわざとやや荒い口調で話し始めた。

「わたしなんて友達に、友達って前にこちらに一緒にお邪魔したうちの編集長の久喜ですけど、彼に、おまえの言う犬化願望だの種同一性障害だのは幼稚なナルシシズムだって言われたことがありますよ。自己愛を犬に投影してるだけだろうって。わたしには玉葱を剝いて行くような人間分析の趣味はないので、何とも言えませんけどね」

話しながら房恵は、お喋りはじゃれ合うことに似てる、わたしは今梓と遊びたくてじゃれかかるように喋ってる、と感じていた。自分で話していても話の内容以上に、梓に話しかけ耳を傾けてもらっていることが楽しいのだった。

「そりゃ愛情なんて、エゴ、ナルシシズムで一通りの説明はつくでしょうよ。だけど、犬を見ただけでわたしたちのような犬好きの胸に湧き起こる快さ、人間を始めとして他の動物を見た時にはほとんど湧くことのないあの快さを、エゴだのナルシシズムだのといったことばで説明できますか？　できないと思いますね。あれは生物学的な反応でしょう？　わたしは何だか、ああいう生物学的反応こそが信じるに足るたいせつなもののように思えるんです」

房恵がことばを切ると、梓が房恵の後ろを指して楽しそうに言った。

「ナツの耳が立ってる」

振り返ると梓のことば通り、マットレスに蹲っているナツは首を起こし、両耳をぴんと立ててこちらを見つめていた。

「うちに来る人は少ないから、たまにお客さんが来て話し声がすると、何だろうと思うようですね」

梓と房恵の視線を受けたナツが立ち上がった。房恵の所に来たので頭から首筋にかけて撫でてやると、気を許したように耳を倒して床に寝そべった。寄り添って横たわりたいくらい愛らしかった。梓が口を開いた。

「犬化願望って、八束さんに会うまで聞いたことがありませんでした」

「わたしのつくったことばですから。種同一性障害っていうのも」

「インターネットの検索サイトで『犬になりたい』という語句で検索かけたんですよ。そこそこのヒット数でしたけど、『犬化願望』ということばも『種同一性障害』ということばも見当たりませんでしたね、そういえば」

「どうしてそんな検索を？」

「八束さんみたいな人が他にいるものかどうか、知りたくなったものですから」

梓が関心を示してくれることが嬉しく、房恵は尻尾を振るようににこやかにうなずいた。梓は空になった二つの碗に再びローズヒップ・ティーをそそぐと、テーブルを離れて壁際へ行き、オーディオ装置の隣の木製ラックを開いた。

「この間、〈天狼〉で聴いた『アイ・ウォナ・ビー・ユア・ドッグ』という曲の入ったCDをネット通販で買ったんです」

「わたしはあの晩、〈天狼〉のマスターに借りました」

頼んだわけでもないのに「お貸しします」と朱尾に手渡されたCDを、房恵は家でもう何度も聴いていた。

「これでしたっけ？　曲名検索してヒットした物の中から適当に選んだんですけど」

梓がラックから取り出して持って来たのは、男がシャウトしている顔写真をジャケットにしたCDで、房恵が借りたバンド・メンバー四人の写真のジャケットの物とは違っていた。しかしアーティスト名を見ると、房恵の物は「イギー・ポップ・アンド・ザ・ストゥージズ」、梓の物は「イギー・ポップ」なので、梓の持っている『ヒポドローム──パリス77』というタイトルのCDはイギー・ポップというミュージシャンのソロ作品なのだろうと見当がついた。

そう言うと梓は「違うんですか？　でも、曲は同じですよね？」と訊き返しながら、CDケースから取り出したブックレットを房恵に渡した。房恵は何度も聴いてほとんど暗記している「アイ・ウォナ・ビー・ユア・ドッグ」の英語の歌詞に眼を通した。載っている歌詞は、房恵の家にあるCDの物と若干違う所がありはしたが、大意は変わらなかった。梓が言った。

「歌詞を読んだら、予想したのと違ってました。主人に対する忠犬のようにあなたに仕《つか》えたいという願いを歌ってるのかと思ってたら、そうじゃなくて、犬になって好きな人に優しくされたい、というふうなことなんですね」

房恵もそこには注目していた。

「ええ、面白いですよね。これを作って歌っているイギー・ポップという人には、人間と犬との関係を主従関係と見なす発想が全然ないみたいですね。この人の頭の中では、犬とは可愛いもの、可愛がられるはずのものと決まってるんでしょう」

「八束さんもそう考えてるんじゃないですか？」

梓にすれば何気ない質問だったに違いないのだけれども、気持ちを見透かされたような気がして房恵の顔は熱くなった。

「人間としてはそう考えています。人と犬との関係は、人は犬を可愛がり犬は人を信頼し慕うというものしか思い浮かびません。犬を従わせようとか用事を言いつけようとか思うことはないです」

「わたしもそうですよ」梓が言った。「犬は何もしてくれなくてもいい。自分だけになついてほしいとも思いません。ただ、可愛がらせてくれればいいんです。撫でたり食べ物をやったりというように」

梓のことばに胸がときめいた房恵は、勢い込んで確かめた。

「ほんとうに？」

「ほんとですよ。ナツだって毎日ぼんやりのんびり過ごしてるだけですし」

梓がなぜ訊かれたのかわからないというふうに不思議そうな表情で答えたので、房恵は説明しようとした。

「犬にもいろんな性格のものがいて、威厳のあるリーダーを求める犬や仕事を与えられるのが好きな犬もいるんでしょうけれど、もしわたしが身も心も完全に犬だったら、今梓さんも言ったような素朴な可愛がり方をしてくれるタイプの人間と一緒にいたいんですよ」

説明しているうちに自分の梓への気持ちを語っているような気がして来て、房恵は口ごもった。

「種同一性障害者の妄想を語ってしまいました。気持ちが悪かったらごめんなさい」

「全然気持ち悪くなんかないですよ」

あっさりと首を振った後、梓は「曲を聴き比べてみましょう」と言って、CDを手にオーディオ装置の所に行った。海賊版ではないかと疑わせるような粗悪な録音のひずんだ音が室内に響き渡った。ナツがまた耳を立てて頭を起こした。梓はオーディオの所から戻るとナツのそばの床に腰を下ろし、心配はいらないと言って聞かせるようにナツの首筋に手を添えた。見ていた房恵の胸が疼《うず》くほど甘やかな仕草だった。

ライヴ録音らしいその演奏は荒っぽいと同時に力強さもあり、正直いって朱尾から借りたスタジオ録音版を、かっこいいけれど演劇的なアレンジがほんの少し苦手だと感じていた房恵は、このライヴ・ヴァージョンの方が好きなくらいだった。タイトルにもなっているフレーズをイギー・ポップのヴォーカルと一緒に頭の中で歌っていると、ダイニング・スペースの方から甲高《かんだか》い電子音が割って入った。振り向くとダイニング・テーブルの上の電話の子機が着信ランプを点滅させながら鳴っていた。立ってそちらに向かった梓の後をナツも追った。

ＣＤはそれほど大きな音量で再生されていたわけではないので、低い声で話してはいても梓のことばはところどころ聞こえて来た。梓も房恵の耳が気になるのか、「いや、見なかったけど」とか「探してみる。どのあたり？」などと話しながら、キッチンの方へと遠ざかって行く。電話をかけて来たのはこの家に通って来る梓の恋人かも知れないと思った房恵は、聞き耳を立てる恰好にならないようになるべくＣＤの演奏に集中しようとした。ところが、梓が足早にオーディオの所へ行ってＣＤプレイヤーを止めた。そして、またキッチンの方へと歩いて行った。

静まり返った室内に「うん」「ごめんなさい」「もう止めたから」「わかった」という梓の宥《なだ》めるような声が湧いては消えた。その声の調子がとても低姿勢で悲しげに感じられて、気にかかった房恵は振り返りそうになったけれども、好奇心で振り返ったと誤解されると不本意なので、強い意志でこらえようとした。が、少しでも様子を知りたくて、俯けた頭をさりげなくキッチンの方へめぐらせた。ココア色のカルソンを穿《は》いた梓の脚と、ナツの顔が見えた。眼が合ったせいか、ナツが寄って来た。頭を撫でてやっているうちにナツは眼を細めて顎を房恵の膝に載せた。

「どうしたの？　寂しくなったの？」房恵は小さな声でナツに話しかけた。「梓さんが電話してるから？」

たナッツの頭を撫でた。

気がつくと、電話を終えた梓がそばに立っていた。梓の手が伸びて、房恵の膝に載っ
「ごめんなさい。電話をかけて来たの、兄なんです」梓は冷《さ》めた表情で奇妙に静かに話し始めた。「あそこにあるオーディオ・セットは兄の物なんですよ。兄は町中にあって家族もいる自分の家では好みの音量で音楽を聴けないんで、近くに民家がなくて近所迷惑の心配のないこの家にオーディオを置いて、時々やって来て心行くまで好きな音楽を聴くんです。今電話でもめていたのは、クラシック好きの兄が、クラシックになじんだスピーカーでロックを鳴らすと、スピーカーに変な癖がついて音が変わるからやめろ、と。それでプレーヤーを止めたんです」

ナッツが顎を上げて梓の掌を舐めた。梓はナッツの鼻面に軽く指先をすべらせると、不意に明るい調子で言った。

「じゃあ、聴き直しましょうか」

さっきの電話での梓の低姿勢な受け答えを憶えていた房恵は、オーディオの方に行こうとする梓を急いで呼び止めた。

「やめておいた方がいいですよ。スピーカーの鳴り方がかける音楽によって変わるっていうのは、ほんとうらしいですから。もしお兄さんに気づかれたら面倒じゃないです

か」

「大丈夫ですよ。実は兄はそんなに耳がいいわけじゃないですから」

振り返ってそう答えた梓だったが、房恵の表情に眼を留めると立ち止まった。

「わかりました。やめておきましょう。そんなに心配してくださるのなら」

何がおかしいのか房恵にはわからなかったけれども、梓はくすっと笑い親しげな調子で言った。

「ナツに羊の耳をやってみましょうか」

梓は受け取ってキッチンに置いてあった房恵の手土産を取って来て、ビニール袋を破り、三角形の黄色っぽくて薄い肉片をナツに差し出した。ナツはちょっと匂いを嗅いでから口の中に入れ、三回ほど嚙んで呑み込んだ。特に嬉しそうでもないけれど口に合わないということもないようだ、よかった、と思って見ていると、房恵の鼻先にも羊の耳が差し出された。房恵は戸惑って眼の前の羊の耳を見つめた。

「八束さんからもやってください」

梓のことばを聞いてようやく意味がわかり、房恵は黄色い肉片を受け取った。わたしを犬扱いして食べろと差し出したわけじゃないんだ、とはっきりわかって、自分の誤解に笑い出しそうになった。同時に悲しくもなった。そんな錯覚を起こしてしまうほど自分が梓に犬としての慕情を寄せていることを思い知ったからだった。この先梓への慕情をいったいどうすればいいのか、全くわからなかった。ナツは生温かい息を吹きかけながら房恵の手から羊の耳を取って食べ、房恵は掌にナツの口の湿り気を感じて心温まりもしたのだけれども、胸の一部分がちくちくと痛み続けていた。

「また遊びに来てください」と梓は言ってくれ、その表情には単なる挨拶ではない真実味が滲んでいたような気がしたし、房恵の方にももちろんまたすぐにでも梓に会いたいという気持ちはあったけれど、梓がどのくらい房恵と親しくなりたいと望んでいるのかわからないせいもあって、梓の家を訪ねた後しばらくは連絡もとらず気が抜けたような日々を過ごした。

梓の家での楽しかった時間を思い出すとほのぼのとした気持ちになった。しかし、梓の「うちに来る人は少ない」ということばを聞き、以前の取材の時の「ほんとうは薪窯《まきがま》を造りたくてこれだけの広さの敷地を用意したんですけど、薪窯は火の番に人をたくさん集めないといけないので、知り合いの少ないわたしは薪窯にするのをためらってるんです」という話も思い出すと、梓は元来人嫌い、交際嫌いなのではないかとも思えて、房恵は自分が人間であることがいっそうつまらなくなるのだった。

　その他気にかかるのは、兄と電話で話していた時のあの低姿勢ぶり。玉石彬とかいう兄には作品の宣伝や販売などで世話になっていて頭が上がらないのかも知れないけれど、それにしてもあれほど謝ったり宥めたりする必要があるんだろうか、まるでお兄さんの方が絶対的に偉いような印象だった、昔はあんなふうにきょうだいにきっちりと序列があったらしいけれど、地方の金持ちの一族は今でもああしたものなんだろうか、と思いをめぐらせるうちに、だんだん気分が沈んで行く。

　梓とナッとの時間を思い返しては明るくなったり暗くなったりする情緒不安定な日々、朱尾献から「新しいオリジナル・カクテルが完成しました。飲みにいらっしゃいませんか」などというメールが携帯電話に入ると、救いの手が差し延べられたように感じ、房恵は喜んでバー〈天狼〉に赴《おもむ》くのだった。

　朱尾が時々気味悪く見えることにも馴れた。背中を向けたままシェイカーにいろいろな材料を入れて行く様子も、いかにも怪しげで得体《えたい》の知れない薬物でも調合しているようだったけれども、真剣な面持《おもも》ちで一心にシェイカーを振った後、ものやわらかで優しげな仕草で「どうぞ」とグラスを差し出されると、変な物が混じっているかも知れないけれど飲んでみようかという気になった。

「これ、何ていうカクテルですか?」

「〈犬の蜜〉と名づけました」

素敵な名前だと思って、房恵はたわいもなく微笑んでしまう。〈犬の蜜〉という朱尾のオリジナル・カクテルは、どんな香辛料を使っているものか香りが犬臭く、口に含むとねっとりと甘い。臭みの中から甘さが立ち昇って来るのが、房恵の好みに合い過ぎるほど合う。まだつき合いは浅いのに、朱尾は房恵を喜ばせる壺を知り抜いているように思える。そういうことも気味が悪いといえば気味が悪いのだが、同時に覚える心地よさの方に引きずられて房恵は、〈天狼〉に来ると決まって長居するのだった。

〈天狼〉に房恵以外の客が来ていることはめったになく、一度狗児市には珍しい西洋人の男性客二人と一緒になったくらいだった。朱尾は客が来ない夜に房恵を呼び出しているのかも知れなかった。そんな具合で経営が成り立つのか心配にもなるけれど、房恵にとっては朱尾と一対一で話し込むことができるのがありがたかった。

「この間朱尾さんが言ってた小説、読みましたよ」

「『狐になった夫人』ですか? デヴィッド・ガーネットの」

「ええ、面白かった。夫は妻が狐になっても愛情をそそぎ続けるし、人間だった時の妻の面影にこだわり続けるんじゃなくて、狐になった姿そのものにも愛着を抱くようになるんですね。　夫のそんな心の動きが信じられないという人もいるかも知れませんけど、わたしはすごく共感できます。狐ってイヌ科で可愛いし、もし好きな人がそういう可愛い姿になったら、人間だった時とはまた別の愛し方ができるようになると思うんです」

「毛虫とか、可愛くないものに変わったとしたら?」

「それでもだいじにするとは思いますよ。でも、見馴れることはあっても、姿形そのものへの愛着が湧くかどうか。どうせなら、もっと可愛いものに変わってほしかったたって思うんじゃないかな」

「わたしは外見にはこだわりませんけどね。魂さえ美味ならば」朱尾は自分用に作った何やら白く濁った飲み物を口に運んだ。「玉石梓さんが犬の魂を持つ人間を犬と同じように愛せるかどうか。それがあなたにとっての問題なんでしょう?」

梓の犬になりたいという願いをはっきりと朱尾に言った憶えはなかったけれども、そういうことは勘のいい人には何気ないことばの端々《はしばし》から伝わるのだろう、と考えて房恵はうなずいた。

「ええ。だけど、そもそも梓さんが魂というものを信じているかどうか」

「魂を信じないなんて、恐ろしいことですね。魂には温度もあれば手触りもある。味だってあるというのに」

この話題になると、朱尾は吐く息も燃え立つばかりに熱いのではと思わせるほど情熱的だった。

「体臭の強い犬を撫でると、手にべったり匂いがつくことがありますね。しばらくの間、掌に犬の匂いでできたボールを持ってるような感じが続く。朱尾さんの言う魂の感触も、そんなふうなものなんですか？」

「まあ、そうですね。魂の感触は、少なくともわたしにとってはとても生々しいものなんです。見えもしないし触れもしないものが、どうしてこんなに生々しく感じられるのかと思う。しかとは捉えられないにせよ、やはり魂には実体があるのではないか、と妄想したくなるわけですよ」

「朱尾さんは、出会う人一人一人の魂の違いも感じ分けてるんですか？」

「ええ、まあ、そう妄想しています」

「じゃあたとえば、前わたしと一緒にここへ来た久喜の魂は、どんなふうだったか憶えてますか？」

「ああ、匂いとか弾力とか、バスケット・ボールを思わせる魂でしたねえ。ただ、だいぶん空気が抜けてるようでしたけど」

「その通りだと思います」房恵は機嫌よく笑った。「じゃあ梓さんのは？」

「難しいな。はっきりしたイメージが結べないんですよ、あの人の場合。すべすべしてはいなくて、けっこうざらっとした肌触りなんですが」

「意外ですね」房恵は首をかしげた。

「ざらっとしていると言っても、いやな感触ではないんです。絹ではなくて麻だというようなものですよ。絹のようになめらかではないけれど、麻には麻のよさがあるでしょう?」

「ええ、吸湿性も通気性もいいし」

「あの人の魂は、夏物のジャケットにでも仕立てますか」

「それも悪くないですね」

深い意味のないことば遊びめいたやりとりだったけれども、何となく身内意識に似たものが生まれて、房恵と朱尾は顔を見合わせて微笑みを交わした。しばらく忘れていたけれど、心を許した女友達との無駄話は確かこんなふうに楽しいものだったような気がする、と房恵は思った。いや、普通の女友達は朱尾ほど気を遣ってサービスしてはくれない。ふかふかのソファーに身を沈めたような、こんなにゆったりとした心地にさせてくれる人を、何にたとえればいいだろう。執事、さもなければ、慈母だろうか。

「リュカンスロピーということばをご存じですか?」朱尾が尋ねた。

「いいえ」

「本来は狼憑《つ》きという意味ですが、精神医学の分野では、自分をほんとうは動物だと信じる症状を指すことがあるそうです」

房恵は朱尾を見つめた。朱尾の眼差《まなざし》は、ついさっき感じた執事だとか慈母だとかの印象がぐらつくほど、観察的で淡白なものだった。

「わたしがそれだと？」

「そうは言っていません。感想をお聞きしたいだけです」

「わたしは何でもいいんですよ。魂なるものが実在してもしなくても。わたしの言う種同一性障害が、心の病であってもなくても。わたしがこういうふうである原因なんて、わかったところで屁の役にも立ちませんから。ただ、わたし以外にも自分はほんとうは動物だと信じる人々がいるとわかると、寂しさが少し紛れますね」

「〈犬の蜜〉をもう一杯いかがですか？」

「いただきます」

朱尾は房恵に背を向けて作業を始めた。房恵は「寂しさ」ということばを口にしたせいか、会話が途絶えると急に寂しさに襲われた。寂しさが呼び起こしたのは、丘の中腹の家にナツと住む梓の映像だった。あんな孤立した所に暮らしていて梓は寂しくないのだろうか、折々訪ねて来るのが頭の上がらない相手である兄だけなのだとしたら、はたして幸せなのだろうか、と先走った想像までせずにはいられなかった。

二杯目の〈犬の蜜〉がテーブルに置かれた。漂い出す犬の匂いが束《つか》の間房恵を慰めた。

朱尾は腕組みをして後ろの棚にもたれた。

「玉石さんに犬と認めてもらいたいですか？」

房恵はうなずいた。

「本物の、あの人の犬になれないのなら、二番目の望みは今の姿のままで犬と認めてもらうことです。正気を疑われそうですけどね」

含み笑いが聞こえたような気がしたので眼を上げたが、朱尾は別に笑ってはいなくて、無表情で白濁した液体を飲んでいるだけだった。

「あなたの魂は面白いな」笑顔ではないのに朱尾の声は笑いを含んでいるように響いた。「魂の半分が犬なら、あなたも犬神になれるだろうな」

「犬神って、犬を首だけ残して地中に埋めて、届きそうで届かない所に食べ物を置いて、飢えた犬が必死で首を伸ばしたところを叩き斬れば、その犬の魂を犬神として自在に操ることができるようになる、とかいうやつですよね？　残酷でいやな伝承ですね」

「あなたの出身地の四国はその犬神伝説の本場じゃないですか」

「でも、愛媛じゃ犬神の伝承なんて全然聞きませんでしたよ。田舎では語り伝えられてるのかな。何にせよ、犬神伝説は嫌いです」

「わたしもです。魂は合意の上でいただくものだ」

まじめくさった顔で現実離れした科白を平然と吐く、この人のこういうところがほんとうに気味が悪い、カクテル作りの腕は抜群なのに客が少ないのは、こういう気味悪さのせいなんじゃないか、と房恵は朱尾に同情した。朱尾がしきりにわたしを呼び出すのも、普通の人間には相手にされず心を打ち明けられないからなのかも知れない、朱尾とわたしはきっと寂しい者同士でお互いを慰め合ってるんだ、そう考えて房恵は納得し、いつしか朱尾と週に最低一、二度はメールの交換をするほどの仲になったのだった。

スーパーマーケットの駐車場で梓とナツに再会したのは、家を訪ねてから三週間ほどたった土曜日の夕刻だった。買物を終えて停めてある自転車に向かって歩いていると、ちょうど梓が赤い車の後部のハッチを上げてナツを降ろしているところだった。何を考える暇もなく喜びのままに足早に近づいて行くと、まずナツが、それから梓が房恵の方に眼を向けた。梓はにこやかな顔で房恵がそばに来るのを待った。

をかけた。

「お互いに」

買物袋を地面に置いていつ見ても可愛らしいナツの栗色の毛を撫でていると、梓が声をかけた。

「散歩に行く？」

梓が自分に言ったのかナツに言ったのかわからなくて、房恵はきょとんとした。梓は手にした引綱をナツにつけようと留具に指をかけていたので、自分が引綱をつけられるイメージが一瞬のうちに湧き起こり、梓が腰をかがめてナツの首輪に引綱をとりつけるまで動きが止まってしまったのだが、冷静になれば首輪も嵌めていない自分に引綱がつけられるわけはないのだった。

「行きましょうよ、ナツと散歩に」

房恵の心の動きを知らない梓は陽気に言った。

房恵は自転車を押しながら、ナツを連れた梓と並んで犬洗川沿いの土手を歩いた。思いがけず訪れた幸福に、房恵の眼には土手の斜面に生い繁るススキも犬の毛に見えるほどだった。折しも犬浴の時間帯で、土曜日でもあるし、たくさんの犬が散歩に出て来ていた。房恵は陶然とするあまり少しの間喋ることも忘れた。

「房恵さん、魂抜けてませんか？」

梓に尋ねられてようやく我に返った。

「魂の半分、人間の部分は抜けてたかも」

「うん、人間に見えませんでしたね」

「何に見えました？」

「何だろう。人間に似てるけれど違うもの。『バンパイヤ』ってマンガ、知ってますか？」

「手塚治虫の？　月を見ると狼に変身したりする種族が主人公のやつ？」

「そう。あの中に、人間から動物に変身している途中のバンパイヤは、人間でもないし人間じゃないものでもないっていう話が出て来るでしょ？　そういう、変身途中のいわくいいがたいものに見えたかな」

「そういえば」房恵は思い出して言った。「この間お邪魔して以来、何だか髪の毛の手触りがナツの毛の手触りに似て来たような気がするんです。犬化が始まってるのかも知れない」

「ほんとに？」

「単にシャンプーを変えたからだろうと思いますけど」

そんな話をしながら歩くうちに、一箇月と少し前二人が再会した場所、房恵がサッカー・ボールをぶつけられて転倒した場所に着いた。隣を見ると梓は特に表情もなく、前を歩くナツに眼を向けている。突然房恵はずっと気にかかっていたことを梓に訊いて確かめてみたくなった。今しかない、今訊かなければずっと訊けずに終わってしまうだろう、と素早く決心を固め、梓の横顔に向かって問を投げかけた。

「あの時、もしかしてわたしの自転車を蹴った？」

梓は足を止めて房恵に顔を向けた。最初にその顔に顕《あら》われたのは悲しげな表情だった。しかし、すぐに瞳に力が戻った。眉を曇らせたまま弱い微笑みを浮かべ、迷いを振りきるようなきっぱりとした口調で梓は答えた。

「蹴りました。ナツの上に倒れかかりそうだったので。ごめんなさい」

房恵の胸は喜びに震えた。梓をまっすぐに見て、言った。

「謝らなくてもいいですよ。わたしは、あなたが犬を守り抜こうとする人だとわかって嬉しいくらいですから」

戸惑いも顔をよぎりはしたが梓はほっと緊張を解き、視線を伏せて溜息のような笑いを漏らした。ナツがどうして進まないのかと言うように二人の間に割って入り、梓を見上げた。梓はナツに微笑み、何か言いそうに口元を動かしながら顔を上げかけた。その時、鋭い口笛の音があたりに響き渡った。房恵と梓とナツは口笛の聞こえて来た方角に頭をめぐらせた。左手の一段低い道沿いにある〈天狼〉のあけ放した扉の前に、朱尾が立っていた。

梓が尋ねた。

「あれはあなたの飼主?」

「まさか。違いますよ」

朱尾が手招きするので、房恵は梓に尋ねた。

「行ってみますか?」

「ええ」

開店時刻の七時にはまだ間があるので、朱尾はバーテンの服装ではなく、小紋柄のシャツにニット・ベストという普段着姿だった。梓に会釈すると、朱尾は言った。

「久しぶりですから一杯飲んで行かれませんか? ご馳走しますよ」

梓が即座にうなずいたのは、朱尾のようなタイプと肌が合うせいだろうか、と房恵は想像した。朱尾も満足そうに「そういうふうに、遠慮して見せたりしないではっきりと意思を表わしてくれる人が、わたしは好きです」などと言っている。房恵は梓と朱尾の決定に従う恰好になり、梓がナツの引綱を店の扉のノブに結びつけるのを待って、二人の後からのこのこと店の中に入った。

朱尾が梓に出したのは〈犬の蜜〉だった。梓はじっくりと香を吸ってから、おいしそうに〈犬の蜜〉を味わった。房恵にはオリジナル・カクテルの新作だというものが渡された。それは〈犬の蜜〉よりは犬臭さが淡く、そのかわりに青臭い植物系の香りが交じっていた。眼で「上出来」と伝えると、朱尾は言った。

「〈犬の蕾《つぼみ》〉といいます」

「朱尾さんが飲んでるのは？」

梓が質問した。朱尾はいつも飲んでいる白濁した液体を、この日も手にしていた。朱尾はグラスを眼の高さに掲《かか》げ、確かめるように液体の色を見つめながら答えた。

「これは、単に〈犬〉です」

ぎくりとして房恵は尋ねた。

「どうして〈犬〉なの？」

「何となく」朱尾はうっすらと笑った。「これはわたしの口にしか合わないだろうけど、味わい深いんですよ。口に入れてもすぐには飲み込まないで舌の上で転がし弄べば、いちだんと」

房恵は隣の梓に言った。

「この人、ちょっと気持ち悪くないですか？　わたしは時々ぞっとしますよ」

梓は微笑んだだけで房恵の問をやり過ごし、別の問を朱尾に向けた。

「さっき房恵さんを口笛で呼んだでしょう？　朱尾さんは房恵さんの飼主なのかと思っちゃいましたよ」

「とんでもない」朱尾は肩をすくめた。「むしろ、わたしは房恵さんの下僕《げぼく》ですね」

「えっ？　そういうつもりだったの？」

「下僕」という表現に意表を突かれ、房恵はとっさにそう訊き返した。房恵は「執事」とか「慈母」ということばで朱尾のサービスぶりを捉えようとしたことがあるけれども、確かに下僕ということばも見当はずれではなかった。ただし、非常に冷静な眼で観察されながら受ける親切だし、房恵の反応を見るために朱尾は時々わざと気味の悪いことを呟いたり挑発するような話題を出したりする気配もあるのだから、純粋な意味での下僕ではあり得ない。限りなく下僕に近い役を朱尾は演じているという印象だった。

はっきりさせたいことはいろいろとあったけれども、梓もいるし、とりあえず冗談めかしたことを言ってすませようと房恵は思った。

「わたしの下僕になりたいんだったら、正式に契約を結んでもいいよ」

朱尾は眉一つ動かさず房恵の持ちかけに応えた。

「では、報酬など細かい規定は後ほど相談して決めましょう」

「報酬がいるの？　わたし、お金なんてないけど」

「契約となったら報酬は当然請求しますよ」朱尾は演技なのか素《す》なのか大まじめに言った。「でも、お金はいりません。ほしいものがあるとすれば、あなたの魂だな」

「は？」房恵の喉から間抜けな声が漏れた。「そんなものでよければいくらでも差し上げますが」

　朱尾は初めて呆れたような顔をした。

「軽率にそんなことを口にしていると、いつか後悔しますよ」

　黙って聞いていた梓が口を開いた。

「房恵さんの魂って犬の魂？　それだったらわたしもほしいな」

「おや、玉石さんも珍味がお好みでしたか」

「珍味」ということばに房恵が文句をつけるよりも早く、朱尾は話を進めた。

「正確に言えば、房恵さんの魂は半人半犬ですよ。それでもいいんですか？」

「いいです。だいじにしますよ」

「だったら、今すぐ人間の体ごと、房恵さんの魂をご自分のものにしてしまったらどうですか？」

「何言ってるの、朱尾さん」朱尾のあまりに過激な発言に、房恵は思わず平手でカウンター・テーブルを叩いた。「そんな出過ぎたことを言う下僕がある？」

「すみません。この〈犬〉がおいし過ぎて」

朱尾は手のグラスを軽く持ち上げて示した。房恵の腹立ちは治まらなかったけれども、まずは梓にもひとこと言っておかなければならなかった。

「梓さん、すみません。朱尾さんみたいな魂マニアのほざくことなんか、気にしないでください」

「ええ」梓は不思議な眼つきで房恵を見た。「わたしより房恵さんの方が……顔が赤いけれど、大丈夫？」

顔をよく見ようとしたのか、赤い頬の熱さを調べようとしたのか、梓は手を伸ばし房恵の顔にかかった髪を指で押しやった。房恵の眼前にナッツの鼻面や頭を撫でる梓の手つきが浮かんだ。梓の方も何か感じるところがあったのか、伸ばした手をそのまま房恵の頭の側面にあて、軽くすべらせた。掌が上下するだけではなく、指先が髪をとかすような細かい動きをした。撫でられているのだとわかると、房恵は気持ちよさに眼が眩《くら》んだ。

「ほんとだ。ナッツの毛の手触りに似てる」梓は微笑みながら言った。「犬化の始まり？」

房恵は人間のことばを話せるような状態ではなかった。そのかわりのように、扉口でナツが待つことに飽きたのかワンと啼いた。梓は房恵の肩越しにナツを見た。

「そろそろ行きます」梓はスツールから下りた。「ごちそうさまでした」

房恵もさっとスツールから下りて梓の後を追った。朱尾もついて店の前まで出た。

「二人にお見送りいただいて恐縮です。じゃあ、房恵さん、また」

梓はにこにこ笑いながらそう挨拶すると、すっかり薄暗くなった道をナツと並んで遠ざかって行った。房恵は梓が行ってしまったのが寂しくてたまらず、溜息をついてその場にしゃがみ込んだ。朱尾は軽い運動がしたいのかそこいらをぶらぶら歩いてから、房恵のそばに戻った。

「『狐になった夫人』の作者のことですけどね」

しゃがんでいる房恵の頭の上から降って来る朱尾の声は、房恵の心境とはかけ離れて全く能天気に聞こえ、房恵は邪魔だと思ったほどだった。ところが、次の科白に房恵は、首の筋を違えそうな勢いで朱尾を見上げることになった。

「作者デヴィッド・ガーネットは同性愛、もしくはバイセクシュアルだったようですよ」

房恵は呼吸を整えてから尋ねた。

「バイセクシュアルって、この場合、人間と狐の両方が好きだということ?」

しゃがんだまま見上げると房恵の視線は朱尾の腹までしか届かず、顔を合わせようと体を反らすとバランスを失ってよろめいた。

「とぼけないでください」

そっけなく答えた朱尾の腹は微動だにせず、ニット・ベストに覆われているのにとても冷たい感じがした。房恵は体勢を立て直し、土手の上の薄黒い空に眼をやった。

「性別を障壁と感じない者だからこそ、種の違いを超える愛情を書くことができたのかな。でも、そういう見方は素朴過ぎる気もする。同性愛もしくはバイセクシュアルの人がみんな、伴侶が狐になっても愛せるとは限らないだろうし」

「しかし、ヘテロセクシュアルのイメージに固執するタイプの男女が思いつくような話ではないことは、確かでしょう」

「それはそうね。だけどまあ、同性愛でも異性愛でもバイセクシュアルでも、動物好きの人なら思いつく可能性はあるんじゃない?」

「あなたは同性愛もしくはバイセクシュアルではないんですか?」

朱尾の方に顔を向けると、朱尾の足は思ったよりも近くにあった。灰色の薄手のウール地に包まれたすらりとした足は、しゃれて見えてもよさそうなのに、何やら凶暴な動きをしそうな野卑な気配がまとわりついていた。

「違うと思う。同性とセックスすることを想像しても抵抗はほとんど感じないけれど、積極的にしたいわけでもないから。異性とだっておんなじだけどね。わたしはセックスでときめいたことは一回もない。性行為に執着はないの」

「だけど、玉石梓さんには同性愛的な感情を抱いているのではないですか？」

「どうかな」房恵は野卑に心に踏み込んで来た朱尾の足を睨んだ。「表面的にはそう見えるんだし、むきになって否定しようとは思わないけれど、あの人の犬になりたいというわたしのファンタジーに、キスだの乳房だの性器だのの性的な事柄はいっさい出て来ないのよ」

「では、玉石さんに頭を撫でられてうっとりしていたのはどういうことですか？」

朱尾の向こう脛《ずね》に嚙みついてやりたい、という衝動が房恵を襲った。

「あれを性的なことだって言うの？　犬は人間に撫でられると眼を細めるもんでしょう？　ごく日常的な触れ合いじゃないの」

「しかし、性的な触れ合いとそうでない触れ合いの境界線は曖昧ですからね」

「うん、それには同意する」

「それに、あなたは体は人間だ。魂も半分は人間でしょう。人間として反応する部分は大きいはずですよね」

朱尾がなぜこうも執拗に問い詰めて来るのか房恵には不思議だったけれど、うんざりして立ち去らない限り、次々に飛んで来る蠅を追い払うように朱尾の質問に答えるほかはなかった。

「その通りよ。こういうわたしにセクシュアリティというものがあるとしたら、それはホモセクシュアルでもヘテロセクシュアルでもない、これは今自分でつくったことばだけど、ドッグセクシュアルとでも言うべきなんじゃないかと思う。好きな人間に犬を可愛がるように可愛がってもらえれば、天国にいるような心地になるっていうセクシュアリティね。そして、犬だから相手の人間の性別にはこだわらない、と。これで納得してもらえる？」

朱尾はしゃがんでいる房恵の隣に来て、房恵と同じ方向を向き壁にもたれた。

「ドッグセクシュアルですか」

「何ならバカセクシュアルと言ってもいいよ」

「いやいや、ドッグセクシュアルという概念は興味深いんですけどね、それははたしてセクシュアリティの名に値するのか、という疑問が浮かびますね。だって、あまりにも基本的な快楽ではありませんか、撫でられて感じる気持ちのよさって。子供だったらそれだけの気持ちよさで満足するでしょうけどね。たいていの人は、いわゆるノーマル、アブノーマルを問わず、成長するにつれもっと他の快楽にも目覚めて行くものだと思うんですが、あなたには快楽の基本形しかないと？」

「そうみたいね。人間としては成長しなかったのかも知れない」

「ただ、あなたはまだ三十歳でしょう。世の中には遅咲きの人もいる。これからまだまだ変わって行く可能性があるわけですよ」

「同性愛とかバイセクシュアルに？」

「それだけじゃない。いろいろ考えられますよ。マゾヒストとか幼児プレイ愛好者とか」

房恵はがっくりと首を垂れた。

「朱尾さん、わたしをからかってるの？」

「申しわけない。からかう気持ちも少しありました。しかし打ち明けた話、わたしは見きわめたいんですよ、あなたの玉石さんへの気持ちは犬の慕情なのか、人間の同性愛的恋愛感情なのか」

「どうしてそんなことが知りたいの？」

「あなたの魂が面白いから」

「朱尾さんの方が変よ」

犬の匂いが漂って来たような気がして、房恵は顔を上げた。とっぷりと暗くなった中、空気を窺うと匂いはいちだんと強くなった。それは獣めいた匂いには違いないけれど、町中で出会う犬たちのものよりも脂っこく泥臭いむせ返るような匂いだった。嫌いな匂いではなかった。しかし、嗅ぎ馴れない匂いに落ちつかなくなった房恵は、すわり込んでいられず立ち上がった。冷たい風が吹きつけて匂いを一瞬かき消したが、またすぐに立ち籠めて来た。どう考えてもその匂いは、隣の朱尾から流れ出していた。背筋がぞくっとして、朱尾を見たいと思いながらも房恵は隣に眼を向けることができなかった。

「八束さん」濁った声で朱尾が呼びかけた。「もしも望みが一つだけ叶うとしたら、玉石さんの犬になることを選びますか？」

問に引きつけられるように、房恵の眼は朱尾の顔に向かって動いた。そして、房恵はびくっとした。いつどこから出したのか、朱尾が例の狼のマスクをかぶって立っていたからだった。改めて見ると、狼のマスクは朱尾の体格に合わせて作ったものか、朱尾の肩幅や首の長さにしっくりとなじみ、奇妙ではあるけれどとてもよく似合っていた。狼人間は腕組みをし、まっすぐ前方を見たまま静かに房恵の答を待っていた。

「選ぶ」

房恵は答えたが、まるで何ものかによってことばが喉から引きずり出されたようだった。朱尾は狼のマスクの中で満足げな息をつき、二つ目の質問をした。

「では、その望みのために魂を売りますか？」

滑稽さと不快さが同時に押し寄せて来て、房恵は混乱しながらも吹き出した。

「そんなとっぴなことを言われても」

狼人間は体を九十度めぐらせ、背をややかがめて房恵の顔を覗き込んだ。

「そういう契約をわたしと交わしませんか？」

「言ってることがさっぱりわからないけど」

〈天狼〉の店内から漏れる灯を反射して狼人間の眼球が光った。それがマスクの眼の部分に埋め込まれたガラスの眼球だと気づいた直後、じゃあ朱尾はいったいどこから外を透かし見てるんだろう、という疑問が湧いた。房恵はマスクに眼を凝らした。けれども、もし覗き穴らしい箇所が見つからなかったら悲鳴を上げてしまうだろう、と思ったので探すのをやめ、瞬《まばた》き一つしないガラスの眼球だけを見つめた。狼人間はすっと体を起こした。

「契約を交わしましょう。明日の夜またここに来てください」

狼の顔は遠のき、房恵の前を横切って旋風のように〈天狼〉の中に消えた。房恵は自転車に飛び乗ると、朱尾の残した獣めいた匂いから逃げ出そうと猛然とペダルを踏み込んだ。

アパートの部屋に戻ってほっとしたのも束の間、朱尾から流れ出していた匂いを思い出すと胸がむかむかして来て、それでも小一時間くらいは朱尾のことを考えまいとし吐き気に耐えていたのだけれど、結局房恵はトイレで吐いた。吐いていくらかすっきりすると、その小康状態に乗じてベッドにもぐり込み寝ることにした。しかし、体にあの獣めいた匂いが移ってしまったようで、蒲団の隙間から鼻先に匂いが立ち昇って来て浅い眠りを何度も妨げた。そして、眠っている間は決まって、狼のマスクをつけた朱尾が性的な感じではなく動物のマウンティングのように、横たわっている房恵に覆いかぶさって「契約」とか「魂」とか「珍味」と囁く場面が顕われた。眠りながら房恵はうっとうしさに腹を立てた。

充分に休めないまま朝になり、起き出して獣の匂いの移ったベッドのシーツ類一式とパジャマ、前の日に着ていた服などを洗濯機に放り込み、空気の入れ換えのために窓をあけ放ち、入浴して隅々まで体を洗い、洗濯した物を干して、ローズヒップとハイビスカスをブレンドしたハーブ・ティーを口にすると、やっと気持ちが鎮まり胸のむかつきも治まった。そうすると今度は、前の晩の朱尾の気味悪さよりも、朱尾の匂わせた契約の内容の方が気にかかって来た。

玉石梓の犬になるためになら魂を売るか、と朱尾は尋ねたのだった。まるで朱尾に房恵を犬に変える能力があるみたいに。冗談だとすると出来が悪過ぎて笑えないけれど、朱尾の芝居がかった口調には失笑を誘われる。芝居というよりは、ひょっとしたら幼児プレイとかＳＭプレイと言う時の「プレイ」のつもりなのかも知れない。朱尾は自分のファンタジーに基づくプレイにわたしをつき合わせたいんだろうか。つき合わせても、お互い大して楽しいこともないだろうに。それとも、いつもの執事的とも慈母的とも下僕的ともつかない奇妙なサービス精神で、契約の晩にはわたしがびっくりするような何事かを用意してでもいるんだろうか。そう考えると興味が湧かないでもなかった。

だけど、ゆうべの朱尾の気味悪さは限度を越えていた。この人は妄想に溺れてもうすでに正気を失ってるんじゃないか、と危ぶまれるくらいだった。そろそろつき合いを控えた方が賢明なんじゃないだろうか。今晩は〈天狼〉に行かない方がいいかも知れない。でも、朱尾とはけっこう友達っぽくなっているから、つき合いをやめるのはもったいない気がする。房恵はぐずぐずと考え続けた。朱尾は魅力のある人物だし。それに、もしほんとうに朱尾がわたしを犬に変えることができるのなら……。その仮定に行き着いたとたん、馬鹿馬鹿しいとわかっていても、房恵の考えはそこから離れなくなった。

房恵も犬好きを自覚してから二十年以上ファンタジーとともに生きて来たので、手持ちのファンタジーに「朱尾によって犬に変えられる」というオプションを一つつけ加えるのは造作《ぞうさ》もないことだった。ただ、房恵の想像は朱尾に支払う代償については全く及ばず、犬に変えられて梓に飼われてから始まる、撫でられたり、ブラシをかけられたり、体を洗われたり、連れ立って散歩をしたり、ナッとボールを取り合ったり寄り添って眠ったり、といった幸せいっぱいの生活を思い描くことにばかり働き、うっとりと空想を楽しんだ後我に返ると気分はすっかりよくなっていて、日曜の朝らしい元気も漲《みなぎ》って来た。

時計を見ると九時過ぎだった。出かけよう、と思い立って房恵はブルゾンをはおった。まずは喫茶店かファミリー・レストランでブランチでも食べるつもりだった。けれども犬渡橋まで自転車を走らせるとふと梓に会いに行きたいという気持ちが芽ばえ、梓の家の方角にハンドルを切った。梓に時間があるのは日曜の午後と聞いているので、午前中に訪ねるのはひどく迷惑なことかも知れないけれど、犬が一匹家のまわりをうろつくくらいかまわないだろう、と途中までは楽観的に考えていて、いや、人間の姿をした者がうろついては異常者扱いされてもしかたがない、と思い直したのが、梓の家に通じる丘の坂道の下だった。

房恵はペダルを漕ぐのを中断して思案した。突然訪ねて玄関のチャイムを鳴らすのはあきらかに変だし失礼だ、でも、家の前に佇んで家の中の梓の気配を嗅ぎ取ろうとするくらいならいいんじゃないか、それも決して爽やかな行為じゃなくて暗くじめじめした感じではある、家に近づくだけのことでもやっぱり午後まで待った方がいいか、と結論を出しかけた時、坂道の十メートルほど先に、一匹の犬が立って房恵の方を見ているのに気がついた。

灰色っぽい毛をベースに黒毛がまばらに交じった独特の毛色で、尻尾は巻き上がっていなくて垂れていて、けっこう大きな犬だった。引綱はつけていないし、近くに飼主らしい人間も見当たらない。しかし、首に光沢のある赤いバンダナ様の布を結んでいるので、野犬ではないようだった。さすがに房恵も、引綱をつけていない見知らぬ大型犬にむやみに近寄って行く勇気はない。引き返そうと決めた時、房恵を見ていた犬がゆっくりと尻尾を振った。おや、と思うと犬は房恵に背を向けて坂道を数歩上ってから、足を止めて房恵を振り返った。口角の上がったその顔は笑っているように映った。

その犬が遊びに誘っているように思えたけれども、すぐには確信が持てず房恵は動かないでいた。すると犬は二、三歩坂道を下りて来て立ち止まり、また二、三歩上って振り返った。光の当たり具合で灰色の毛の所々が銀色にきらめいた。犬の好意が移植されたかのように房恵の胸はふっと温まった。大丈夫、犬は「来い」と言っている。そう悟った房恵は、急激に動くと犬が驚くかも知れないので自転車を降り、自転車は置き去りにして歩いて犬に近づいて行った。

近くで見ると犬は予想以上に大きく、背中の高さは房恵の腰くらいまであった。けれども、凶暴な雰囲気は全くなかった。房恵は犬を撫でることを一心に思いながら近寄って行ったのだけれど、意外にも犬は撫でさせてくれず、口角を上げた柔和な表情のまま房恵の先に立ち、一定の距離を保ちながら、しかし「帰るな」と言いたげに時々後ろを振り返りながら、坂道を上って行くのだった。房恵の方も少しでも犬に触れるまでは帰りたくなかったので黙って追った。

歩いても歩いてもいっこうに犬との距離は縮まらず、房恵の体は汗ばみ、立ち止まって一息入れたくなった時には梓の家の手前のカーブの所まで来ていた。これ以上先まで犬が行くならばもう追いかけない、触るのは諦めよう、と思ったら、犬は房恵の四、五歩先で立ち止まり半回転して房恵に向かい合った。よし、触《さわ》れる、と房恵は意気込んで足を踏み出し手を伸ばしたのだけれど、犬は急に気分が変わったのか、鼻筋に深い皺を寄せて低くて太い威嚇《いかく》の唸《うな》り声をたてた。心臓が縮み上がり、房恵はその場に凍りついた。犬はさっと身を翻《ひるがえ》すと、房恵を見向きもせず走り出してカーブの向こうに消えた。

取り残された房恵は、犬に裏切られた、あるいは弄ばれたように思えて、ショックでしばらく動けなかった。初対面の犬を撫でようとして、嚙みつかれたことはないけれども威嚇されたことならこれまでにもある。しかし、いったん心が通い合ったと感じた犬に突き放されたのは初めてで、房恵にとってはこれほど傷つくことはなかった。犬には犬の気分がある、尊重しなければ、と自分を励まし自転車の所まで引き返そうとしたが、せっかくここまで来たのだからちょっと梓の庭先を覗いてみよう、と思いついた。もし梓が表にいて出くわしたとしても、ここまで犬を追って上って来た経緯《いきさつ》を話せば変に取られはしないだろう。

そうはいっても、異常者じみたふるまいをするのは自分でもためらうところがあって、房恵はカーブを曲がると、道路を渡った先にある梓の家に向かって正面から進んで行くようなことはせず、敷地の左側の門柱の陰に身をひそめた。もちろん、どんな工夫をしても怪しいことに変わりはない、それどころかこれではますます怪しい、と気づきもしたのだけれど。ともかく、見つかる心配のあまりない場所で、房恵は緊張を解いて敷地の内側を窺った。

敷地内に車が二台あるのが眼に入って、房恵ははっとした。梓の五ドアの赤い車とメタリック・シルヴァーのがっしりしたセダンが、縦列に並んでいる。週末に訪れた梓の恋人の物だろうか。ただの友達の車であるよりは恋人の車であった方がいい、梓に親密な間柄の人間がいるのなら、こんなに孤立した丘の一軒家に住んでいても寂しくはないだろうから。房恵はそう感じ、房恵の梓に対する感情が恋愛感情ではないかという朱尾の疑いを思い出して笑った。恋愛感情であるわけがない、だって、恋愛感情だったら梓の恋人に嫉妬するはずだから。

玄関の入れ違い戸が開く軽い音が聞こえた。房恵は若干《じゃっかん》身を低くした。玄関の方から三十代半ばの年恰好のポロシャツ姿の男が歩いて来て、メタリック・シルヴァーの車のドアを開けて運転席に乗り込んだ。車は外国製らしく、運転席は左側にあった。エンジン音が響き車が道路に出て来るようだったので、房恵はあわてて通りすがりの者のふりをしようとした。が、その前にクラクションが鳴った。間を置いてもう一度鳴り、その後もなかなか車が出て来る様子がないので覗くと、運転席の男は携帯電話を耳から離し通話を切るところだった。

ややあって、玄関から梓が姿を現わした。浮かない表情で客人の車の所まで行った梓は、手に提げていた紙袋を窓から車内に差し入れた。男はそれを投げるように助手席に載せた。二言三言のやりとりがあって、車のドアが開いた。そのあけ方がまた、すぐ前にいる梓にぶつけるような勢いだったため、急いで後ずさった梓は少々よろめいたほどだった。息を詰めた房恵の眼の前で、車から降りた男は梓の前に立ち、力三分《ぶ》程度の感じで梓の頬をはたいた。梓の頭は揺れもせずそう痛くもなさそうだったが、房恵の口に苦い唾が湧いた。房恵がこみ上げる怒りを意識するよりも早く、梓の手が動いた。男の頬の上で、さっき梓の頬のたてた音よりも遥かに高く締まった音がはじけた。男は一瞬梓を睨みつけたが、思い直したように苦笑いをして車内に戻った。梓の横顔も薄笑いを浮かべていた。

メタリック・シルヴァーの車が道路に出て来ないうちに、房恵は坂道を下り始めた。俯いて歩くと地面がぐらぐら揺れるようだった。地面を見ないようにすると、今しがたの梓と男の光景が何度も頭の中で再生された。苦い唾を飲み下しながらとぼとぼ歩いていると後ろから派手にクラクションが鳴り、さっきの男の運転する車がかなりのスピードで、耳障りな響きとともに房恵を追い越して行った。房恵の頭は混乱のきわみにあった。

「しかし、そんなものはありふれた恋人たちの風景ではありませんか」朱尾は冷静に感想を述べた。「犬も喰わないというやつ。半ばプレイとして叩き合っているわけですよ。あなただって、いつだったかここで久喜さんの頭をひっぱたいてスツールから叩き落としたでしょう？」

「あれはプレイじゃなくて喧嘩よ。それに、叩き落としただなんて人聞きが悪い、実際は久喜が泥酔《でいすい》してたからバランスを崩して勝手に落ちただけだからね」

　午前中に見た梓と男の光景から受けた衝撃を吐き出す相手といえば朱尾以外になく、朝の早い時間にはつき合いを控えた方がいいかと案じもしたのに、夜になって房恵は〈天狼〉にやって来たのだった。朱尾は待ちかねたという様子もなく淡々と房恵を迎え、房恵がいきなり自分のしたい話を始めても淡々と耳を傾けた。今夜も〈天狼〉には房恵以外の客はいなかった。

「わたしはＳＭプレイってよくわからない、っていうか、人間のセクシュアリティがほとんどわからないから、あの叩き合いがプレイかそうじゃないかは追及しなくてもいいの。セクシュアルな問題以前に、忘れ物を自分で取りに行かないで梓さんに取って来させるあの男の横柄さが気に入らないし、今どき珍しいそんな横着《おうちゃく》で偉そうな男を受け入れてつき合っている梓さんが理解できないのよ。はたかれっ放しじゃなくて、きちんと二倍くらいの力で叩き返したのが救いだけど。お兄さんも電話でのやりとりを聞いてると何だかいばったふうだったし、梓さんのまわりってそんな男ばっかりなのかな」

「梓さんが、いばった男を好きなのかも知れない。そういう趣味の女性だってたくさんいますからね」朱尾がカクテルを差し出した。「どうぞ。オリジナル・カクテル第三弾です」

「いばった男に仕えるのが好きな女？　確かに、そういう古《いにしえ》の文化の遺物みたいな人たちもいるけれど」

朱尾のオリジナル・カクテル第三弾は、〈犬の蜜〉を基本とし炭酸を加えるなどしてアレンジしたもので、甘味が減ってさっぱりした口当たりになっていたけれど、セールス・ポイントの犬臭さは保たれていて、悪くない出来だった。

「〈犬時雨《しぐれ》〉と名づけました。いばった男に仕えるのが好きな女性の件ですが、それこそプレイで、そうした役柄にあえて入り込んで楽しんでいる人も少なくないと思いますよ」

「それはわかる。だけど、いばった男に仕えるのが好きな人は、相手がろくでもないだけに、楽しいプレイのつもりが相手を図に乗らせてしまって、暴力をふるわれるようになるとか危険な状態を招くってことはないのかな？」

「そういうことは絶えず世の中で起こっていますね」

「梓さんはどうなんだろう?」

「さあ。意識的な下女プレイヤーなのか、心ならずも下女の役まわりに甘んじているのか。いずれにせよ、結局は本人の選んだことではありませんか?」

「朱尾さん、興味なさそうね」

「わたしはありませんよ、その手の魂に興味は。気の毒だとは思いますけど」

房恵は朱尾の冷たい顔つきと冷たい口調に溜息をついた。

「朱尾さんは梓さんを気に入ってるんだと思ってたのに」

「特に気に入ってはいません」

房恵は〈犬時雨〉をあおって呟いた。

「憂鬱」

朱尾は腕組みをして房恵を眺めた。

「で、あなたはどうしたいんですか?」

房恵は朱尾を見返した。

「どうしたいって、どうにかしようがある?」

「ないでしょうね。いばった男に仕える女は根本的に自分が依存している相手の男しか見ていなくて、他の人間は必要としていないし関心もないんだとわたしは思います」

「そうだとしても、わたしには少しは関心を持ってくれたみたいだけど」

「犬に準ずるものとしてね」

「あ、そうか」房恵は思わず顔をほころばせた。「あの人、人間嫌いかも知れないけど、犬は愛してるものね」

「そう。へたな人間よりは可愛い犬の方が誰かの役に立つ場合がある」

「わたしもそうだったな。人間よりも犬の方に喜ばされたし癒された」

「犬は得ですよね。人間がいくら知恵を絞っても誠意を尽くしてもなかなか他人に与えられない喜びを、生まれつきの特質だけで意図せずに与えることができる」

「楽でいいよね。人間だったら、むきになって他人にお節介を焼くのは醜く見えることすらあるけれど」

和気藹々《あいあい》と話しているうちに、朱尾は組んでいた腕をほどきカウンター・テーブルの縁に両手をついた。

「だからもう、あなたは犬になってしまいなさい」

房恵は、前日の朱尾の申し出と奇怪な獣臭さと気味悪さをありありと思い出し身がすくみかけたが、今夜は朱尾は狼のマスクをかぶっていないし獣臭さも漂ってはいないので、逃げ出したい気持ちにはならなかった。朱尾は続けた。

「わたしがあなたを愛らしい犬に変えてあげますよ」

房恵はまだ笑うことができた。

「だけど、梓さんが二匹犬を飼う気があるかどうかわからないじゃない？　ナツが死んだら次の犬を飼うかどうかは決めてないとも言ってたし」

房恵は話しながらカウンターの奥の棚に狼のマスクを探した。マスクは定位置にきちんと置かれてあった。朱尾がかぶっていさえしなければ、犬とほとんど見かけの変わらない狼のマスクは精悍《せいかん》で素敵だ、と惚れ惚れと眺めていると不意に、午前中丘の坂道で出会った犬が狼のマスクとそっくりの顔をしていることに思い当たった。狼そっくり？　もしかすると、今朝見たのは犬じゃなくて狼だった？　いや、日本の狼は絶滅したはず。じゃああれは？　狼と犬を交配させて産ませる狼犬というやつだろうか？

房恵の視線を辿った朱尾は、狼のマスクを棚から取り上げ胸元にかかえた。

「大丈夫。梓さんが飼わずにはいられなくなるような可愛らしい犬にしてあげます。もちろん犬のデザインには房恵さんの希望も取り入れますけどね」

たまらず房恵は遮った。

「朱尾さんって何なの？　何者なの？」

「何者と言われても」

朱尾は仏像のように静かに微笑んだ。

はりつめた雰囲気に割って入るように、房恵のバッグの中から携帯電話の着信メロディー「ブラック・ドッグ」が漏れ出して来た。友人知人の少ない房恵は、どうせ久喜だろうと思って携帯を取り出したのだけれど、モニターには「玉石梓」と表示された。今夜に限っては喜びよりも斬りつけられるような胸の痛みを覚えながら、房恵は電話に出た。房恵が呼びかけても梓はすぐには答えなかった。房恵はもう一度呼んだ。

「梓さん？」

「ああ、ごめんなさい」梓の声が遠くから聞こえた。「房恵さんにはお伝えしておこうかと思って」

「どうしました？」

胸騒ぎはしたが、努めて冷静に房恵は先を促した。振り絞るように梓は言った。

「ナツが死にました」

房恵は息を呑んだ。

「昼頃からぐったりしてたので病院に連れて行ったんですけど、夜になって……。それだけなんです。また今度連絡します」

慌《あわ》ただしく電話は切られた。房恵は携帯電話を握ったまましばらく呆然としていた。

パソコンに向かって原稿を書いていると、久喜が黙ってラ・フランスの載った皿を机の端に置いて行った。久喜が自分の手で果物を剝いてくれるのはもちろん、食べる物を会社に持ち込むこと自体が珍しいので、思わず房恵は振り向いて尋ねた。

「どうしたの、これ？」

「見かけたんで買ってみた」

ことば少なに答えると、久喜は自分の分の皿を持って作業机の前にすわり、ノート・パソコンのモニターの角度を直した。今週久喜は比較的まじめに仕事に取り組んでいた。あまり無駄口も叩かないし、肌寒い季節になったせいでもあるかも知れないけれど、ビールを飲む量がぐんと減った。房恵に話しかける声音も妙に温和で、単にまじめなだけではなく、何だかおとなしい、神妙な感じさえ漂うのだった。

ラ・フランスはもう二日くらいおいた方が熟成が進んでやわらかくジューシーになるのにと惜しまれ、久喜はおいしそうに食べているかと振り返ると、パソコンの画面に眼を据《す》えたまま無表情で機械的に顎を動かしているばかりで、口の中の物には全く関心を払っていないように見えた。関心がないといえば、伸び過ぎた前髪が眼にかぶさっているのもうっとうしいのではないかと思うのだが、本人は払おうともしない。

見ているうちに房恵は、ここのところ久喜とは当たり障りのない会話、というより上の空の会話しか交わしていないことに思い当たり、ふと話しかけてみる気になった。

「髪、切らないの？」

「髪？　ああ、髪か」久喜は前髪をかき上げた。「髪束ねるゴム持ってる？」

房恵が引き出しから髪用の輪ゴムを取り出し投げると、久喜はその輪ゴムで丁寧に前髪を束ねた。インド旅行に行った時も最後の一週間ほどは、久喜がそうして房恵のやった輪ゴムで顔のまわりの邪魔な髪をまとめていたのを、房恵は思い出した。

「久喜」

「何？」

「わたしがいなくなっても大丈夫？」

久喜は顔を上げた。

「自殺でもする気なのか？」

「まさか。どうして？」

房恵の答には笑いが半分交じったのだけれども、久喜は気遣わしげな表情を浮かべていた。

「あんた、この頃影が薄いからさ」

「そう？」

久喜はただ、この頃の房恵の心ここにあらずといった状態を影が薄いと感じただけなのかも知れなかったが、何か的を射たことを言われたような思いがして、房恵の笑いは引っ込んだ。もともと人間世界での自分の影は薄いと思うけれど、いちばん親しい久喜にそう言われてはもう人としては限界だろう。久喜が今週まともなのはわたしが人間としては終わりかけているのを察して、繋ぎ止めようとしてでもいるのだろうか。一切れ残ったラ・フランスを見やりながら考えていると、久喜の声が届いた。

「おれは大丈夫だよ、あんたがいなくても」

房恵がほっとしかけたところへ、久喜はつけ加えた。

「大丈夫って答えるしかないじゃないか」


土曜日の朝九時、アパートの窓越しにクラクションが三回鳴らされると、房恵は表に出た。深い青に塗られた角張った車にもたれて朱尾献が待っていた。朱尾は房恵を見ると丁重な物腰で助手席のドアを開けた。朱尾は灰褐色のざっくりしたセーターをいたって気楽そうに着こなしていたのだけれども、運転席に朱尾が乗り込んで来ると房恵はつい思ったことを口にした。

「朱尾さん、すごい。ホテルのドアマンみたい」

朱尾は憐れむような声を出した。

「あなたはホテルのドアマンにしか車のドアを開けてもらったことがないんですか？」

「たいていは車の中からロックを解いてもらうだけだったかな。久喜なんか、ぞんざいに『ほら、早く乗れよ』って」

朱尾は苦笑して車を発進させた。動き出してから、房恵は助手席が右側にあることに気がついた。

「これは朱尾さんの車？」

「そうです」

ほとんどの男は愛車を褒《ほ》められると喜ぶようなので、房恵は一応礼儀として朱尾の車も褒めておくことにした。

「ボディの色がすごくきれいね」

「メーカーはこの色をオリエントブルーと称してますね」

朱尾は愛車へのお世辞に特に喜んだ様子はなく、すぐに話題を変えた。

「甘嚙《あまが》みは好きですか？」

「犬の？　もちろん。嚙む力が強過ぎる子もいるけど、痛くないように上手に甘嚙みされると『愛されてるな』って感じるものね。こちらも犬への信頼の証として、あの牙の生えた口先にいつまでも手を差し出したままにしておくし。以前南イタリアで会った牝《めす》の野良犬は、わたしの手と夫らしい牡犬《おすいぬ》の肩口を交互に甘嚙みしてね、わたしはもう、その犬が夫犬にするのと同じようにわたしにも愛情表現してくれたのがぞくぞくするほど嬉しくって」

「でも、どんな犬でも甘嚙みしてくれるわけじゃないでしょう？」

「うん、全然しない犬もいるし、相当になついてる人間にしか甘嚙みしない犬もいるね。わたしももう長い間甘嚙みしてくれる犬には会ってないわ」

「ゆうべわかったんですけど、今日のコンテストの優勝者への褒賞《ほうしょう》は、甘嚙みだそうですよ」

シート・ベルトの内側で房恵の体ははずんだ。

「ほんと？」

「ええ。甘嚙み癖のある犬を用意してあるそうです」

「じゃあ優勝をめざそうかな」

房恵と朱尾の向かう先は県東部に新しく造られた犬のテーマ・パークだった。正式な開園は十二月の十日で、今日は特別な招待客ばかりを入れるプレ・オープンだという。どういう縁故があるのか朱尾は招待状を二通手に入れていて、房恵を誘ったのだった。

そういう娯楽施設の招待状なら、県西部のタウン誌とはいえ『犬の眼』編集部にだって送られて来てもよさそうなものなのに、不思議なことに送られては来なかった。先方に『犬の眼』の存在が知られていない、あるいは宣伝媒体としての価値がないと見なされているのだとしたら編集者としては残念だけれど、一介の犬好きとしてはどういうルートからでもプレ・オープンに行けるなら文句はなかった。

信号待ちの間に、朱尾はダッシュ・ボードから招待状を取り出して房恵に手渡した。封筒を見ると、テーマ・パークの名称は英語名が〈wonder village〉、それを日本語のかなのロゴでは〈ワンだー　びれっじ〉と「ワン」を強調して書き表わしているのは、この種のテーマ・パークの定石《じょうせき》ともいえるけれど、ありふれていてやや気恥ずかしい。でも、英語名に併記された〈犬咲村《いぬさきむら》〉という日本名はなかなかしゃれてるんじゃないか、と房恵はちょっと感心した。

封筒の中には「開園の辞」と題した文章を記した紙も入っていて、それによると、この〈犬咲村〉の掲げる理念は第一に「犬と人間の共生」、第二に「飼主のいない犬の救済」、第三に「減りつつある普通の犬の保存」だという。「普通の犬」というのは世間でいう雑種犬のことだそうで、〈犬咲村〉の考えは、人間の手によって形態や性質を固定された犬たちは現在「純血種」と呼ばれているけれども、そもそも「人為種」と呼ばれるべき特殊な犬たちであり、「人為種」ではない犬たち、特に歴史的にほとんど犬種づくりのなされて来なかった日本のような風土に見られる、自然に繁殖し犬の原種の形態を色濃く残した犬たちこそ本来の犬なのだから、雑種などという「人為種」を標準とした観点からつけられた呼称ではなく、ただ「犬」と、もしくは「普通の犬」と呼ぶべきである、というものらしい。

そして次のような意味の文章が続いていた。昭和四十年代までは町々にいた野良犬が存在を許されなくなりめったに見られなくなった現在、普通の犬の数が激減しており飼いたくても見つけにくくなっている。それゆえしかたなく業者から人為種を買う、という人も少なくない。このままでは愛らしい普通の犬の絶滅が危惧《きぐ》される。そこで、われわれは普通の犬だけを集めたテーマ・パーク〈犬咲村〉をつくり、普通の犬を計画的に繁殖させて保存するとともに、普通の犬の自然な形の魅力、普通の犬にこそ保持されている犬本来の性質の素晴らしさを、世に広く訴えかけて行くことにした——。

開園の辞の末尾には、少し小さな文字で「われわれに飼育できる犬の数は限られています。無計画な繁殖によって生まれた犬をお持ちになられても、お引き受けいたしかねます」という注意書きもあった。

「わたしはこの理念に賛同するけれど、非を鳴らす人たちもいそうね」

房恵が呟くと、朱尾はうなずいた。

「ええ、動物のことになると熱くなる人間は多いですからね。今日までに怪文書も流れたし、誹謗《ひぼう》中傷どころか妨害工作も数々あったそうです。内部でも議論百出して、見解の相違ゆえに辞めて行った一派もあると聞きましたよ」

「わたし、〈犬咲村〉で働けないかな?」

「やめておいた方がいい。見たくないものまで見る羽目になりますよ。生きた動物を扱う仕事をする者には、動物への愛情の他に、感情に溺れず動物を処理する冷徹さも必要ですけど、あなたにたとえば園の前に捨てられた犬を保健所に引き渡すことができますか? それも何度も」

「ああ、ノイローゼになるね、きっと」

「だいたいあなたはもう仕事のことなんか考えなくてもいいでしょう、犬になるんだから」

朱尾のことばに房恵ははっとして口をつぐんだ。

「今日は遊ぶだけではなく、いろんな犬を見てどんなデザインの犬になりたいかイメージを固めるんですよ」

房恵はさりげなく頭をめぐらせて後部座席を覗き、狼のマスクがどこにも置かれていないことを確かめた。朱尾も房恵の犬化の話を今はそれ以上続ける気がないらしく、唇を結んだ。どうやら狭い車の中に獣臭い匂いが充満することはなさそうだった。


あの晩朱尾は、ナツの死の知らせを受けた房恵の動揺がいくらか治まるのを待って、契約の話を本格的に始めたのだが、その直前に、まるでそうしなければ話ができないというふうに、おもむろに狼のマスクを頭にかぶったのだった。同時に例の異様な匂いが朱尾の体から漂い出した。急激に酔いが回りそうな匂いで、房恵は思わず口元に運ぼうとしていたグラスをテーブルに戻した。それでも頭がくらくらするような酩酊感が襲って来た。

一方の狼人間は軽やかな調子で切り出した。

「簡単に言いましょう。わたしがあなたを犬に変え、玉石梓に贈る。あなたは十年から二十年の間、玉石梓の犬として暮らす。犬としてのあなたの寿命が尽きたら、報酬としてわたしに魂をくれる。どうです？　悪い話ではないでしょう？」

房恵は房恵の方に身を乗り出している狼人間の顔を凝視《ぎょうし》した。やはり狼人間の眼はガラス玉で、朱尾がどこからマスクの外を透かし見ているのかわからなかった。狼人間の話が少しも簡単ではなかったせいもあって、不意にいらだちを覚えた房恵は、右手の中指と人差指をV字形に立てると腰を浮かせて狼人間のガラスの眼に向けて突き出した。爪が硬いガラス玉に当たってかちんと音を立てるかと思われたけれども、寸前で房恵の二本の指はやわらかい物に挟まれて止まった。狼人間は顔の前に手をかざし、人差指、中指、薬指の三本を使って真剣白刃取りのように房恵の二本の指を捉え、押し止めていた。

「こんな時にふざけないでください」

狼人間の口調が落ちついていたせいか房恵の気持ちも落ちつき、とりあえず荒唐無稽な朱尾のファンタジーの構想に耳を傾けようという気になった。

「どうやってわたしを犬に変えるの、なんて野暮な質問はしないことにする。でも、魂をあなたに渡すっていうのは具体的にはどういうことなの？」

「大丈夫です。わたしにまかせてください。痛いことは何もありませんから」

「痛くないのはありがたいけど、肝心なのは魂を渡すとわたしはどんな状態になるかってことよ」

「それも心配するには及びません。今と大して変わりませんよ。拍子《ひょうし》抜けするくらい変わらない」

「意識はあるの？」

「ありますよ。あなたの意識がなければ面白くないではありませんか」

狼人間が喋っても狼のマスクの口が動かないのは、理屈からいえばあたりまえなのだけれど奇妙な眺めだった。

「体はどうなるの？　話すことはできるの？」

「ちょっと待ってください」

狼人間は房恵に未使用のグラスとミネラル・ウォーターの壜を出した。

「わたしは取り引きを自分に有利に運ぶために曖昧な表現を選んでいるわけではありません。あなたがたの世界には魂をいじる……扱う方法がないから、魂を語ることばも抽象的になるか何かにたとえるしか術《すべ》がないんです」

狼人間の声がマスクの口元からではなく、全然別の所から聞こえて来るのに房恵は気がついた。たまに飲食店で、離れた席にいる客の話し声が壁にぶつかって飛んで来るのか驚くほど間近に聞こえることがあるけれど、それともまた違っていて、声が頭の中に直接降りて来るような感触があった。ヘッドフォンでステレオ録音の音楽を聴く時、音が後頭部で鳴っているように感じるのに似ているかも知れなかった。

「あなたを犬の姿に変えることができるくらいだから、魂にあなたが今持っているような体を与えることは可能です。しかし、わたしのものとなった魂に、人間の貧相で弱々しい体を与える理由なんてありませんからね。魂の活《い》きのよさを楽しむために、何らかの培養基を用意することはあるかも知れない。でもそれは、あなたが思っているような体ではないでしょう」

架空の話とはいっても神経に障る話しぶりだった。房恵は不愉快さをこらえて尋ねた。

「わたしの魂の処遇はすべてあなたが決めるの？」

「そうです。魂をいただくというのはそういうことですよ。あなたには何の権利もなくなる。あなたの希望が通るとしても、わたしの判断を経てのことです。あなたは完全にわたしに従属する。ほんの一瞬たりとも真の自由はなく、わたしがあなたに飽きる日まで解放されることはない。もちろん、そうひどいことをするつもりはありません。慰安も充分に与えてあげましょう。あなたを刺戟して喜怒哀楽さまざまな反応を見るのがわたしの喜びなので、あなたにとって楽しいことも多々あると保証します。もしかしたら今のあなたの生活よりずっと退屈しないのではないでしょうか」

「あなたは……」房恵はいやな汗をかいていた。「ほとんど倒錯者ですね」

「その通り」

いささかも動じることのない低くて深い声が、房恵の頭蓋《ずがい》の内側で地鳴りのように轟いた。

「忘れないでくださいよ、あなたはわたしに魂を渡す前に犬になるという長年の夢が叶い、慕ってやまない玉石梓と最低でも十年の幸福な日々を過ごせるんですからね。何てことだ。このわたしですら羨ましくなる」

何だろう、狼人間のこの自己陶酔的な一人芝居は、と反発を覚えた勢いで房恵は交渉に入った。

「待ってよ。わたしの幸福な期間が十年から二十年っていうのは、その後あなたのものとして過ごす屈辱の歳月に見合った長さなの？　十年から二十年って短過ぎない？　あなたの支配下に置かれるのもそれくらいの期間ならいいけれど」

「欲ばってはいけませんよ。十年から二十年っていったって、普通は決して経験できない至福の時なんですからね」

「至福だったらいいけれど、もし予想に反して犬になったのを後悔するような期間だった場合はどうなるの？　やっぱりあなたに従属しないといけないの？」

「……幸せになれないはずがないでしょう。玉石梓の犬ですよ」

狼人間の語勢が少し弱くなったのを聞き逃がさず、房恵はいっそう強気に出た。いつの間にか架空の設定に夢中になっているという自覚はあったけれども話を途中でやめたくはなかった。

「だって、梓さんは男運ないみたいだし友達も少ないっていうし、実は幸《さち》薄い人かも知れないでしょ。一人と一匹で二十年間、穏やかで地味な生活を送ることになるんならいいけど、梓さんが結婚してあの横着な男と暮らすことにでもなったら、かなりつらいと思うの」

「まあそうですけれど。しかし、あなたが犬である期間中もわたしはまめにケアしますよ。あなたが快適に暮らせるようにね」

「サービスがいいね。でも、わたしよりも梓さんのケアをしてくれる？」

「それはわたしではなくてあなたの役割でしょう。可愛い犬にしかできないことを徹底的に実践してください」

ああ、そうだ、と房恵は深く納得した。犬になればわたしは自分が犬に与えてもらった喜びを梓に与えることができる。それがどんなに素晴らしいものか、わたしにはわかる。犬になって人間では辿り着くことのできない梓の心の深みに飛び込んで行きたい。

会話や性行為に頼るのではなく、犬と人間の関係に特有の、気持ちと気持ちをじかに重ねるような交わりを、梓としたい。想像しただけで房恵の胸は昂奮に打ち震えた。これほど自分を刺戟することばを口にしてくれた狼人間への感謝さえこみ上げて来た。

狼人間は房恵を見下ろしていた。狼の顔貌がこれまでになく親しみ深く感じられた。狼人間も考えをめぐらせていた様子で、房恵が顔を向けるとおもむろに言い出した。

「譲歩しましょう。魂をいただくのは、あなたが犬として幸せな生涯をまっとうした場合に限ってのこととします。不幸せだった場合は、どうぞそのまま成仏《じょうぶつ》してください」

文句はなく、房恵はうなずいた。

「ただし、こちらも新たな条件を一つつけさせていただきます。もしあなたが犬になった後玉石梓に性的欲求を覚えたら、生まれて何年目であろうともあなたの犬としての寿命はそこで尽きます。魂はもちろんわたしのものです。さあ、吟味してください」

頭に血が上るというのはこういうことなんだろう、と房恵は思った。狼人間の疑り深さと卑俗な方向へ流れる想像力に対する怒りを嚙みしめると、ますます顔が熱くなった。気を鎮めるために水を一口飲んだ。息をついて顔を上げると、狼人間はさっきと一分一厘たりとも変わらない姿勢で房恵に視線をそそぎ続けていた。わたしの反応を面白がってるんだ、と思い当たるとくやしくてたまらなくなったが、くやしさを面《おもて》に出してはまた狼人間を楽しませることになるので、努めて明るく房恵は言った。

「面白いね。それでいいよ」

狼人間ははずむような動きで指をぱちんと鳴らした。ひどく嬉しがっているのはあきらかで、マスクの毛まで急に艶《つや》を帯びたかのように見えた。そんなさまを眼にすれば、人がこちらの思惑《おもわく》通りに喜んでいるのを冷静に観察することの愉快さが、房恵にもうっすらと理解できるというものだった。

朱尾献という人物はわたしがこれまでに出会ったどんな人物よりもエキセントリックで面白い、朱尾とわたしはお互いの異常さを煽《あお》り合うことに熱中しているかのようだ、そんなことを考えながら房恵がそろそろ帰ろうと財布を取り出しかけた時、昂ぶった声音のまま狼人間が言った。

「では契約です」

今夜の魂売買契約プレイの幕はもう下りたものと思っていた房恵は、狼人間の粘り強さに半ば辟易《へきえき》し半ば感心した。

「まだプレイを続けるの？」

「プレイ？　何のことです？　もしやあなたはまだわたしの言うことを信じてないいんですか？　まさかそんなに頭が固くはないでしょう？」

狼人間は気がせくと言わんばかりにカウンターの内側をそわそわと歩いた。

「まあいいでしょう。あなたを信じさせるには至らなかったとしても、わたしの方は説明すべきことはきちんと説明して充分フェアにふるまったんだから。あとはあなたに選ばせるだけだ」

そこで狼人間は立ち止まった。

「いいですか、契約成立の儀式は簡単です。あなたは一度この店を出て、百数えるんです。数え終わったら店に入ってください。扉をあけて覗き込むだけでもいいです。ああ、何もお化け屋敷のように驚かそうというのではありませんよ。あなたが見るはずのものが何なのか、先に言っておきます」

狼人間が立てた親指で自分の喉元を指した。

「店の中には、本物の狼がいるはずです。朱尾献ではなくてね」

何だ、狼か、と気がそがれたように感じたのは、頂点に達した緊張を無理矢理にでもやわらげたいと願うあまりの虚勢の一種だった、と悟ったのは後のことだった。その時の房恵は、自分が過剰な反応を示しているとも気づかずに、狼人間の前でにやにや笑いさえした。狼人間の方はてきぱきと話を終わらせようとした。

「店を出た後気が変わったり怖くなったりしたら、もう入って来ないでそのまま帰ってもいいです。ただし、狼を一目でも見たらその瞬間に契約成立です。それはもう決して取り消せません。どうするか選ぶのはあなた自身です。幸運を祈ります」

房恵はバッグを持ってスツールから下り立った。狼人間と見つめ合ったまま横這いするようにして扉口に向かった。途中で尋ねた。

「もう一回訊くけど、朱尾さんって何者なの？」

狼人間は房恵から顔をそむけた。歯切れの悪いくぐもった声が聞こえた。

「まあ、人に苦痛を与えて喜ばせてしまう者というか……」

普段の朱尾からは考えられない不明快で下手なものの言い方だった。「何なの、それは？」というのが房恵が店を出る間際《まぎわ》に残したことばになった。

房恵は晩秋の外気の中に立つと溜息をつき、星空を仰いで大犬座・小犬座を探した。

自分が狼人間の言ったことを信じているのかどうか、房恵自身にもわからなかった。簡単に信じろと言う方が無理なのだけれど、狼人間の申し出た契約内容は最高に魅力的だった。狼人間も察している通り、わたしはこの先人間として生きていてもほとんど楽しいことはないだろうし、両親も他界しているからわたしが人間世界から消滅しても深刻に寂しがる者もいないだろう。かろうじて久喜がいくらか惜しんでくれるだろうか。それ以外に房恵が犬になるのを押し止めるものはない。

信じる信じないにかかわりなく、狼人間の申し出に魅力を感じるのなら今一度〈天狼〉を覗いてみればいいんじゃないか。ひょっとすると、扉をあけたとたんにクラッカーが鳴り響きシャンパンが噴出し、朱尾が見事にわたしをかついだことが知らされるだけかも知れないけれど、それもまたよし。もしほんとうに狼が出て来るのであれば見たくもある。ただ、得体の知れないものに対する恐怖心だけは拭い去れないけれど。

小犬座と大犬座は東の空に見つかった。そろそろ百数えたくらいの時間はたったはずなので、房恵は〈天狼〉のドアノブをつかんだ。手が震えてうまく力が入らなかったが何とかノブを回し、全体重をかけるようにして扉を押した。踏み込む大胆さはなく、開いた隙間に頭だけ差し入れた。クラッカーは鳴らなかった。カウンターの中の狼人間の姿が消えていたのは予期していた通りだったものの、薄暗くしんとした店内に獣の二つの瞳が黄色く光っているかと思ったら、何も見えなかった。

やはりかつがれたのかとかすかに落胆を感じながら房恵は店内に一歩歩み入り、狼を呼ぶつもりで口笛を吹いてみた。即座に店の奥から唸り声が起こった。カウンターの陰から見憶えのある四足獣が現われた。首にバンダナは巻いていなかったけれども、それは間違いなく日中房恵を梓の家の近くまで導いたイヌ科の動物だった。

あの時、イヌ科の動物は息を呑む房恵の正面に静かな足どりで立ち、もう唸ることはせず数十秒間じっと房恵を見つめた。犬のようには豊かに感情の浮かばないその顔つきに房恵は、これは犬じゃない、狼とも断言できないけれど絶対に犬とは違う、と思った。四足獣が店の奥に通じる扉の向こうに消え、しばらくたって同じ所から狼のマスクをかぶった朱尾が姿を現わすと、はっきりとした証拠はないのに、朱尾があの四足獣、あの狼に化けていたのに違いない、という確信が頭の中に降って湧いたのだった。

カー・ラジオからスライ・アンド・ザ・ファミリー・ストーンの「アンダードッグ」が流れていた。音楽には大して詳しくない房恵だけれども、スライ・アンド・ザ・ファミリー・ストーン、ジミ・ヘンドリックス、P-ファンク、それにプリンスといったあたりは、久喜が学生時代から好きで仕事場でもよくかけているので聴き憶えていた。

昨日会社で「わたし、今年いっぱいで辞めていい？」と尋ねると、久喜は一瞬間を置いて「いいよ」と答えた。「新しい人が見つかるまでいてもいいけど」と申し出てみたけれど、久喜はパソコンから眼を離さず「気を遣うなよ。臨時の人の心当たりがないわけじゃないから」と手を振るばかりだった。三十分くらいたってから「辞めてどうするの？　どこに行くの？」と訊かれて、「とりあえず愛媛に帰る」といかにも適当な答を房恵は返した。久喜はそれ以上問いただそうとはしなかった。

思い返していると、運転席から朱尾が言った。

「久喜洋一のためには、むしろあなたはいなくなった方がいい。それであの人は停滞から抜け出せるでしょうから」

「たぶんね」

答えてから房恵は、もはや朱尾のどんな言動にも驚かなくなってはいたけれど、一応尋ねてみた。

「わたしが今、久喜のことを考えていたのがわかった?」

「別にあなたの心を読んだわけじゃありませんよ。『アンダードッグ』という単語が耳に入ったから久喜洋一を思い出して、あなたも同様なのではないかと推理しただけです。そんなにわたしに怯えないでください」

顔を向けると、朱尾は横眼で房恵の表情を窺っていた。

「怯えてないよ。前見て運転して」

余裕たっぷりに観察しているのが憎らしく、房恵はわざと高飛車に指図した。

「そうします」

朱尾が諾々《だくだく》と従ったのも、上に立ったつもりでいるからこそという感じがしないでもなかったが、表面的には丁重に遇されているので房恵は細かいことを気にするのはやめた。それに、契約を交わして以来、朱尾がどんなに怪しく気味が悪くても、小説や映画の登場人物のように底知れない力を持っているのだとしても、朱尾が房恵の魂をほしがっている限り、朱尾は房恵に心底から憎まれるようなふるまいはできないだろうと思えて、房恵の心にも朱尾に対してゆとりというか自信が生まれていた。だから、こうして朱尾とドライブしているのははっきりいって楽しかった。

オリエントブルーの車は、房恵が狗児市に住みついてから三年間、一度も訪れたことのない県東部の丘陵地帯に入っていた。途中、車体に犬の絵が描かれた犬咲村の送迎車らしいマイクロバスが追い越して行き、朱尾と房恵の乗った車はそれに先導される恰好で〈ワンだー　びれっじ　犬咲村〉という文字を掲げたアーチの前に着いた。アーチの右手の駐車場に向かって朱尾はハンドルを切った。

車から降り立つと丘陵地帯の冷たい空気が肌を刺し、一気に眼が覚めた気分で房恵は、これから入って行く犬咲村の犬たちの声が聞こえはしないかと、早くも耳を澄まし頭をめぐらせた。すると、五メートルほど先に停まったメタリック・シルヴァーの車から降りる玉石梓の姿が眼に飛び込んで来た。思いがけない出会いに声も出せないで見つめていると、梓の方も房恵に気づいてびっくりした表情になった後、笑顔で軽やかに手を振った。ナツが死んで二週間、どうやら梓は微笑むことができるくらいには悲しみから回復したようだとわかって、房恵はまずはほっとした。

「この間は電話で失礼しました」駆け寄って来た梓は言った。

「梓さんは大丈夫なんですか？」

「ナツのお墓を庭に造ったら気持ちに一区切りつきました。房恵さんも時間がある時に参ってやってください。今日は朱尾さんと？」

朱尾が車の前を回って房恵の隣に立った。梓の連れはと思って見憶えのあるメタリック・シルヴァーの車に眼をやると、のっそりと降りて来て車体に寄りかかったのは、案の定前に梓の家の庭で見かけた横着そうな男だった。梓は男を振り返ってから房恵と朱尾に言った。

「兄です」

「え？ お兄さん？」

房恵は思わず驚きの声を上げ、「今日は兄につてがあったんで連れて来てもらえたんですよ」という梓の説明に相槌も打たず、車の所にいる男を見直した。

男は房恵の視線を受けてものぐさそうな姿勢をやや正し、口元に微笑みを浮かべて見せた。特に感じのいい微笑みでもなかったけれど、かつて会ったことのある友人の兄を何人か思い出してみれば、ほんとうはけっこういい人なのに、照れ屋だったり無器用だったりするせいでぶっきらぼうな態度をとってしまう者もいて、そういう兄たちの第一印象と今眼にした梓の兄の微笑みは、大きく違うわけでもないように思えなくもなかった。すぐに眼を逸らした梓の兄の方は、房恵と朱尾に全く関心を抱いていないのは一目瞭然だったけれど。

「もう入場するでしょう?」

梓は房恵たちに確認すると、早足で兄の方に戻った。房恵と朱尾は一メートルほど後から梓と梓の兄について、入場口に向かうことになった。歩きながら朱尾が小声で呟いた。

「BMW五シリーズか」

「何が?」

「お兄さんの車ですよ。わたしのは同じBMWでも三シリーズですけどね。五シリーズは一族経営の企業の若旦那が乗るのにふさわしいクラスの高級車、というのかな。カラーがチタンシルヴァーメタリックっていうのは、年寄り臭いようにも感じられるけれど」

「ごめん、何言ってるんだかわからない」それから房恵も小声で言った。「車よりも、あのお兄さんどう思う？」

「そうですね、古臭い髪形や緑色のブルゾンのせいでいかにも中年っぽく見えるけれど、肌の感じからすると見た目より若いんじゃないかな？　あまりお洒落ではありませんね。地方の若旦那らしいといえばらしいですが。ああいう人はきっと車も、性能やデザインじゃなくて、何となく聞こえがよさそうだというので選んでるんですよ……なんて言ったら決めつけ過ぎかな」

「魂は？　どんな感じ？」

「描写意欲をそそりませんね」

「どうして？」

「あなただって知っているでしょう。まあでも、あの人が玉石梓の恋人じゃなくてよかったではありませんか」

朱尾はまずい食べ物に砂をかけてそっぽを向く猫のように話を打ち切ると、入場口の係員に招待状を示し房恵を先に入らせた。

アーチをくぐると、右手に動物園にあるような犬舎つきの庭、正面には柵に囲まれた広場、左手の方には催し物が開けそうな大きな建物が見え、奥に進めば他にもいろいろな施設がありそうだった。前方の梓と兄の玉石彬は左手の建物の中に入って行った。梓が振り返りもせず離れて行ってしまったのは寂しかったけれど、幸いにも右の方から犬の匂いと犬が一声啼く声がしたので、さしあたりそちらに気が逸れた。犬舎のある庭の金網越しに犬の白っぽい毛が見えたので、房恵は走った。

金網の向こうにいたのは一匹だけではなく、房恵の足音を耳にして尻尾を振りながら金網際に寄って来たのが二、三匹、他に陽あたりのいい場所で伏せたり横たわったり思い思いの姿勢で寛いでいるのが三、四匹、毛の色合いや長さには違いがあるけれども、いずれも柴犬系の雑種で、〈犬咲村〉の言い方に従うなら「普通の犬」だった。房恵は昂奮で身悶《みもだ》えしそうになるのをこらえ、正面に来た全体としては白で耳の先や背筋だけがうっすらと茶色い犬の頭を、金網の隙間に手先を差し入れて懸命に撫でた。犬は顎を上げて房恵の指先をぺろぺろ舐めた。房恵は幸福のあまりしゃがみ込んだ。

後ろから朱尾の声がした。

「注意書きがありますよ、『金網の中に手を入れない方が無難です』って」

「ああ、全然大丈夫よ。嚙む犬なんていない」

房恵は振り向きもせずに答えた。白い犬だけではなく、焦げ茶色と黒のまだらの犬や眼元から口元にかけてが黒い犬も房恵の手に鼻面を近づけて来るので、全員公平に撫でるのに忙しかったのだった。

ひとしきり犬と触れ合って気がすんだ房恵が立ち上がると、黙って待っていた朱尾が左手の建物の方角へ促した。昂奮の余韻の残る房恵の耳に、朱尾の声が届いた。「全く、犬があんなに人間になつくのは動物として異常だ」初めて聞く憤懣《ふんまん》の籠もった声だった。「くだらない人間を慕って言いなりになっている犬を見ると、首根っこをつかんで、おまえは実に愚かしい生きものだよと耳元でどなってやりたくなる」

「朱尾さん、何怒ってるの？　誰に怒ってるの？」

たじろぎながら尋ねると朱尾は、眼の端で房恵を見下ろしながら優しげに答えた。

「犬にです」

指一本触れられたわけでもないのに、温かい毛皮をふわりと肩にかけられたような心持ちになった。朱尾の人柄が全くつかめない、と房恵は思った。計算ずくで動いているように見える朱尾に「人柄」ということばにふさわしいものはないかも知れないのだけれど。

〈ココ・ホール〉と看板の出た建物のロビーに入ると、ちょうど場内から人々が流れ出て来るところだった。

「ホールで何があったの？」

「記念の式典ではないでしょうか。ここの代表者の挨拶とか」

施設の中にあまり人影がなかったのは、来訪者のほとんどがホールで式典に列席していたからのようだった。そして、ホールから出て来る人々はみんな扉口で記念品らしい紙袋を受け取っていた。家族連れの一団の中の男の子が、紙袋から見事な出来の犬の縫いぐるみを取り出しいとおしげに頬ずりしたのを見て、房恵の頬も弛《ゆる》んだ。紙袋には他にもいくつかグッズが入っているようだと見当をつけながら眺めていると、少しの間房恵から離れていた朱尾がどうやってもらったものか、みんなが持っているのと同じ紙袋を房恵に差し出した。

「ありがとう」

房恵は朱尾の気のきかせ方に感心し、心の底から礼を言うと、朱尾はすげなく「せっかくもらっても、持っていられるのは今年いっぱいですけどね」と返した。素直な感謝の気持ちに水を差されて索然《さくぜん》としているところへ、梓と彬が肩を並べてやって来た。彬はさっきよりも大ぶりな笑顔を房恵に向けた。

「『犬の眼』の編集の方なんですって？　その節は妹がお世話になりました。今日は取材で？」

房恵は「ええ」と答えながら、玉石彬の横丁の魚屋とか荒物屋など小規模な商店の店主といっても通りそうな庶民的な風貌を観察した。その気になれば外面《そとづら》よくふるまえる人のようだけれど、やや小さい眼に癇性《かんしょう》な印象を受けるのは、いらついている場面を目撃した影響もあるのだろうか。いくぶん腹も出た中年の体型なのに、顔の肌には磨かれたような艶があって、実際に匂うわけではないけれどどことなく脂臭い感じがする。梓とは似ていなかった。房恵にとっては、向かい合っていると居心地の悪いタイプの男性だった。

「触れ合い広場に行きませんか？」

梓が誘った。温かい声に救われた気になり、房恵はうなずくと眼で朱尾を促した。朱尾は「どうぞ、行ってください。それはわたしが持ってます」と言って、房恵の手から記念品入りの紙袋を取った。梓と歩き出した時、彬の声が追った。

「一時前にはここを出発するからな」

いち早く反応したのは房恵だった。

「そんなに早く？」

「しょうがないんですよ」彬は房恵に言った。「ここに来たのだって、こいつが飼犬を亡くして落ち込んでいるのを慰めるために、無理して時間をつくったんだから」

朱尾が口を挟んだ。

「一時から〈犬撫でコンテスト〉がありますよ。残ることをお勧めします」

「どういうのですか、それは？」梓は興味を示した。

「犬を撫でて安らがせ、いちばん短い時間で寝かしつけた人が優勝、というものだそうです。房恵さんも出場しますよ」

「ああ、観たいです」

「そんなこと言ったって、それまでいられないぞ。おまえ一人が残っても帰りの足はないし」

荒っぽい声の響きに、見ると彬は早くも眉間に皺を寄せていた。

「帰りはわたしの車でお送りしますよ」朱尾が丁重に申し出た。「車のグレードはちょっと落ちますけどね」

後の方の朱尾のことばを聞いて、彬は思わずといった感じで口元をほころばせた。

「車のグレードなんか気にしないよな？」梓に尋ねる。「送ってもらうことにするか？」

梓が微笑みながらうなずくと、彬は「じゃあ、おれはもう行くから」と言い出し、朱尾に「よろしくお願いします」と軽く頭を下げた。房恵と朱尾と梓は並んで、彬が肩を揺すりながら立ち去るのを見送った。房恵は梓が残ったのと彬がいなくなったのがともに嬉しく、「さあ、犬に触りに行きましょう」とこれ以上ない明るい声で梓に呼びかけた。

朱尾がいつどんなふうにして房恵を犬に変えるのか聞いてはいないけれど、もし希望が叶えられるなら房恵は、たくさんの犬に取り囲まれ、全身犬の温もりやさらさらした毛に埋もれ、もちろん匂いや犬の吐く息もたっぷり吸い込んで、身も心もとろけさせながら犬になって行きたかった。さらに贅沢をいうならば、空中の架空のスクリーンに映した梓の穏やかな顔を見つめながら変化《へんげ》したかった。

ちょうど今のような時に。梓の顔は映像ではなく本物だけれども。それに、犬はまわりにたくさんいても全身埋もれるという具合ではないし、梓以外の人間の姿もあるからいくぶん興《きよう》はそがれるけれども。それでも、今こそが自分が人間として味わえるものとしては最高の幸福なひとときだろう、と触れ合い広場の一隅で手元の犬の横腹を撫でながら房恵は感じていた。

初め梓はナツを思わせる栗色で長毛の犬の所に行ってそっと首に腕をまわしていた。房恵はまずは手近のベージュの犬を撫で始めたのだけれど、房恵がせっかく優しく触って安心させ足元に伏せるまでにした犬に、他の客たちが寄って来て、犬のことを考えない好き勝手な触り方をするので、犬も平穏を乱されて耳を立て首をもたげるし、房恵も犬とのなごやかな世界を崩されて面白くない気持ちになり、その場を離れた。

別に犬を独占したいのではない、たまたま寄って来たのが、犬を乱暴に揉《も》んだり親しみを込めてであっても叩いたりして手荒いかまい方をする人間たちで、犬が困った顔を向けたのがつらかったのだった。ああいう人たちは午後の〈犬撫でコンテスト〉で優勝することはできないだろう、と憤然として広場を見渡していると、犬舎から子供の頃飼っていたパトによく似た白黒のぶちの犬が顔を覗かせたのが眼に入った。豆柴程度の大きさで立耳、巻尾、アーモンド形の眼、顔に兜《かぶと》をかぶったように黒毛が生え、しかも額の真中に印のように白い部分があるところまでそっくりだった。房恵はゆっくりと近づいて行った。

腰を落として手を差し出すと、白黒の犬はすぐに嬉しそうに寄って来て房恵の手を舐め、顔に鼻面を近づけた。頭から首の後ろにかけて撫でてやると、犬はぱたぱた尻尾を振りますます盛んに房恵を舐めた。犬舎のすぐそばで広場に背を向けてしゃがんでいるので、他の人々には白黒の犬が見つけにくくなっていて、房恵と犬だけの世界ができ上がっていた。頰ずりするように犬に顔を寄せた時、二十年以上も前のパトとの交流の心地よさと子供時代の気分の記憶が現実感を漲らせて甦って来た。

何も際立った逸話があるわけではないけれど、家の縁側に立つ房恵を庭から首をひねって見上げるパトの笑顔や、犬小屋の床に溜まった砂を手で掃き出してやった時のざらざらした手触り、作業の意味も理解しないで房恵の手を舐めようとしたパト、台風の夜はパトを玄関に入れてもよかったので、房恵も両親に頼み込んで玄関の上がり口に蒲団を敷いて雨風が玄関扉を叩く音を聞きながら寝て、台風が夜のうちに通り過ぎ、朝の澄んだ光で眼を覚ますと玄関の床からパトが房恵を見つめていて、その嬉しそうな顔が驚くほど間近にあった時の幸福感、そういった断片が思い出された。

わたしにとって、物事を生き生きと感じ楽しんでいたほんとうの意味での人生は十年にも満たないあの子供時代だけだったかも知れない、と房恵は胸の痛みとともに考えた。もちろん、平凡で善良だった両親にも、気のいいまわりの友人知人にも、それなりに愉快に過ごさせてもらって感謝しているけれど、いちばん共有したいものを共有することは誰ともできなかった。三十年も生きてこんな人生しか経験できなかったのがとても寂しい。人間を辞めることを決めても、その寂しさは埋められない。

涙ぐみそうになった時、眼の前に梓がしゃがんだ。白黒の犬は房恵のそばにぴったりついてすわり、房恵の指に毛をとかされるままになっていた。梓は淡い微笑みを浮かべて犬の背に手を伸ばした。その表情と仕草に房恵はくらくらするほどの慕わしさを覚えた。

「何だかこの犬が広場の中でいちばん可愛いみたい」梓は言った。

「ナツに似てなくても？」

「もちろん。犬にはそれぞれよさがあるし」

梓は手を引っ込め、房恵と犬を眺める体勢になった。おとなしくすわっていた白黒の犬は、やがて四本の肢を伸ばして体を横たえ気持ちよさそうに眼を閉じた。そうそう、こういうふうに撫でなくては、と房恵は内心得意な気持ちになった。梓が言った。

「前にも言ったけど、房恵さんってほんとに犬の神様の使いみたいね。房恵さんが可愛がると、可愛い犬がますます可愛くなるような気がする」

親しげな口調も褒めことばも心に沁みたけれど、房恵と白黒の犬を均等に見守るような梓の眼差も絶対忘れないように脳裡《のうり》に灼《や》きつけて犬になりたい、と房恵は切望したのだった。

〈犬撫でコンテスト〉の出場者は、施設内の何箇所かに分散して犬を撫でる。何人もの出場者がパートナーとなる犬を連れて同じ場所にいると、犬同士が気にし合い競技の妨げになるので、それぞれ別の場所でストップ・ウォッチを持った係員にタイムを測ってもらって行なう。競技の模様はムーヴィー・カメラに捉えられ生中継でココ・ホールの大スクリーンに映し出される。スクリーンは四分割され、一度に四人の出場者の様子が伝えられる。出場者は房恵を含めて七人だった。

小学生の女の子と男の子が一人ずつ、中学生の女の子が一人と、二十代の青年が一人、あとは四十代の男性と五十代の女性と房恵という顔ぶれで、房恵の予想ではオレンジ色のフードつきパーカーを着た五十代の庶民的な女性がいちばんの強敵になりそうだった。パートナーとなる犬は触れ合い広場にいる犬の中から好きなのを選んでもいいということだったので、房恵は迷わずすでになじんでいる白黒の犬に決めた。その時点でもう優勝を確信していたといっていい。

梓は房恵が出場を勧めたにもかかわらず「房恵さんのお手並みを観てる方がいい」と言って、朱尾と一緒にココ・ホールに入った。房恵は白黒の犬を抱いてドッグ・スポーツの会場の片隅に陣取り、平常心で競技に臨んだ。梓は触れ合い広場で同じような光景を見ているのだから、房恵の犬への触れ方には新鮮味を感じなかったことだろう。後で言っていたのは「小学生の女の子が、犬を寝かせるために自分が地面にべったり寝そべって、手を振ったりして犬を招き寄せようとしてるのに、犬は全然その子に興味を示さないでよそを向いてるんで、最後はその子が手足をばたばたさせてむずかったのが、かわいそうでおかしかった」という感想だった。

房恵は優勝したけれども、朱尾に聞いたのとは違って、褒賞は雑種ふうの犬のシルエットを小紋にしたバンダナで、甘嚙みは出場者なら誰でも希望すれば受けることができたのだった。小学生二人は甘嚙みとは何なのか知らなかったようで、説明されてもきょとんとしていたが、興味はあるのか、係員に「甘嚙み体験してみる？」と訊かれるとこっくりとうなずいた。甘嚙みを希望しなかった五十代の女性を除いた六人と小学生の母親二人が、係員に案内されてココ・ホールの裏側の小部屋に入った。

小部屋には革張りのソファーが一人掛けの物から三人掛け程度の物まで四台ほど置かれ、壁には犬を描いたそう下手ではない油絵がかかっていて、田舎の別荘の応接室といった趣《おもむ》きだった。板張りの床には犬の絵柄が織り込まれた薄手のカーペットが部分敷きされ、そこに五匹の「普通の犬」が待っていた。房恵たち六人はめいめい適当なソファーに腰を下ろし、犬の接待を受けた。

愛情深い犬たちはちょっと撫でてやると眼を細めて房恵の手を歯で軽く挟んだ。久々の素晴らしい感触に房恵は胸がいっぱいになったけれど、子供たちは甘嚙みを実際に体験してもまだきょとんとしていて、男の子の方は心底不思議そうに「これが何なの？」と母親に尋ね、まわりの大人たちを笑わせた。女子中学生は優しい顔で片手を犬の口に預け、あいた手で犬の頭を撫でていた。

「犬の飼い方の本には、犬の甘嚙みは仔犬のうちにやめさせましょうと書いてあるものもありますけど、強い嚙み方をする場合はともかく、こういうこまやかな愛情表現を禁じてしまうのは無意味だし、もったいないですよね」と係員が話すと、「そうだよね。攻撃する嚙み方と愛情表現の嚙み方は、はっきりと違っててすぐわかるもんなあ」と四十代の男が答えた。男は拳を犬に差し出し、歯を当てさせていた。

印象強烈だったのは甘嚙みマニアらしい二十代の青年で、犬を自分のすわっているソファーに上げ、頭を後ろにのけぞらせ眼を閉じて手首の近辺を甘嚙みさせていた。時々眉をひくつかせながら深い息をつくのだが、息に妙に情感の籠もった声が交じる。どうもただの甘嚙みマニアじゃないようだ、と気にかかってちらちら見ていた房恵は、青年がズボンの下で性器を膨張させているのを目撃した。青年が自分の性器の反応に気づいていたかどうかはわからない。

帰りの車の中で房恵は朱尾に話した。

「こんな所で男性についての見聞が広がるなんてね」

朱尾はさらりと答えた。

「わたしはあなたを知って女性についての見聞が広がりましたが」

梓も同調して後ろの席から言った。

「わたしも。房恵さんと知り合えてよかった」

房恵は運転席の朱尾と素早く眼を見交わした。それから後部座席を振り返って告げた。

「残念なんだけど、わたし、今年いっぱいで狗児を離れるの」

「えっ？　どうして？　あ、ごめんなさい、立ち入った質問をしちゃって」

梓が少し動揺したようだったので、房恵はことばに詰まった。すると代わって朱尾が言った。

「房恵さんは犬の神様のもとに帰るんですよ」

冗談だか何だかわからない朱尾の科白だったが、梓は笑いも怒りもせずごくまともに受け止めたようだった。

「ああ、それじゃあしかたないな。誰にも止められないものね」笑って見せながら続ける。「せっかく友達になれたのに寂しいけれど」

わたしは別の姿であなたの所に行くから。あなたを微笑ませたり慰めたり励ましたりするために。わたし自身が楽しく気持ちよく心豊かに生きるために。房恵は梓の方ではなく、まっすぐ前を向いたまま心の中で力を込めて念じた。

第二章　犬暁

k e n g y o

十二月に入って割烹《かっぽう》で送別会をした時も、久喜《くき》は房恵《ふさえ》がいなくなるのが悲しいとは口にもしなかったしそぶりにも顕《あら》わさなかった。けれども最後の出勤日の二十八日、デスクまわりのかたづけをする房恵を、久喜はたまにぼんやりと見やっていた。房恵の方もお別れだからといって特に話したいこともなかったので、久喜の様子を気にかけながらも一日黙々となすべきことをして、夕方になってから久喜の所に行った。

「わたしの担当してた仕事でわからないことがあったら、パソコンの『八束《やつづか》』っていう名前のファイルを開いてみて。要領をまとめておいたから。たぶんあれがあったら困ることはないと思う」

「助かるよ」そう言ってから久喜は房恵を見上げた。「もう万事かたづいた？　それなら帰っていいよ」

うなずいたものの、あっさり踵《きびす》を返して出て行っていいものか迷って、身動きが取れないまま房恵は久喜の飄々《ひょうひょう》とした顔を見つめた。房恵の視線を受け止めた久喜は「最後に飲むか」と言って、キッチンから赤ワインの壜とグラスを二つ持って来た。房恵と久喜は作業机に向かって並んですわり、飲み始めた。

「アパートを引き払うのは明日だっけ？」

「うん。で、明日愛媛に帰る」

「愛媛も十二月は寒いの？」

「寒いよ」房恵は笑った。「亜熱帯じゃないんだから。たまに誤解してる人がいるけど」

「そうか」

久喜はワインのコルクをつまみ上げ、掌で弄《もてあそ》んだ。

「ゆうべ、自分で粉瘤《ふんりゅう》絞ったよ。これからはずっと自分でやらないとな」

「別に自分でやらなくてもいいんじゃない？　たとえば水商売の女の子だって上手に頼めば絞ってくれるでしょ」

「ほんとに？　じゃあこの先の人生にも希望が持てるな」

「久喜の希望って人に粉瘤を絞ってもらうことだけなの？」

「それじゃあんまりか。何か他のことも考えなきゃ」

機嫌よさそうに笑うと、久喜はかつて二人で行ったインド旅行を話題にした。

「インド、暑かったな」

「うん。目眩《めまい》がするくらい」

「おまえ、犬にまみれて幸せそうだったよな」

性行為をしなくなってからずっと房恵を「あんた」と呼んでいた久喜が、昔のように「おまえ」と呼んだことに胸を突かれたが、そんな感情は押し殺し何気ないふりをして房恵は答えた。

「うん、幸せだった」

そんなふうにぼそぼそと小一時間ばかり喋って、房恵は腰を上げた。

「もう行くね」

久喜も立ち上がった。

「食いっぱぐれたらいつでも戻って来いよ」

「ありがとう。でも、戻らないから」

久喜は一瞬無表情に房恵を見下ろした。

「わかった。元気で」

「久喜もね」

どうしてこんなことしか言えないんだろう、もっと他に言うべきことがあるんじゃないか、と疑いながらもうまいことばが閃《ひらめ》くことはなく、もどかしいまま房恵はコートをはおり荷物を手に取った。人と別れる時っていうのはいつも何か言い忘れたような感じが残るものなのかも知れない、と考えて気を鎮《しず》め最後と思って振り返ると、久喜はワイン・グラスを手に窓辺に寄り、窓をあけたところだった。流れ込んで来た冷たい外気に久喜が取り巻かれるのが見えたような気がした。

「久喜」房恵は呼んだ。「大丈夫だよね？」

久喜は房恵の方を向くと窓枠にもたれた。

「夕焼けはきれいだし、手にはワインがあるんだぜ」それから歌うように呟いた。「『なんでこの身が悲しかろ』」

久喜が口ずさんだのは北原白秋の一節だった。大学の卒論が久喜は白秋、房恵は梶井基次郎で、二人はお互いの採り上げる作家を読み合い熱心に意見交換したものだった。楽しかった思い出に微笑んで、房恵は言った。

「うん、悲しまないでね」

久喜はうなずいて窓の外に向き直った。その後ろ姿に心の中で、また会おうね、人間の姿で会うのはこれで最後だけれど、と声をかけ、房恵は犬の眼社を後にした。

そして房恵は年も押し詰まった十二月二十九日から新年の三日にかけての間に人間から犬に変わったのだが、自分がどんなふうにして犬になったのか、朱尾献《あけおけん》がいったいどんな術を使ったのか、見きわめることはできなかった。

朱尾との契約が成立してから約一箇月半かけて持物を処分して行き、二十九日の昼頃、最後まで使ったベッドや自転車、捨てにくい大型の本棚や食器棚を不用品処理業者に持って行ってもらうと、手元には犬になるまでのあと半日ほどの間にもしかすると入り用になるかも知れないハンカチとティッシュ・ペーパー、それにいくらかの現金をおさめたバッグだけが残った。銀行や郵便局の口座、また保険などは解約し、引き出した金は世界自然保護基金やユニセフなどいくつかの慈善団体への寄付金にした。房恵は身一つの状態でアパートから朱尾の待つバー〈天狼《てんろう》〉へ歩いて行った。

〈天狼〉の戸口でチャイムを鳴らすと、すぐに朱尾は出て来た。狼のマスクはかぶっていなかったし、非常に穏やかな表情で房恵を迎えたのだけれども、朱尾を見たとたんに房恵は生唾を飲み込まずにはいられなかった。背中で扉を押さえている朱尾の前を通って店内に入ろうとした時、朱尾が囁き声で尋ねた。

「怖いですか？」

房恵はむっとして足を止め、切り口上で答えた。

「怖いに決まってるじゃない」

「それは厄介ですね。やっと望みが叶《かな》うというのに怖がるなんて、無駄なことだ」

「怖いしね、住む所もお金も家財道具もいっさいなくしてみると、もうそんなものはいらないんだとわかってても、何とも言えないよるべない気持ちになるのよ。こんな無駄な感情が次から次へと湧き出して来るのが人間ってもんでしょ？　わたしだって厄介だと思ってるんだから、さあ、早く犬にしてよ」

言うだけ言うと、房恵はスツールにどっかりと腰を下ろした。朱尾は穏やかな物腰をいささかも変えず、カウンターの中に入りながら言った。

「でも、まだ日は高いですよ。ゆうべは眠れましたか？　とりあえず仮眠でもとった方がいいのではありませんか？　奥の部屋にソファーがありますよ」

「とらなくていいよ、仮眠なんて。どうせ犬になったら一日十六時間は眠るんだから」

「わかりました。が、とりあえず飲んでください」

朱尾は手早くカクテルを作って房恵の前に置いた。人間である最後の時間に酒を飲むことには乗り気になり、房恵は朱尾に出されるままに朱尾のオリジナル・カクテル〈犬の蜜〉、〈犬の蕾《つぼみ》〉、〈犬時雨《しぐれ》〉を喉に流し込んで行った。

「まるで犬祭ね」

いつものように自分専用のカクテル〈犬〉を手にしている朱尾はうなずいた。

「まさにそうです、今日は」

いい酔い心地になってふと気がつくと、正統的で品のいいピアノ演奏が店内に流れていた。耳を傾けると、それがエリック・サティの「ぶよぶよした前奏曲（犬のための）」だということがわかった。房恵は注文をつけた。

「もっと野卑でかっこいい音楽にしない？」

「ブルースにしますか」朱尾は従順だった。「ハウリン・ウルフとハウンド・ドッグ・テイラーとどっちがいいですか？」

「犬の方」

朱尾は途中「狼の方がいいのに」とひとりごとを呟いたけれども、ほどなくスピーカーからは粘り気があるのに弾けるような、野趣に富むギターの音が響き出した。房恵の機嫌は急上昇して、〈犬〉シリーズのカクテルのローテーションの二巡目に挑み、曲に合わせてスツールの上で体を揺らしたり、本場のブルースの聴衆のように合の手のかけ声を入れたり、ほとんど躁状態で、ついには朱尾に対しても弛《ゆる》みきった笑顔を向け埒《らち》もないお喋りを始めたのだった。

「今はあの人を舐《な》めたいとは思わないけど、犬になったらやっぱり舐めたくなるのかな?」

「なると思いますよ」

「あのお兄さんが家に来て梓《あずさ》さんをぞんざいに扱ったりしたら、わたし、噛みついてやってもいいと思う?」

「いいけれど、逆襲が怖いですよ」

　朱尾が倦《う》んだ顔も見せずに受け答えし続けるのも、房恵を満足させた。

「そうだ」急に思いついて、房恵は言った。「朱尾さん、梓さんと結婚しない? そしたら二人と一匹で気楽に暮らせるし、お兄さんも訪ねて来にくくなる」

　朱尾の身じろぎは肩をすくめたようにも身震いしたようにも見えた。

「やめてください。結婚で行動を縛られるのはまっぴらです。だいいちわたしはよき夫のつとめを果たせない」

「そんなことないでしょ。気がきくしまめだし」

　だんだん眠気を催して来た房恵は、カウンター・テーブルにくずおれかけた体を何とか片肘で支えながら、喰い下がった。

「だめですってば。わたしは玉石梓《たまいし》に興味がありませんし」

瞼が下りて来るので房恵はごしごし眼をこすった。

「わたしにしか興味がないんだ。でも、どうしてわたしに？」

「わたしくらいの魂マニアになると、もうありきたりの善良なだけの魂じゃもの足りないんですよ」

「ああ、珍味って言ってたものね、わたしの魂のこと」

「あなたの魂には尻尾が生えていますよ」

「素敵」

房恵はもう完全にカウンター・テーブルに突っ伏していた。体の力は大部分抜けていて、意識の方も意志の力を弛めるとすぐさま薄れて行きそうだった。手足は芯からじんじんと痺《しび》れるようにだるく、しかもそれが快かった。泥酔《でいすい》と呼ぶのがふさわしいこんな酔い方をするのは初めてかも知れない、もしかするとアルコール以外の変な薬物でも盛られたんじゃないか、別に今さらどうでもいいけれど、と朦朧《もうろう》とした頭で考えているうちに、どうでもよくないことに思い当たり、房恵は力を振り絞って口を動かした。

「ねえ、もしかして、犬にしてくれるって、薬とか催眠術を使って幻を見せるなんていうやつ、夢オチとかいうやつじゃないよね？」

「違います」朱尾は房恵の前の空のグラスをかたづけ、テーブルを拭いた。「安心して気を失ってください」

安心したわけではなかったけれども、房恵の意識は遠のいた。

全く意識のない時間もあった。が、半醒半睡《はんせいはんすい》の時間も長かったように思えた。時々、水飴を思わせるぬるりとした液体が降りそそいではねっとりとまとわりつくような感覚があるのに気がつき、また別の時には、その水飴のような液体が血管をぬるぬると流れて行くようななんともいえずけだるい感じが訪れ、そうかと思うと、不意に液体が砂に変わって、ざらざらした重いものが体内を時につっかえたりしながらめぐり、遠くに近くに低い音を響かせた。液体や泥が眼鼻から涙のようにずるずるとろとろと噴きこぼれる時もあった。獣臭い匂いが人間らしさを洗い落とすかのように、打ち寄せては引くのを繰り返したのも憶《おぼ》えている。

やがて体がふっと軽く感じられ、浮かび上がってみようと両手に力を込めると、かつて房恵と名乗った生きものは、乾いた空気の中で横たわった姿勢から首を起こした恰好になり、視界には六畳ほどの広さの部屋の家具や人物の影がゆらめくように現われたのだけれども、それよりも自分の体に起こった新しい感覚に気をとられてさらに力を込めると、下半身はやわらかいクッションにべったりとついたまま上半身はすっと伸び、横ずわりふうにやや形が崩れているものの、いわゆる〈おすわり〉の姿勢になっていた。

視線を落とすとかつて房恵の手だったものには白い毛がふさふさと生えていた。右手だった側には一箇所黒いぶちも交じっていた。「あ」と思ったけれど声は出なかった。声が出ないのが欲求不満となり、しかしどうすれば欲求不満を解消できるのかわからず口元をむずむずさせていると、正面の机でパソコンのキーボードを叩いていた朱尾が顔を向けた。朱尾はパソコンの横に置いてあった狼のマスクをかぶると、立ち上がって仔犬の前に来て、手近にあったクッションを引き寄せその上に腰を下ろして言った。

「おめでとう」

そのことばは耳に届いたのではなく、以前感じたのと同じに頭の中に直接降りて来た。頭の中に丸太がごろりと転がったような強い違和感が起こった。胸元が絞られ「く」というような音が口から漏れた。朱尾は片手を差し出し、仔犬を押し止めるような仕草をした。再び朱尾のことばが頭に入り込んで来た。

「落ちついて。わたしと意思の疎通を図る時は、口で話さなくてもいい。と言うか、おまえはもう口を使っては話せないんだ。伝達は今わたしがやっているように、脳から脳へ直接ことばを送り込むしかない。どうやってやるのか教えることはできないけれど、教えなくてもやれるだろう。馴れたら簡単だよ。やってごらん」

突然の「おまえ」呼ばわりにびっくりした拍子に、朱尾のことばが抵抗なく頭に融《と》け込んで来るようになった。仔犬はたとえてみれば、頭の中で粘土のようにこねたものを宙に投げ上げる、というようなことをやってみた。それは朱尾のもとに届いた時にはちゃんとことばになっていたようだった。仔犬はこう尋ねたのだった。

「もう新年になったの？」

朱尾の返事が返って来た。

「ああ、なっていたな。新年おめでとう。おまえのためには、犬になれておめでとう。お屠蘇《とそ》でも飲むか？」

朱尾はどうして喋り方を変えたんだろう、と仔犬は訝《いぶか》しんだ。けれども、尊大でぞんざいなのに温かみもある朱尾の喋り方は不愉快ではなかった。朱尾がそういう喋り方をするのなら、仔犬もますます言いたいことを言いやすくなるような気がした。仔犬は答えた。

「いらない。何だか飲みたくない」

「そうだったな。人間だった時の食習慣はいっさい消えるようにプログラミングしておいたんだった。以前とは味覚全般が変わってるよ。そうじゃないと苦しいからな。鼻は前よりりきくようになったはずだ。視力はあまり変えなかった。色も人間と同じように識別できるよ。視覚が極端に変わるとちょっと厳しいと思ったんでね」

言われてみれば、すわっているクッションの鬱金色《うこんいろ》も、朱尾の濃紺のセーターも、緑色の布貼りのソファーも、色鮮やかに眼に映った。朱尾の獣臭さに交じって、着ているセーターのウールの懐かしいような匂いも嗅《か》ぎ分けられて、嗅覚が向上したというのも間違いがないとわかった。新しい感覚で味わう世界がもの珍しくて見回すと、そばに水を入れたステンレスのボウルがあった。

水を見ると口を潤したくなって、仔犬は頭を下げ舌を水につけた。舌で水をからめ取るのは難しくなかった。ただ、いつも可愛いと思って眺めていた犬が水を飲む動作を、今自分がやっているのが不思議だった。飲み終わって舌を引っ込めると、ステンレスのボウルの底に仔犬の顔が映っているのが眼に留まった。歪んでいるしあまり鮮明でもなく、また下からのアングルなので、自分の顔を正確に把握できたわけではない。しかし、映っていたのは紛《まぎ》れもなく犬の顔だった。仔犬は昂奮して朱尾を呼んだ。

「鏡見せて」

朱尾は壁に立て掛けてある姿見を指差した。仔犬は飛んで行った。走り馴れていないので、途中足がもつれてつんのめり体が一回転半したけれど、ちっとも気にならなかった。鏡の前に着いて仔犬が見たのは、房恵のかつての愛犬パトと生き写しの、そして先日〈犬咲村《いぬさきむら》〉で出会った白黒ぶちの犬にもよく似た、けれどもまだ耳は立っていなくて折れていて、鼻面もあまり伸びていない、生後二箇月ほどと思われる房恵好みの世にも愛らしい仔犬、つまり世にも愛らしい自分の姿だった。

仔犬は鏡に映っているのが自分だということを忘れ、胸をたぎらせて眼の前の可愛いものに飛びつこうとした。けれども鼻と前肢《まえあし》が鏡に当たって、やわらかくて温かいはずの仔犬には届かなかった。ああ、そうか、これは自分なんだ、と思い出しても可愛い鏡像から眼を離すことができず、眼を輝かせ口元に微笑みを浮かべた鏡の中の犬を舐めようとしたり、横向きになって体をくっつけようとしたり、前肢と前肢を合わせて立ったり、姿見の前で大騒ぎを続けた。

鏡の中に朱尾が入って来た。

「自分が犬になっても犬が可愛いんだね」

「それはそうよ。犬が好きだからこそわたしはわたしなんだもの」

「右半身は犬、左半身は人間という姿にでもしてやればよかった」

冷たく尖《とが》ったことばが降りかかったので、ぎくりとした仔犬は朱尾を振り返った。

「どうしてそんなことを言うの？」

「思いついたことを口にしたまでだよ」

何とはなしに不満そうな口ぶりが引っかかり、仔犬は朱尾に近づいて見上げた。

「朱尾さん、狼のマスク取らない？」

朱尾はマスクの下部を指先で押さえた。

「取らない。これがわたしのほんとうの顔だから」

「そんなガラスの眼玉なのに？」

「おまえの魂なんか、犬の部分を除いたら、鳥の巣みたいに藁《わら》とか木切れとか魚の骨とか糸屑とかでできてるじゃないか」

「あ、そうなの？」

朱尾の語った自分の魂のイメージがよく思い描けず、仔犬はあくびをした。さっき起きたばかりなのにもう眠くなるなんてさすがに仔犬だ、と思うと、ほんとうに犬になれたんだ、願いが叶ったんだ、という喜びが満ちて来て、少しだけ眠気が覚めた。

「朱尾さん」仔犬は心を込めて言った。「ありがとう。契約とはいえ」

狼のマスクがかすかに上下に揺れた。

「それで、梓さんにはいつ会えるの？」

眠いのでフローリングの床に蹲《うずくま》りながら仔犬は尋ねた。

「松飾りが取れる頃、連絡をとる」

朱尾は体をひねると鬱金色のクッションを取り、仔犬の前に置いた。仔犬はクッションによじ上った。

「あと三日か四日だよ。おまえがその体に馴れる期間も必要だろう？」

今朱尾の話し方は最高に優しげだ、と仔犬は感じた。梓の顔の映像が鼻先に貼りつくように浮かんで、胸は梓への憧れでいっぱいだったけれど、そばにいる朱尾の親切も犬の抜け毛のようにふわりと胸にくっついたので、仔犬はなぜ自分がそんなことをしたいと思ったのかわからなかったけれど、クッションの上から首を伸ばし、胡坐《あぐら》をかいた太股に置かれた朱尾の手を軽く舐めた。朱尾の手がぴくりと動いた。驚かせたかな、と気遣ったのは一瞬のことで、仔犬はクッションの上にぱたりと倒れ深い眠りに落ちた。


まだ一度も生え換わっていない仔犬の毛は、しっとりとした猫の毛とは違って乾いて立っているのだけれど、触ると吸い込まれそうにふわふわで優しくやわらかく、鼻先を埋ずめると夢心地に誘われる。人間だったなら思う存分仔犬の毛の手触りを味わえるのに、仔犬になってみると自分自身の毛が邪魔をして、鼻先や肢の裏でしかできたての純度百パーセントという感じの毛の感触を楽しめない。それでも暇さえあれば、かつて房恵という名の人間だった仔犬は、鏡に映った自分の愛らしい姿に見入るか、体を丸めて後肢や尻尾の毛に鼻先をつけてうっとりする。

人間だった時にとても可愛いと感じていた犬の動作の一つに、後肢で耳の後ろを掻くというのがあるが、鏡の前でやってみたらうまくバランスをとれずひっくり返ってしまった。後肢が短くて筋力が足りないせいだろうか、膝を立てたきちんとしたおすわりもまだできない。そういう仔犬だからできないことは、そのうち自然にできるようになるだろうから心配はない。

問題なのは、床のクッションをどけたいとか水入れのボウルを引き寄せたいとか思った時に、人間だった時の癖が出てつい前肢で物をつかみ取ろうとしてしまうことや、眠りから覚めた直後など、うっかり二本足で立って歩き出そうとして転んでしまうことだ。さらに問題なのは人間並みの羞恥心が残っていることで、衣服を身につけていないのは生まれたままの姿の可愛らしさを充分承知しているのでまだいいとしても、排泄に関することが恥ずかしくてたまらない。

朱尾の居室の壁際に敷かれたペット用トイレット・シートで用を足す時、朱尾に「出て行って」と頼む仔犬を、朱尾は「さすが小用の音も人に聞かれるのがいやで水を流して音を消す日本の女だっただけのことはある。犬になっても苦労が絶えないんだな」と嘲笑する。そうやって朱尾を追い払い、用を足している間の恥ずかしさからは逃がれても、シートの上に排泄物が残り、なおかつそれを朱尾に始末してもらわなければならないのがまたいやで、せめてもの処置として懸命に前肢を使ってシートを折り畳み、排泄物が見えないようにするのだけれども、朱尾が鼻で笑ってシートを取り上げゴミ箱に放り込む時、屈辱に身震いすることになる。

「わからないな。お姫様が召使いに下《しも》の世話をさせている、と考えればいいじゃないか」

朱尾は首をひねって見せた。

「自分のことをお姫様だなんて考えられないもの」

「ああ、おまえは車のドアを自分であけていた女だったたな。まあそのうちいやでも馴れるさ」

ところが、朱尾には言わなかったけれども、梓に排泄物の後始末をしてもらうのを想像すると、仔犬の心には恥ずかしさや申しわけなさの他にほのかに甘美な喜びが生まれるのだった。こと相手が梓であれば、世話をしてもらうことそのものが一つの遊び、一つの親愛の情の表現だと感じられる。恥ずかしさや遠慮を克服して身をゆだねたい、という気持ちになる。梓が相手なら完全に犬になれる、朱尾に対しては犬になりきれず魂の人間の部分がうごめき出すということなんだろう、と仔犬は考えた。早く梓のもとに行きたい。

今夜梓を〈天狼〉に招いたと朱尾は言った。昼間からそわそわしていた仔犬を見かねたのか、朱尾は七時に店に出る直前に気を紛らわせるようにと映画のDVDをセットして行ってくれた。プラズマ・テレビに映し出されたのは白黒の短篇映画で、車に轢《ひ》かれて死んだ愛犬を諦められない男の子が愛犬の骸《むくろ》を墓場から掘り出して甦らせる、という単純だけれど魅力的な物語だった。生き返った犬が燃え上がる風車小屋から気絶した男の子を救い出す場面では、いつか新聞で読んだ、小学生の男の子が自宅の火事に遭《あ》って、家の中に取り残された愛犬を助けるために火の中に戻って行って愛犬とともに焼け死んだ、という出来事を思い出した。それを読んだ当時、房恵は人間の立場からその男の子の気持ちがわかり過ぎるほどわかり、涙ぐんだものだった。

映画が三十分足らずで終わると、仔犬は店に通じる扉の所へ行き扉にぴったりと体をつけて蹲った。〈天狼〉に入って来る梓が鳴らすチャイムの音を聞き逃がしたくなかったからだったのだが、わくわくしながら待つことに疲れたせいか、仔犬はそのまま寝入ってしまった。眼を覚ましたのは不意に扉が開いて、体が扉に押されるままにずるずると動いた時だった。びっくりしたはずみでキャンという声が出た。扉の陰から朱尾の顔が覗いた。

「どうしてそんな所に？」

玩具のように押しやられた恰好悪さに、仔犬はことばを返す気にもなれず潰れたような姿勢で床に伏せていたのだけれど、朱尾に続いて梓が扉の陰から姿を現わすと、とたんに背筋に力が入り首が伸びた。飛びつきもしないし喜びの声を上げもしなかったが、きっと今自分の眼は輝き口角は上がって全身から嬉しさが滲《にじ》み出しているに違いない、と仔犬は思った。

仔犬を見た梓の方も、駆け寄るなどの派手な反応はしなかったけれども、温かみの籠もった「ああ」という溜息のような声を漏らし、心なしか頬を紅潮させて慈《いつく》しみの眼差を仔犬にそそいだ。それは可愛いと思っていることがまっすぐに伝わって来る表情で、仔犬も人間だった時代には同じような表情で犬たちを見つめていたはずなのだけれど、今梓にそんな表情を向けられると仔犬は腰が抜けたようになった。

「まだとても小さいんですね」

梓のことばに朱尾が答える。

「でも生後二箇月ですよ。母犬も小柄だし、この犬は成犬になってもあまり大きくならないでしょうね」

「狗児《くじ》で生まれた犬ですか？」

「そうです。とても賢い犬の血筋と聞きました」

梓は微笑みを浮かべ仔犬に一歩近づいた。仔犬は前肢を立て首を梓の方に伸ばした。尾骶骨《びていこつ》のあたりがざわざわとしてうるさいと思ったら、知らないうちに尻尾をぱたぱたと振っていた。梓がかがみ込んで仔犬の頭から首筋にかけてを撫《な》でた。指先が毛の間に割って入るくすぐったいようなぞくぞくするような感触も素敵だったし、遠慮なくしかし優しく撫でつけられると気持ちよさ以上に遊びに誘われているような楽しさを感じて、仔犬も思わず立ち上がり梓の膝に頭を押しつけた。

「だめだ、連れて帰りたくなっちゃう」頭の上で梓の声がした。

「連れて帰ってくださいよ」朱尾はあっさりと言った。

「飲みに来ただけなのに。罠にかけられたような気がします」

苦笑しながら梓は、仔犬の腋の下に手を差し込み抱き上げた。仔犬の体はふわりと宙を舞ったかと思うと梓の胸元にかかえられた。自分の体がやすやすと持ち上げられてあっけにとられたのに続いて、梓の吐く息に若干の酒臭さを嗅ぎ、また前肢の肉球にさっくりとしたアルパカのニットの弾力とその下のブラジャーの堅さを感じ取り、それから梓の胸と腕にしっかりと支えられていることに安心すると、仔犬は緊張を解いて体重を梓に預けた。

「聖母子像みたいですね」

朱尾がそう言って、デジタル・カメラをかまえシャッターを押した。すぐに近寄って来てモニターを梓に向ける。梓がとてもだいじそうに仔犬を抱いている様子をしっかり捉えた画像だった。梓はまた困ったように笑った。

「もう犬を飼うつもりはないのに」

そう言いながら梓は仔犬を放そうとせず、朱尾にソファーにすわるように勧められると仔犬を抱いたまま腰を下ろした。朱尾は梓に「何を飲みますか？」と尋ね、「レッド・バードを」という答を聞くと店に出て行った。じっくり時間をかけてでも、梓に仔犬を引き取ると言わせるつもりのようだった。

梓は膝に載せた仔犬に軽く手を添えるだけで、延々と撫で回したりはしなかった。仔犬は梓の顔を見上げ、朱尾にするように「あけましておめでとう」ということばを梓に向かって送り出してみた。仔犬の視線に応えて見下ろす以外に何の反応もなかった。仰角《ぎょうかく》で見るといくぶん顔の印象が変わるのに気がつき、これからは梓の顔を同じ高さから見る機会はめったになくなるんだ、と仔犬は大きな発見をしたように思った。

レッド・バードを載せた盆を持って朱尾が戻って来た。会釈《えしゃく》して受け取ると、梓は会話の口火を切った。

「八束房恵さんと最後に会ったのはいつですか？」

人間だった時の名前を聞いて、仔犬は自分の耳がぴくりと動くのを感じた。朱尾は間を置いてからのんびりと答えた。

「あれはいつだったっけな。クリスマスの頃ここにいらしたんじゃなかったかな」

「房恵さんはわたしには会わないで行ったんですよ」

梓の硬い声に仔犬は驚いて、また耳を動かした。梓は話し続ける。

「そりゃごく最近ちょっと親しくなったというくらいの間柄でしかないですけど、『元気でね』っていう挨拶くらい交わしたいじゃないですか。わざわざ会うのは煩わしいとしても、電話くらいはかけてもらえると思ってました、わたしは」

もし人間だったら顔が真青になっているはずだ、と仔犬は思った。顔色はともかく心臓のあたりがずきずき痛んでいた。房恵の記憶では〈犬咲村〉でばったり会った日、朱尾の車で狗児に帰って来て、梓が自宅の前で降りる際にちゃんとお互いに「元気でね」と言い合った。梓はそれを忘れているか、さもなければそういうついでの挨拶ですませるのではなく、改めて会って別れを惜しみたかったのかも知れない。房恵の方はすぐに犬として再会できるとわかっていたので、さほど名残《なご》り惜しい気分にはならなかったのだった。

「まあ房恵さんにとってわたしはその程度の知り合いだったということなんでしょうけど」

とんでもない、そうじゃない、ということばが胸の底から噴き上げ、仔犬の口はそれを声にしたくてひくひくと震えたのだけれども、もちろんことばを発音することはできなかった。いらだった仔犬は梓の胸に前肢をかけた。梓は仔犬には優しい眼を向け、その背中を撫で下ろした。よけいにつらくなって仔犬は梓の膝からソファーへ飛び下りた。

「そうではないと思いますよ」

朱尾が仔犬の気持ちを代弁するかのように言った。

「房恵さんは梓さんのことが大好きだったみたいですが、まああの人は間が抜けてますからねえ。引っ越しの準備やら何やらで忙し過ぎて、連絡する時期を逸《いっ》したのではありませんか。きっと今頃『電話しとけばよかった』って歯ぎしりしてますよ」

間抜けと言われて仔犬は、ソファーのそばの床にクッションを置いて腰を下ろした朱尾を睨《にら》みつけた。朱尾は涼しい顔でロー・テーブルの上のリモコンを取り上げ、テレビの方向に向けてスウィッチを押した。さっき仔犬が観た、男の子が死んだ愛犬を墓場から甦らせる映画がまた再生され始めた。

「房恵さんの携帯に電話してみたんですけど、繋がりませんでした。朱尾さんは房恵さんの新しい連絡先をご存じですか?」

「いいえ」

梓の方から電話までかけてみてくれたなんて。梓がそこまで好意を抱いていてくれたことを、房恵は知らなかった。仔犬はソファーにべったりと伏せ前肢で顔を覆った。梓が「眠いの?」と声をかけて仔犬の背中を撫でた。たまらなくなって仔犬は頭を起こし、ごめんね、ごめんねと心で繰り返しながら梓の手をぺろぺろと舐めた。思いがけず飛び出した犬らしい行動が自分でも新鮮だった。梓の手は香り高い茶葉に似た心を安らがせる匂いがした。仔犬は再び梓の膝に頭をつけた。

「なついてますね」

朱尾の声に答えて、梓は考え込むように言った。

「白黒模様の犬って、房恵さんがいちばん好きなタイプですよね」

映画が死んだ愛犬が生き返る場面に差しかかった頃から、梓は話すのをやめてじっとテレビ画面を見つめた。去年ナツを亡くしたばかりの梓はこういう作品をどんな思いで観るんだろう、と仔犬は案じた。映画が終わってからも梓は口を開かなかった。話しかけたのは朱尾だった。

「去年亡くした犬を甦らせたいと思いますか？」

梓はゆっくりと朱尾に顔を向けた。

「もしナツが自然に甦って土の中から這い出して来たら、体が腐っていても骨だけになっていても、一緒に暮らします。だけどわざわざ甦らせようとは思いません。そこまでわたしが執着したらナツは成仏《じょうぶつ》できないでしょう」

そこで梓は溜息をついた。

「友達にも執着すべきじゃないんでしょうね。わたしは友達が少ないので、つい房恵さんとのお別れにも感傷的になっちゃったんだけど」

首をもたげた仔犬を梓はちらりと見やった。

「たぶんわたしが甦らせるべきなのは、愛すべきものをそばに置いて屈託なく愛する心だと思います。ナツが死んでからそういう心も忘れてしまってました」

一心に耳を傾けていた仔犬の体をこれまでにない力強さで梓は抱き寄せた。しっかりと仔犬を胸元に抱くと梓は宣言した。

「この仔をいただきます」

仔犬の胸は喜びでいっぱいにふくらんだ。が、同時に、喜びに浸るのを邪魔するかのように、仔犬以外の者には決して聞こえない朱尾の高笑いが頭の中で雷さながらに轟き渡った。

朱尾はドッグ・フードの入ったステンレスのボウルをわざわざ銀の盆に載せて持って来ると、ボウルを仔犬の前に置いて言った。

「どうぞお召し上がりください」

不自然に丁寧な言い方が気にかかったが、仔犬は喜んでボウルに鼻先を差し入れた。人間だった頃よりも食欲が強くなった、というよりも食欲に敏感になったようで、普段は別にそれほど食べ物のことなど考えはしないのだけれども、食事の時間になると急激に口や腹を満たしたいという欲求が湧き起こる。缶詰のドッグ・フードを初めて出された時も、おいしいんだろうかと思案するより早く、食欲をそそる肉や魚や脂の匂いに誘われて一気に平らげたのだった。

食べ終わった仔犬が口のまわりについた食べ物のかけらを舌で舐め取った時、朱尾の声がした。

「うまく化けさせたものだな。わが手腕ながら感心するよ」

仔犬が振り向くと、朱尾は素知らぬ顔をしてフォークを口に運んでいた。匂いから、朱尾が食べているのは仔犬が今食べたのと同じドッグ・フードだとわかった。何日間か朱尾と寝起きをともにして知ったのは、朱尾がひどく少食だということだった。一日に三度仔犬にドッグ・フードを出す際に朱尾も一緒に食事をとるのだけれど、たいてい朱尾は全粒粉のパンにチーズやサラミを挟んだ簡単なサンドウィッチ程度しか口にしない。その替わりなのかどうか、例の〈犬〉という白濁したカクテルをしじゅう飲んでいて、まるでそれが主食のようだった。そして、時々仔犬に与えた残りのドッグ・フードを食べるのだった。きちんと皿に盛《も》り、上品にフォークで。

「よくドッグ・フードなんか食べられるね」

「おまえこそ。化け犬が」朱尾はやや邪慳《じゃけん》に答えると、今度は歌うように喋り出した。「これから何箇月かの間に、おまえは混合ワクチンの注射を二、三回、それに恐水病の注射も受けなければならないんだ。ご苦労なことだな、犬になったばかりに」

時々急に態度を変える朱尾は気分屋なんだろうか、と不思議に思いながら仔犬は声なきことばを返した。

「知ってる。予防注射は生まれてすぐの時期だけじゃなくて、毎年受けるってこともね。別に注射くらい大してつらくもないからいいけど」

「つらくないって？」朱尾の口が笑いの形に広がった。「だけどな、おまえは恐水病にもジステンパーにもパルボウイルスにも何にもかかる心配はないんだよ。そういうふうにつくったからな。つまり、おまえは全く無駄なのに生涯にわたって何度も何度も注射を受けなければならないということさ。気の毒にな」

「それだって別にどうってことはないけど」

「おかしなやつ」朱尾は音をたててフォークを皿に置いた。「さすが化け犬だな」

「さっきから化け犬、化け犬って何なの？」

「おまえは偽物の犬だってことだよ。せいぜい玉石梓に化け犬の正体を見破られないようにしろよ」

朱尾はどう見ても冷笑にしか見えない笑い方をした。仔犬は朱尾の気持ちを推《お》し量《はか》るのを諦め、前肢に顎を載せて寝そべり溜息をついた。犬になると溜息は口からではなく鼻から出た。

そうこうしているうちに、扉口のチャイムが鳴った。仔犬は耳をぴんと立て上体を起こした。朱尾を見ると朱尾は仔犬に向かってうなずいて見せ、立ち上がって店の方に出て行った。戻って来た時は梓と一緒だった。待ちに待った梓のお迎えだったけれども、何もかもわかっているようにふるまっては変かも知れないので、梓に優しい眼で見つめられても仔犬は喜びの表現を首をもたげて軽く尻尾を振るだけにとどめようとした。しかし、知らず知らずのうちに尻尾の振れ幅は大きくなって行って、気がついた時にはぱたぱた音がするほど勢いよく尻尾が動いていた。

梓は仔犬の背を撫でてから胸元に抱き上げた。

「じゃあ、いただいて行きます」

朱尾は未使用のトイレット・シート、未開封のドッグ・フード、仔犬の匂いのついたタオルを手提《さ》げ袋に入れて、梓に渡した。

「ありがとうございます」梓はにこやかに言った。「時々犬の写真を撮って朱尾さんの携帯電話に送りますよ。もちろん実物をうちに見に来てくださってもいいですけど」

「ぜひ伺わせてください。わたしもしばらくこの犬と過ごして、いくらか情が移りましたから」

朱尾は梓と話す時にはごく普通の好人物の顔をするんだな、と思いながら聞いていると不意に、耳に聞こえる声ではない朱尾のことばが仔犬の頭の中に飛び込んで来た。

「おまえがどんなにずる賢く犬になりすましているか見物に行くからな」

仔犬はむっとして即座に言い返すことばを送った。

「人間になりすましてるあなたの古狸みたいなずる賢さにはかなわないはずよ」

梓と朱尾の会話も続いていて、梓が話していた。

「でも、ほんとうにご自分で飼わなくていいんですか？　こんなに可愛い犬を」

「こんなに可愛い」と言われた仔犬は嬉しいけれども照れてしまって、梓の腕の中で身をよじらせた。朱尾が梓に「いいんですよ」と答えたのと、仔犬にだけ「可愛らしげに照れてるんじゃないよ、化け犬が」ということばを伝えてよこしたのは、ほぼ同時だった。仔犬は朱尾を睨みつけた。朱尾は白々しく映るほど愛想のいい笑顔を梓に向けていて、仔犬を視界に入れている様子は全くなかった。

「じゃあこれで失礼します。親犬を飼ってらっしゃる方にもよろしく」

「伝えます。犬の写真をいただいたら先方にも転送しますよ」

朱尾は梓につき添って居室を出、店を通り抜けて扉口まで出た。

「そうだ」思い出したように朱尾は尋ねた。「名前は決めましたか？」

「ええ」梓はうなずいて仔犬を見下ろした。「フサです。毛がふさふさしてるから」

仔犬と朱尾は眼を見合わせた。


フサは人間だった頃「房恵」とか「房ちゃん」と呼ばれたことはあっても、誰からも「フサ」と呼ばれたことはなかった。それもあって、いかにも愛玩動物につけるのにふさわしいそっけない二文字の名前で呼ばれると、自分は立派に犬で、梓にも犬と見なされているということが実感でき、満ち足りた気分になった。人間だった時のものから一文字取っただけの名前なのも、なじみやすいし、今の自分はかつての自分と全く違うものになったのではなく、根っこは変わらないままより自分らしいものになれたのだということを、図らずも表わしているようで具合がいい。

梓は人間の幼児に話しかけるように盛んに犬に話しかけるタイプではなかったけれども、仔犬のフサに名前を憶えさせるためなのだろう、フサを連れ帰ってから数日はしきりに「フサ」と呼びかけた。梓の声は甘く響くアルトで、その声で呼ばれると甘い響きが耳から入って体の隅々にまで神経を震わせながら行き渡るような感じがした。初めのうちフサは人間だった時の癖で、呼ばれると顔だけ向けて梓の次のことばを待った。呼ばれたら嬉しそうに飼主のもとに行くのが仔犬というものだと思い出してからはそうしたが、思い出すまでにかかった時間を、梓はフサが自分の名前を憶えるのにかかった時間と受け取ったことだろう。

こうして梓とフサの暮らしが始まった。梓の赤い車の中にも家の中にも先代犬ナツの匂いが濃く残っていたけれど、リビング・ダイニング・ルームにあったナツ用のマットレスはもうなくて、替わりに木製の囲いが置かれ、囲いの中には四つ折りにした毛布と陶製の二つの器とトイレット・シートが並べられていた。そのあたりの壁にはひときわ強くナツの匂いがすり込まれていて、それを嗅ぐと由緒正しい梓の犬の座をナツから引き継いだんだと意識せずにはすまず、ナツと同じように梓を楽しませなければ、とフサは決意を新たにするのだった。

蜜月というのはこういうものか、とフサは思った。梓はしじゅういとおしげにフサを見ている。写真を撮るだけではなく、大きさを記録するためかフサを画用紙の上に寝かせて輪郭の型をとったり、スケッチ・ブックに写生をしたりするのは、仔犬の姿形を美術家ならではのやりかたでより深く味わっているのだろう。フサは相変わらず鏡を見るのが好きで、梓の家でも時々こっそりリビング・ダイニング・ルームの端にある姿見を覗き込んでは、映っているのが自分だということを忘れて愛らしさに見入ってしまうので、梓が今の自分に熱中するのも当然だと考える。

人間だった頃は「自分に自信を持つ」とか「自分を好きになる」といったよく耳にする言いまわしの意味がほとんどわからなかったのだけれど、犬になった今まさに自分が好きで自信に満ちた状態なので、はねのけられるんじゃないかなどという心配をいっさいせずに、まっすぐに梓に向かって行き前肢を梓の体にかけることができる。梓がフサの毛をまさぐれば、完全に受け身になって梓の愛撫に浸りたくて、腹を上に向けてひっくり返り「もっと」と促《うなが》すのだが、そういうふるまいも梓に愛されていると信じられないなら不可能だった。

梓がフサの食事を手作りしてくれることもありがたかった。一日三度の食事のうち一回は市販のドッグ・フード、あとの二回は手作り食と決めているようで、内容は肉か魚か卵の蛋白質に米かジャガイモの炭水化物、キャベツや白菜等の野菜、それに細切りにした昆布とか煮干し等だしの出る食材を合わせて煮る、と人間の食事に比べれば簡単なものだったけれど、手間をかけてくれているのには間違いない。「手作りよりも、市販のドッグ・フードの方が栄養価を計算して作ってあるから犬の健康によい」という意見もあるけれど、一日一回出される市販品のドッグ・フードよりも、梓の作った温かいご飯の方が添加物もないし風味が豊かなような気がしてフサは好きだった。

好きで信頼している相手に面倒を見てもらうことがこんなに気持ちのよくなるものだなんて、とフサは驚いていた。人間だった頃には想像したこともなかったけれど、ご飯を出してもらったり危ない真似をしないように見守ってもらうことの気持ちよさは、心の喜びばかりではなくて、撫でられたり抱かれたりすることの感覚的な気持ちよさとそう遠くない。相手にすべてまかせて愛情を受けるという意味では二つのことは重なるし、事実、世話をしてもらうと直接触られてはいないのに、胸のときめきが体中に広がって見えない手で撫で回されているような心地になる。

朱尾のもとにいた時期にうっすらと予感した通り、梓の前で排泄したり梓に排泄物をかたづけてもらったりすることさえ、早々に甘美な愛情の交換と感じられるようになった。最初のうちこそ便意を我慢して便秘や膀胱炎《ぼうこうえん》になるかと思われたけれども、一度踏ん切りをつけてしまえば、これでもう隠すものはなくなったという解放感も訪れて、ますます梓と親密になれたという気もした。今では梓がいそいそとトイレット・シートを取り替える姿を眺めて幸せを感じるのだった。

二回から三回受けなければならない混合ワクチンの接種をまだ一度しか受けていないため、外に散歩に行けないのは息苦しく感じたし、夜眠る時や梓がリビング・ダイニング・ルームを離れる時などに、木製の囲いの出入口を閉ざされ中に閉じ込められるのは不満だったけれども、梓はできる限り可愛い盛りの仔犬と一緒にいるために陶器作りの時間も減らしているようで、そう長時間フサをほうっておきはしなかったし、幸いにして仔犬はすぐに眠くなるので退屈したり寂しくなったりして不機嫌をこじらせることもなく、フサの暮らしはひたすら気持ちよく楽しかった。

一度朱尾が夢に出て来た。狼のマスクをかぶった朱尾はフサの前にしゃがんで言った。

「すっかり官能に溺れてるな」

「何、その古めかしいことば遣いは？」フサは言い返した。

「わたしの古めかしいことば遣いと、おまえのそのやに下がったざまと、どっちがましかな？」

「喧嘩を売ってるの？　勘弁してよ。せっかく楽しく暮らしてるのに」

「うん、おまえが末長く楽しく暮らしてくれなければわたしも困る。そういう契約だからな。大いに愉快に過ごして、その変てこな魂をよりいっそうの珍味に熟成させてくれ」

　夢の中の朱尾は、それだけ言うとぱっと立ち上がって消えた。

　歯を食いしばると喉の奥から唸《うな》り声が出た。自分のその声にびっくりしてフサは眼を覚ました。自分の匂いが滲《し》みついた毛布の上に起き上がり、見馴れたリビング・ダイニング・ルームを見回すと、ローズヒップの香りのするカップを手にした梓がまじまじとフサを見つめていた。

「フサも唸ることがあるのね」梓は珍しくフサに話しかけた。「どんな悪い夢を見たの？」

　夢だったのは確かだけれど、朱尾独特の獣臭い匂いといい、いかにもこのところの朱尾が口にしそうな憎まれ口といい、いやに現実味があった。獣臭い匂いは眼が覚めてからもしばらく鼻粘膜にこびりついて消えないくらいだった。

その朱尾が何喰わぬ顔で訪ねて来たのは夢を見た翌日、フサが梓の家に来てから十日ほどたった日のことだった。いうまでもなくマスクなしの素顔でリビング・ダイニング・ルームに現われた朱尾は、「いやあ、ちょっと見ない間に大きくなったなあ」と嘆声を上げたのだけれども、すぐ続けてフサの頭の中に「腑《ふ》抜けた顔になったな。幸せ過ぎるのか」ということばを放り込んだ。夢で聞いた憎まれ口は前触れだったのかと考えながら、フサは冷静に「おかげさまで」と応じた。

朱尾はフサのそばに膝をつき、梓には見えないようににやりと笑った。声なきことばで「撫でていいか?」と訊かれたので「いやだ」と答えると、「撫でなきゃ不自然じゃないか」というぼやきが返って来たが、それ以上要求されることも無理矢理撫でられることもなかった。

梓がやって来て朱尾の隣にかがみ込んで呟いた。

「ああ、もう耳が完全に立つようになってる。今初めて見ました」

「わたしを警戒してるのかな」朱尾は善良そうに言った。「どうやらもうわたしのことは忘れたみたいです」

「そうなの?」

梓はフサの顎をすくい上げ眼を覗き込んで優しく尋ねてから、頭をくしゃっと撫でた。気持ちよさにフサの視界は一瞬かすんだ。すかさず朱尾が声なきことばで「何ていう体《てい》たらくだ。だから犬はいやなんだ」と吐き捨てた。フサもほんとうにとろけたところを朱尾に目撃されて、ばつが悪くて言い返せなかった。

「プレゼントを持って来ました」

朱尾は持参した手提げ袋から取り出した紙包みを梓に差し出した。

「犬のガムです。牛皮製で、虫歯予防のキシリトールが入っています」

最近硬い物を嚙むと歯茎が引き締まってさっぱりすることを知ったフサは、タイミングのいい贈り物に喜んで朱尾を見上げた。

「喜んでいるようですよ」梓が言った。

「好感を持ってくれたかな」

口ではしおらしいことを言った朱尾だったが、フサの頭に送り込まれたのは「ほんとうは口輪でも持って来てやろうかと思ったんだよ」ということばだった。フサが「何で？　わたしは嚙みつかないのに」と声なきことばで尋ねると、「おまえに似合うと思ったからさ」という返事だった。フサは呆れて「そんなことばっかり言うんだったら帰ってよ」ということばを投げた。朱尾はフサにだけわかるように、さっと唇をへの字に曲げて見せた。

梓は朱尾に韓国製の柚子《ゆず》茶を出し、会話に誘った。

「この子は吠えないし、手がかからないですよ。トイレでも何でもすぐ憶えるし。賢い犬の血筋だそうですが、ほんとにとても頭がいいみたいです」

朱尾は感じよくにっこり微笑んでから切り出した。

「気の早い話になりますが、繁殖させるおつもりはありますか？」

「繁殖」という予想外のことばに、フサは笑い出しそうになった。わたしが他の犬と性交する？　それはいくら犬好きでもできない、少なくとも今のところは。梓も笑っていた。

「全く考えたことはないですね。フサの仔を産んでくれる牝犬《めすいぬ》の心当たりもないですし」

わたしの仔を産む牝犬？　どういうことだろう、と疑問を抱いたフサに考えさせる間も与えず、朱尾は梓との会話を進めた。

「じゃあ、去勢するんですか？」

反射的にフサは、「去勢」という表現は間違ってる、牝犬の場合は「不妊手術」というのが正しい、とひとり頭の中で学校の先生のように添削《てんさく》した。ところが、梓も朱尾のことばを受けて言った。

「去勢した方がいいんでしょうか。牡犬《おすいぬ》を飼うのは初めてなんで、迷ってるんですよ」

牡犬？　人間だったら声を上げていただろう。フサは人間だった時の性別に合わせて牝犬になったとばかり思っていたのだった。フサは立ち上がって朱尾の顔を凝視した。朱尾はすました表情で柚子茶の香るカップを口元にあてていた。

「わたしは牡犬なの？」

フサが問を投げると、朱尾はまっすぐ前を向いたまま声なきことばで答えた。

「そうだよ。今まで気がつかなかったのか」

気がついていなかった。自分で自分の生殖器を見てみようなどという気持ちにはならなかったし、まだ幼いので小用も後肢を上げてではなく、牝犬と同じように腰をかがめてしていたのだから。フサは体を震わせた。

「いったいどういうつもりなの？　牡犬にするなんて」

怒りが籠もると声なきことばも硬く刺々《とげとげ》しくなるようだった。朱尾はフサの矢のように尖ったことばに射られて顔をしかめでもするかと思いきや、平然として梓に「柚子茶をもう一杯いただけますか？」と話しかけ、梓がうなずいて朱尾のカップを受け取りキッチンに立つと、フサに対して矢を弾き返す調子でことばを返した。

「牡犬だと何か問題があるのか？」

そう訊かれると、フサはうまく答えられなかった。朱尾は嵩《かさ》にかかって矢継ぎ早にことばを繰り出した。

「ないだろう、問題なんて。おまえは自分のセクシュアリティを〈ドッグセクシュアル〉と称して、『可愛がってもらう相手の性別にはこだわらない』と言ったんだぞ。それなら自分の性別だってどうでもいいんじゃないのか」

「でも、三十年間文化的・社会的には女だったし、自分のことは普通に女だと思ってたのよ。こんなふうに突然牡の体を持たされたら、種同一性障害から今度はそれこそ性同一性障害になりそう」

「おまえ、思いついたことを適当に口にしてるだけだろう。笑わせるなよ。おまえの魂ほど社会習俗の影響を受けてない魂を、わたしは見たことがないぞ。根本的に性別なんか気にもしてなかったやつが、牡犬の体を持ったからって性同一性障害になんかなるもんか。だいたい犬の体になるのを恐れなかったくせに、性別が変わったくらいでどうしてそんなに動揺するんだ？」

フサはきりりと巻き上がっていた尻尾が力なく垂れて行くのを感じた。言われてみれば、牡の体になったところで不都合は別になく、ただ牡らしさを身にまとうことへの漠然とした不安感が燻《くすぶ》るばかりなのだった。その不安感を説明しようとした。

「どっちかっていうと牝の方がよかったわ。だって、牡犬ってやたらそこいらにマーキングしたり牡同士で序列を争ったりして、忙しそうじゃない。そんな疲れる生き方はいやなの」

「おまえに序列を争わなければならないライバル犬はいない。それに、去勢されるんだから睾丸《こうがん》からの牡ホルモン分泌もなくなって、牡特有の行動もぐんと減る。そう、去勢されれば牝犬と大して変わりやしないさ。心配ない」

「どうして牡になるか牝になるか選ばせてくれなかったの？」

　素朴に尋ねてみると、受けたショックの核心はまさに朱尾が独断で房恵を牡犬にしたこと、言い換えれば房恵の魂を少しも尊重せず、床から拾い上げたシャツを洗濯籠に放り込む具合に無造作に扱ったことにあるのだ、と思えて来た。もやもやしているフサに、朱尾はあくまで淡々と答えた。

「そんなことは契約条項に含まれていなかったし、おまえに尋ねなきゃいけないほど重要な問題だとは思わなかったからな」

　朱尾は決して真意を明かしたりしないんだった、と思い出して疲れを覚えたフサは、床に腹這いになり前肢に顎を載せ、ふてくされついでにもうひとこと朱尾に送った。

「早くいえば意地悪でしょ?」

朱尾はちらりとフサを振り返ったが、ちょうど梓が盛んに湯気の立つカップを手にテーブルに戻って来たので、すぐに向き直って礼を言いフサのことばは無視した恰好になった。フサも返事は期待していなかったから、もう朱尾に話しかけようとはしなかった。

朱尾と梓は去勢の話を再開した。

「先代の犬は不妊手術をしていたんですか?」

「ええ。牝犬が不妊手術を受けていないと、発情期に牡犬が寄って来てしまいますからね。都会ではどうか知りませんけど、このあたりではまだ牡犬に去勢手術を施す慣習が充分には根づいていないんですよ」

「避妊の心配は牝ばかりがするわけですか。人間界と同様ですね」

「人間界のことはよく知りませんけど」

梓のことばにフサの片耳がぴんと立った。そういえば、フサがこの家に来てから十日ほど、まだ梓の恋人らしい者は訪ねて来ないし、梓の方が恋人に会いに出かける気配もない。それらしい電話もかかって来ない。梓には恋人がいないのかも知れない。フサが思いをめぐらせている間にも、梓は会話を進めた。

「牡犬にとっても去勢して牝犬への興味をなくしてやった方が幸せなのかな、とも思うんです」

やっぱりわたしは去勢されるのか、痛いのかな、とフサが考えていると、朱尾が意外な方向に話を向けた。

「去勢・不妊手術反対論もありますけどね。犬の発情期はたかだか年に二回だし、牝犬の出す匂いを嗅がない限り牡犬は発情しない。そういう時ちょっと手がかかるだけなのに、人間の都合で手術を施していいものかっていうような」

朱尾は去勢手術を止めている？　フサは成り行きに耳をそばだてた。

「それはそうなんです。わかります」

梓は思慮深げにうなずいた。朱尾は話を続ける。

「でも、牡犬の去勢手術は牝犬の不妊手術に比べると軽いようですね。麻酔が効くまでの時間などを除くと、手術そのものにかかる時間は五分程度と聞きました。犬にとっての負担はそれほどでもないと言えるかも知れない」

別に去勢を止めているわけでもないようだった。しかし、朱尾が手術の軽さを話題にしたのは、フサが手術を恐れずにすむようにするためかも知れない。ありがたくないことはないけれども、朱尾の意図不明の言動に翻弄《ほんろう》され続けているように思えて、フサはあまり感謝する気になれなかった。関心があるのは、梓がどうするつもりなのかということだった。

「まだしばらくは迷いそうですね」そう言ってから梓は口調を変えた。「人間と動物は対等であるわけがない、絶対に人間の方がエゴを押しつけるんだってわかってはいるんですけど、それでも美しい関係を夢見てしまうのはやめられませんね」

「わたしは動物はおろか人間との美しい関係さえ夢見たことはありませんよ」

朱尾が陰気に微笑みながら答えると、梓も陰気に笑った。

「わたしだって、人間相手にはまず夢なんか見ませんよ」

梓が近くにいない時、フサは後肢の一本を上げて放尿の姿勢をとってみた。うまくバランスがとれず、よろめいて転んだ。でも、耳も立って来たし、この頃はおすわりも何とか正しい形でできるようになって来たから、牡犬の正しい放尿の姿勢がとれるようになる日も近いに違いない。思えば、あの牡犬特有の放尿スタイルは最も犬らしい恰好だといえる。房恵だってあのスタイルを見ると微笑ましくなったものだった。あの姿勢を自分がするのも悪くない。牡犬になるとこの楽しみがあるんだ、とフサはささやかに喜んだ。

去勢手術については、フサとしては受けることに特に抵抗はなかった。犬と性交をしたり子孫を残したりするつもりはないのだから、睾丸はなくてもいい。むしろ睾丸があると、成犬になってから牝犬に興味のあるふりをしたり、性交の代替《だいたい》行為で人間の脚にとりついて男性器をこすりつけたりして見せなければならなくなるので、取り除いてもらった方が煩わしくなくてよい。

体にメスを入れるのは気持ちがいいことではないけれど、世の中には急に盲腸炎を起こして仕事やら何やらを休まなければならなくなるのを恐れて、まだ炎症を起こしていない盲腸を切除してしまう人間もいるし、手術が五分程度ですむのなら、横向きに生えた親知らずを抜く手術の方がよほど重いといえるし、考え方によってはそう深刻に捉えるほどのことではないとも思える。どのみちフサは梓の決断に従うだけだった。

梓は朱尾と話した日の夜、インターネットで犬の去勢・不妊手術をめぐる論議を調べ、長い間考え込んでいた。フサがパソコンの画面を覗くことができたのは、梓がノート・パソコンをリビング・スペースのロー・テーブルに持って来たからだった。フサは文字を読んでいることを気取《けど》られないように、パソコンの匂いを嗅ぐふりをしてテーブルに前肢をかけ伸び上がった。梓はフサの腰を持ち上げ、まだ睾丸が下りて来ていないはずの股間を覗き込むと、またもの思いに耽《ふけ》るのだった。フサの方は梓に触ってもらえるのはいつでも歓迎なので、自分の方も梓の顔を舐めた。舐めると梓の顔が優しげになるのが嬉しかった。

梓の兄、玉石彬《あきら》がやって来たのはそれから数日後のことだった。梓には前もって連絡が入っていたのかも知れなかったけれども、フサにとっては不意の訪問だった。夕刻、庭先で物音がしたので梓が工房から帰って来たかと思ったら、梓のよりも重い足音が廊下に響いて、埃や酸化した皮脂や煙草の匂いとともにスーツ姿の彬が入って来た。そのうち彬とも顔を合わせるとはわかっていたのに、彬にあまり好感を抱いていないせいもあって、フサはびくりとして伏せた姿勢から腰を浮かせてしまった。

「お、こいつか」

彬はすぐにフサを見つけて近づいて来た。仔犬の小さな体になって見ると、梓よりも背が高く朱尾よりもがっしりした彬の体は巨大に映った。遠慮のない足どりで迫って来る彬に緊張して、フサの喉はきゅっとしまった。すぐ後から梓が入って来たので辛うじて吠えずにすんだ。

「そんなに怖がるなよ。臆病なやつだな」

彬がしゃがむと大きな膝頭がぐいと突き出された。彬はじろじろとフサを眺め回した。値踏みされているようでいやだったけれど、逃げ場所もないのでフサはじっと耐えた。

「白黒の毛色は粋だな。あとは平凡だ」

フサは朱尾と話す時の要領で「平凡で悪かったな」ということばを彬に放ってみたが、むろん声なきことばが通じるはずもなく、彬は眉一つ動かさず梓を振り返ってなおも言った。

「おまえは昔から平凡な犬が好きだからな」

「その仔はとても賢いのよ」梓の声がした。

「ナツがいなくなったんで、おれはこの家でホワイト・シェパードかロットワイラーを飼おうと思ってたのに」

「『この家で』って、兄さんの犬の普段の世話をわたしがするの？」

「そうだよ。他に誰がするんだ？　あっちの家じゃ女どもが大きな犬を怖がるから、ここでしか飼えないだろう？」

自分のオーディオ装置もここに置いてあるし、犬まで置こうとするなんてこの家はまるで彬の別宅だ、とフサは憤慨した。犬を置くのは性質のいい同居しやすい犬なら歓迎だけれど。

「兄さん、昔ここでライオンを飼おうって言ってたよね」

「ああ、そんなこともあったよな。あの時ライオンを手に入れてやるって言ってくれた人、今はもう動物の輸入の仕事からは手を引いてるよ」

前に目撃した顔を叩き合っていた場面が嘘だったかのように、梓と彬はなごやかに会話していた。馴れ親しんだ様子にはさすが兄妹と納得させるものがあって、このなじみ方に比べれば人間だった時の自分と梓の親しさなんてものの数にも入らない、人間のままでいたら彬よりも梓と近しい存在になることは絶対にできなかっただろう、とフサは思った。

突然彬がフサの体をつかんで仰向けにひっくり返した。フサは息を呑む暇もなかった。

「牡か」

太い指が毛の中に侵入して来た感触も気持ちがいいとはいえなかったけれど、フサの下腹部を見下ろす彬の眼つきも温かみのない一方的に品評する眼つきで、そんな眼つきが自分の体を這うのはたまらなかった。人間ではないから別に生殖器を見られても恥ずかしくはないとはいえ、拒否する意思を持たないものとして扱われるのは屈辱には違いなく、フサは犬の身の非力さというか、人間との圧倒的な力の差を肌で感じることになった。

梓の淹《い》れたコーヒーの香りが立ち籠めると彬がダイニング・テーブルの方へ去ったので、フサはほっとして立ち上がり水に濡れた後のように体をぶるっと震わせた。体に残る感触を振り払おうとしたのを察したのか、彬は振り返ってじろりと見るとまた気に障ることを言った。

「牡犬はいやだな」

「どうして？」向かいにすわっている梓は尋ねた。

「犬とはいえ、牡のプライドを感じる」

フサは吹き出しそうになった。牡なのは体だけなのに。

「この仔は」梓は穏やかに話した。「りこうな分、プライドも高いかも知れない」

「まあいいさ。犬なんて、一度どっちが上に立つか教えとけば面倒はないからな」

「わたしの犬なのよ。変なことはしないで」

あくまでものやわらかに、しかしきっぱりと言った梓に、喜びと感謝と憧れの眼差《まなざし》を
フサはそそいだ。が、人間のことばがわかるのがばれてはいけないと気づき、あわてて
眼を逸《そ》らして眠気が差したというようにもそもそと毛布の上に蹲った。

彬はブリーフケースから茶封筒の束を取り出し、「これが去年の売上帳のコピー」「カタログはここ」などと説明しながら梓に手渡した。梓は茶封筒の一つから厚みのあるファイルケースらしい物を取り出してぱらぱらとめくっていたが、「あ、これが売れたんだ」と呟いたところを見るとそれが梓の作品のカタログのようだった。彬もカタログを

覗き込んで、「このくらいの大きさの鉢の在庫を補充しておきたいんだけど、今日少し出せるか？」というようなことを問いかけた。しばらく二人は税務やホテルでの梓の作品の販売に関係する事務的な会話を続けた。

話に加われないというのは退屈なものだった。フサはほんとうに眠くなった。退屈するとすぐに眠くなるとは便利な体になったものだと考えるうちにうとうとすると、また夢の中に朱尾が現われた。朱尾は犬洗川《いぬあらいがわ》の土手を思い出させる一本道を遠くから歩いて来て、どうしてこんなにしょっちゅう朱尾を夢に見るんだろう、とフサが不思議がるうちに、朱尾が狼のマスクの下で口ずさんでいる歌も聞こえるくらい距離は縮まった。朱尾が歌っているのは一九六〇年代のロイ・オービソンのヒット曲で映画「ブルーベルベット」に使われたことでも知られる「イン・ドリームズ」だった。朱尾は歌をやめると言った。

「無聊《ぶりよう》をお慰め申し上げようと参上しました」

彬に不快な扱いを受けた直後のせいか、朱尾の匂いを嗅ぐと安心感が満ちて来たのだけれども、あまりにも時宜《じぎ》を得た朱尾の登場にフサは戸惑って尋ねた。

「どうしてわたしが退屈してるってわかったの？」

「おまえに理解できるようには説明できないけれど、わかるんだよ、わたしには。おまえの気分の変化がな」

「わたしが退屈すればいつでも来るの？」

「おまえが眠っている時だけだ。退屈したり相談事がある時には来るよ。だけど現《うつつ》の世界では他の人間もいるし、さすがにわたしも自由に動けない。だから、今後現の世界で車に轢かれそうになった時なんかに必ずしも助けてやれるとは限らないからな。自分で気をつけろよ」

話し続けていると、朱尾に会えたこととは別の喜びがフサの胸を満たした。

「ことばをやりとりできて嬉しい」

「そうだろう。わたし相手にしかできないけどな」

大音量のオーケストラの響きがフサの夢を破った。壮麗でやかましい交響曲がスピーカーから流れ出し、彬が二本のスピーカーを結ぶ線を底辺とする二等辺三角形の頂点にあたる場所で、オットマンつきのリクライニング・チェアーに身を預け、ネクタイを弛め眼を閉じて音楽に聴き入っていた。

朱尾の匂いは消え失せていて、フサが例の声を出さないやり方で何度か朱尾の名を呼んでも返事はなかった。今のは夢、一般にいう夢幻《ゆめまぼろし》だったんだろうか、それとも夢のかたちをした現実で、夢に出て来た朱尾は本物の朱尾、わたしたちの会話は事実としてわたしたち両方の記憶に留まる本物の会話だったんだろうか、とフサは考え込んだ。朱尾が出て来る夢は普段見る夢とは感触が違う。普段見るのよりも格段に鮮やかで、わたしの頭も現実と同じように活発に働くんだけど、時と場所がはっきりしないところはいかにも夢らしい……。

音楽がやんだので、オーディオ装置の方を向くとターン・テーブルのアームがフックに返るところだった。演奏時間が短かったのはCDではなくアナログ・レコードをかけていたためだとわかった。静かになった部屋に彬のいびきが低く響いた。ガラス戸越しに見る外はすでに真暗になっていた。梓が彬の腕に手を触れ軽く揺すった。いびきが止まり、彬は眼をしばたたいた。梓が尋ねた。

「夕飯食べてくの？」

「いや」

彬が首を振ると、梓は「そう」とだけ答えてダイニング・テーブルの所に行き、「写真入れ替えておいたから」と言いながら、ファイルケースを彬のブリーフケースに滑り込ませた。ブリーフケースを持って来てすわったままの彬の膝の上に載せた梓は、次にオーディオ装置に向かうと、ターン・テーブルからレコードを取り上げてレコード・ジャケットにおさめレコード棚に戻した。彬はまだ眠気がとれないのか立ち上がろうとせず、梓の行動を眼で追っていた。

彬は動かないくせに何か話すでもないので、間が持てないのか梓はフサを撫でにやって来た。彬に背を向けてフサを撫でる梓の表情が硬いのにフサは気がついた。

「おい」

彬が呼んだ。梓はフサを抱き上げると、立ち上がって彬の方を向いた。彬は薄く笑っていた。その薄笑いが不気味で、フサは梓の腕の中から彬を睨んだ。彬は口を開いた。

「そいつ、去勢しろ」

あからさまな命令口調だった。梓が一度大きく呼吸した。

「どうして?」

「睾丸のない牡犬の股座《またぐら》ほど美しいものはないからだよ。牝犬の股座よりきれいだ」

全身の毛のつけ根がざわざわした。フサは何度も朱尾を気味が悪いと感じたものだったけれども、彬には朱尾とは違った気味の悪さがあった。

「変な趣味ね」

梓も緊張しているのだろう、出した声はかすれ気味だった。彬がブリーフケースを持って立ち上がった。梓はほっとして腕の力を弛めた。ところが彬が部屋の出口に向かわず梓とフサの方に進んで来たので、梓の体は再び硬くなった。犬の本能なのかどうかはわからないが、何か非常にいやなもの、毒々しいものが迫って来るように感じて、闘争心を呼び覚まされたフサは歯を食いしばった。

彬は梓とフサの前に立つと薄笑いを引っ込めて宣告した。

「一つ屋根の下に牡は二匹いらねえんだよ。いいか？　そいつの睾丸をおれに見せるな」

何わけのわからないこと言ってるの、あなた変なんじゃないの、と人間だったらフサはそう叫んでいただろう。けれども、人間の発声器官のないフサの口からはキャンキャンという仔犬の甲高《かんだか》い情けない悲鳴しか出なかった。おまけに無意識に体もよじっていた。梓はフサをしっかりとかかえ直した。しかし、何も言わなかった。兄妹は無言で向かい合っていた。

彬が訪ねて来た日の夜は、フサの胸にもどろりとしたいやな感触が残ったけれども、梓も浮かない表情で長い間ダイニング・テーブルに両肘をついて動かず、やっと立ち上がったと思ったら食器棚の引き出しから薬局の白い紙袋を取り出してキッチンに向かった。フサが後を追うと、梓はコップを片手に錠剤を口に含んだところだった。実際は頭痛薬とか胃薬だったのかも知れないのだが、精神治療薬に違いない、とその時のフサには思え、「何の薬？　睡眠薬？　抗鬱剤《こううつ》？　いつも飲んでるの？　いったいいつ頃から？」と訊きたいことが次々と湧き起こったのに、ことばを発せられないのがいらだたしくて、四本の肢で小刻みに地団駄を踏んだ。

それを見た梓は「フサの食べる物はないのよ」と見当はずれなことを言ったのだけれども、向けられた顔はいくらかいつものやわらかさを取り戻していて、ほっとしたフサは思わずその場に腰を落としてすわり込んだ。その様子にフサの感情を感じ取ったのか、梓も腰をかがめ両手でいたわるようにフサの体を撫でた。小さな体が梓の両手にくるまれる恰好になるとフサはとても安心したし、梓の手の動きからも気持ちが鎮まって来たのが伝わって、お互い考えていることはわからないのに慰め合えるのは素晴らしい、と感じ入りながら梓の手に体を押しつけた。

翌日には梓は、兄との緊張した場面など忘れたかのようで、しばらくパソコンのキーボードを叩いた後フサを膝に載せ、「ほら」と画面を示した。画面上にはフサの、ただ正面を見つめているだけなのに、いかにも犬らしい一途《いちず》さと素直さと甘えが滲み出した顔のアップの写真が表示されていた。フサはまたもそれが自分だということを忘れていとおしさに胸を締めつけられたのだけれど、次いでその写真と一緒に表示されている文章にも眼が行った。

去勢するかどうかはまだ決めていませんが、とにかく私は今この仔犬に夢中です。あなたが日本にいるのなら、ぜひ見に来てもらうのに。

それとも、仔犬を見るために一時帰国する?

いつでも歓迎します。

文章の初めの方は画面の外にスクロールされていたので末尾の四行しか読めなかったが、友達に宛てたメールらしいその文章の親しげなことば遣いに、ああ、梓にも仲のいい友達がいるんだ、とわかってフサは喜んだ。この友達がどこの国にいるのか知りたかったけれどもフサには訊くことができないので、今度朱尾が来た時にでも代わりに尋ねてもらおうと思った。梓はフサの眼の前でメールを送信した。

それからしばらくは、郵便配達人と宅配業者以外は訪れる人もないしんとした日々が続き、フサは去勢手術のことを忘れかけていたのだけれど、二度目の混合ワクチン接種が終わり初めて家の敷地の外の山道に散歩に連れ出してもらった時、次々に鼻孔に入って来る土や草や石の匂いをわくわくしながら味わっているうちに、ふと尿意を催して用を足そうとしたら無意識のうちに岩に向かって片足を上げていて、いつの間にか自分が牡犬らしくなっていたことにびっくりするのと同時に、去勢の問題も思い出した。

去勢の問題とはいっても、去勢はしてもしなくてもいい、どちらかというとした方が面倒事が減って楽、と考えているフサではなく、フサに手術を受けさせるかどうか決断しなくてはならない梓にとっての問題なのだった。梓は散歩中フサが片足を上げて用を足すたびにもの思わしげな表情で見つめた。フサの方は興味深く梓の選択を待つばかりだった。

結果をいえば、春めいて来たある日、梓はフサに朝の食事を与えないまま車に乗せ、混合ワクチンや恐水病の予防接種をしてもらったおなじみの動物病院に連れて行き、去勢手術を受けさせたのだった。注射を二本打たれ、二本目を打つと間もなく意識が遠のき、どれくらい後にか病院のケージの中で眼を覚ますと股間がけだるく痺れていたわけだが、朱尾の術によって人間から犬に変わった時に比べれば、とりたてて印象的なこともなかった。しいていうなら、梓以外の人間に体をひどくいじられたことへの不快感を、うっすらと覚えないではなかったのだけれども。

夕方迎えに来た梓と一緒に家に戻ると、リビング・ダイニング・ルームの今朝までフサが寝ていた毛布と木柵が取り払われ、替わって真新しい枯葉色のマットレスが置かれていた。その枯葉色の色調がとても美しいので眺め入っていると、梓はフサを抱き上げマットレスの上にそっと載せた。やわらか過ぎない適度な弾力のマットレスに腹這いになって見れば、枯葉色の上ではフサの白黒の毛色の映りも上々だった。毛布と並べられていたトイレット・シートはマットレスからやや離れた壁沿いに移動し、木の枠に赤と茶色に染められた東南アジアふうの布をかけた間仕切りで隠されていた。

この模様替えが、フサが去勢手術に耐えたことへのねぎらいなのか、去勢手術をするほど成長したお祝いなのかわからなかったけれども、いずれにしても梓と自分の生活史が新しい章に至ったような気がして、フサは悪くない気分だった。梓も同じ気持ちなのかデジタル・カメラでフサの新しい写真を撮り、マットレスのそばのロー・テーブルにパソコンを持って来て撮りたての写真をパソコンに取り込むと、また写真を貼付《ちょうふ》したメールを書き始めた。

梓はマットレスを背もたれ替わりに使ったので、マットレスの上にいるフサからは梓の肩越しにパソコンの画面がよく見えた。覗き見なんていやらしいかとは思ったけれど、フサはまた自分のことを「可愛い」と書いてもらえるんじゃないかという期待もあって、フサは画面を一心に見つめた。まず表われたのは「未澄さま」という宛名だった。読み方は「みすみ」だろうか、変わった名前だ、男か女かもわからない、と首をひねっている間に、梓は形式的な安否の挨拶を一行入力し、本題に入った。

　今日フサに去勢手術を受けさせました。

　やっぱり地域社会の犬飼いのマナーだと思って。

　後味はよくないね、やっぱり。ナツの時もそう感じたけれど。

「ううん、気にしないで」とフサは頭の中で梓に声をかけた。

　でも、犬に対して勝手なことをしたっていう罪悪感とは別に、去勢をしろという兄の命令に従った恰好になったのも、かなり不愉快なの。

　そういう感じ方もあるのか、と初めてフサは思い当たった。フサはもちろん梓が彬の言いなりになったなどとは受け取っていなかったから、梓の繊細な感じ方に感心した。

　あなたも知っている通り、うちの兄にはちょっと変なところがあるでしょう?

　こういうふうに、自分が命令したことと人が自分の考えでやったことがたまたま一致すると、人が自分の命令に応じたんだと思いたがるのよね。かりに私が去勢は私の考えでしたんだって話したとしても気に留めないで、この先ことあるごとに「俺の言った通り、去勢しておいてよかっただろう?」というふうに、言い続けるでしょうね。うっとうしいことに。他のことならともかく、私の犬に関してそんな言い方をされたくないんだけど。

そこまで読むとフサは、これは梓が特別に繊細だというだけの話ではないのかも知れない、と考え始めた。メールはその後、「愚痴っぽくなってごめんなさい」という詫《わ》びの文句とちょっとした近況報告をつけ足されて結ばれ送信されたが、ノート・パソコンが閉じられてからもフサは梓の描いた彬の人物像について思いをめぐらせ続けた。

梓のメールの中で語られた彬のようなタイプの人間が世の中にそれほど多いということはないだろうけれど、フサも房恵だった時に似たタイプの人間に何人か出会っている。たとえば、中学校の同級生だった美香《みか》、この子には謝るべきところで謝らない変な癖があって、いちばんよく憶えているのは、美香を含む何人かで隣の県の高松市の書店で企画された作家のサイン会に行く計画を立てた時のことだった。作家を生で見る機会など地方に住んでいてはめったにないので貴重な催しだったのだけれど、当日美香は待ち合わせに三十分も遅れた。

　告知ではサイン会は一時間を予定されていたから、三十分程度の遅れは行き先が同じ市内だったら致命傷にはならなかったに違いないのだが、隣県行きの特急電車は一時間に一本しかなかったし、現地に着いてからも知らない街では目的の書店に行くためのバスを見つけるのにも苦労して、充分時間の余裕を見て計画したつもりだったのに、ようやく辿《たど》り着いた時にはサイン会は終わり、作家は空港行きのタクシーに乗り込み会場を後にしていた。

　みんながっくりしてファースト・フードの店で口数も少なくシェイクをすすっていた時、美香が口にしたのは「本屋への行き方、前もって調べておいたらよかったね」というこ とばだった。誰もすぐには相槌さえ打てなかったのだけど、ややあって一人が「それもそうなんだけど、松山駅から早く出発できてたらな、とも思う」と遠慮がちに言った。美香の返事は「うーん、特急、一時間に一本しかないんだもんね。不便だよね、地方は」というものだった。

　フサは思い出した出来事を、眠りに落ちた後の夢か現かはっきりしない場所で、朱尾にも話した。

「全員呆れて固まっちゃったのに美香は涼しい顔をしてるから、さっきの子とは別の子が勇気をふるって『っていうか、美香が遅刻しなかったら間に合ったという気がするんだけど』って言ってみたの。そしたら美香は『ええーっ』と大声上げて、それから演技なのか素なのか、はっとしたように『ごめん、宮ちゃんがそんなに斑尾椀太郎《まだらおわんたろう》が好きだったの知らなかった。わたしはみんなで高松に日帰り旅行するのがいちばんの目的だと思ってたから』って言ったの。だけどね、事前の話し合いで『日帰り旅行』なんてことばはいっさい出てないのよ、『日帰り』っていう単語は出たけど。わたしたちは斑尾椀太郎のサイン会に行く以外に、高松で他に何をするかなんて話し合ってもいなかったしね。わかる？　この話の勘所《かんどころ》が」

狼のマスクの鼻面がかすかに揺れたのは、朱尾がうなずいた印だった。朱尾は地面とも床とも見分けがたい平面に黒檀のステッキを突き立て、どうすればそんなふうにしていられるのかわからないが、安楽椅子にでもすわっているかのようにゆったりとステッキの頭の部分に腰を下ろしていた。

「わかるよ。その美香とやらは、自分が遅刻したせいでサイン会に間に合わなかったという取り返しのつかない大失敗を認めたくないばかりに、次々に他の物事に責任転嫁《てんか》して、あげくのはてにありもしなかった話まででっち上げている。その責任転嫁のしかたにどんなに無理があるかは誰にでもわかるのに、どうしたわけか本人は自分の言い分は理にかなっていて人にも認めてもらえると信じてるんだな」

「そうそう」

「症例として興味深くはあるな。見え透いた馬鹿馬鹿しいごまかしをやってるから知恵が足りないのかと思うと、一方では巧妙な技も使っている。まっこうから責任を問われると一応謝るけれど、巧みに話をすり替えごく軽い失敗についてだけ謝る、というように」

「うん、だから、美香が計算ずくなのか無意識にそうやってるのか、わたしも初めは判断がつかなかったの。でも考えてみたら、みんな人がいいから美香のあの無理矢理のごまかしを一つ一つ打ち壊してまで責任追及したいとは思ってないのを、美香もわかってるからぬけぬけとごまかしに走るんだと思うのね。否定されずに会話が流れて行けば、自分の言い分はみんなに承認された、事実だと保証された、と安心できるんじゃない？　安心できるのは美香だけで、わたしたちの方はあいた口が塞がらないんだけど」

「そういうふうに自分の都合に合わせて事実をどんどん改竄《かいざん》し上書きして行けるのは、特殊な能力といえるな」

「それだけじゃなくて、自分自身をごまかせるのと同じように他人もごまかせると信じてるのが美香の奇妙なところなのよ。もちろん自分じゃ意識してはいないだろうけどね」

　朱尾は組んでいた足を解いてフサを見下ろした。

「玉石彬もその類なのではないかと想像してるんだな？」

「うん。どう思う？」

「おまえはそんな兄を持った梓を心配してるんだろうけどな、わたしはむしろ兄が兄なら妹も妹なのではないかと疑うね」

　フサは朱尾の梓に対する冷淡さにまたも落胆した。

「そんな暗い考え方しなくても」

　気を取り直して言うと、朱尾はフサに向けていたガラスの眼をふいと逸らした。

「よくそんな犬そのものの顔ができるな」

「化け犬だけどね」朱尾が眼をそむけた理由がわからないままフサは言った。

「去勢手術はどうだった？」朱尾は話題を変えた。

「まああだった」

　答がいいかげんになったのは、朱尾が眼をそむけた理由が気にかかっていたせいだった。朱尾は今はとり澄ました様子で何の感情も読み取れない眼をフサに向けていた。フサは理由を尋ねそびれた。

動物の仔が大きくなるのは早いといわれる通り、フサも気がつけば耳も常に立っているし、用を足す時には片肢を上げるし、おすわりも耳の後ろを後肢で掻くのも上手にできるようになったし、以前に比べると眼が覚めている時間も長くなったし、いつの間にか随分成長していた。フサは梓がダイニング・テーブルについている時にその足元にいるのが好きなのだけれど、前は梓の足首に前肢をまわし顔をつけると腹まで梓の足の甲に載っていたのが、今は胸元までしか載らなかった。鏡を見れば、丸かった顔の輪郭が直線的になって来ていた。

もちろんまだ誰が見ても仔犬なので、散歩の時にはよく行きずりの人から「可愛いですね」とか「何箇月？」などと声がかかった。梓が「四箇月過ぎです」と機嫌よく答えるのを見上げると、フサもいくらか得意になって自然に口角が上がった。子供たちには取り囲まれたり後をついて来られたりすることもあった。幸い、乱暴に耳をつかんだり尻尾を引っぱったりするいやな子供には今のところ会っていないので、フサも子供たちを可愛いと感じた。ついて来る子供たちの一団の中には房恵のような〈種同一性障害〉の子がいるかも知れない、と想像するとせつない気持ちにもなった。

「可愛い」と言われることがなくても朝夕の散歩は楽しかった。朝は家の周辺の山道をめぐり、夕方は車でスーパーマーケットに行ったついでに犬洗川の土手を歩く。外の風にあたり日差しを浴びいろんな匂いを嗅ぎよその犬にも会うことが嬉しいのはもちろんだけれども、フサにとって散歩は梓と一緒に出かけ、お互いを気にかけ合いながら同じ道を歩き同じ風景を見ること、何かを一緒にするとか同じ経験を共有することであって、単なる毎日の習慣というよりもっと大きな楽しみ、いってみれば半日に一度のお祭りのようなものだった。このお祭りが一度でも中止になったらとても寂しいだろう。

「恋人同士のデートみたいなものだな」

朱尾の感想だった。その場では「またそういうことを言う」と返したのだけれど、後で考えたら、たいせつな相手と楽しみに出かけるのだから、恋人同士ではないにせよ梓との散歩を「デート」と呼ぶのはそう的はずれではないようにも思えた。まあ呼び方や朱尾の揶揄《やゆ》は大して気にならなかったのだった。

フサが大きくなって来たので、幼いフサのそばにいるために陶器作りの時間を減らしていた梓も、工房で過ごす時間が長くなった。毎朝六時頃梓は起き出し、一階にある寝室からフサのいるリビング・ダイニング・ルームに入って来る。フサも眼を覚まし梓の足元に挨拶に行く。梓が寝覚めのお茶を一杯飲む間に、フサも一晩遠ざかっていた梓の匂いとぬくもりを補給する。朝の散歩に行ってからともに朝食をとり、その後梓はただちに工房へ向かう。十二時頃いったん母屋《おもや》に戻って昼食、午後も何時間かは工房で作業する。

フサは工房について行ってもよかったし、母屋で待っていてもよかった。玄関の戸の下部に犬用の小さなスウィング・ドアがあって好きな時に出入りできたので、敷地の中なら自由に歩き回れた。外に出てもよくなってから間もないうちは、フサも毎朝梓と一緒に工房へ行った。土間や粘土の匂い、板張りの床や焼く前の作品を置く手作りの棚などのたてる木の匂いは気持ちを清新にするし、陶器を作る梓を見ていたかったからだった。

工房に一歩足を踏み入れると梓の気配はふっと変わる。真剣で厳しい表情になるのではなく、むしろ上の空な感じ、うつろな感じ、浮遊する感じになる。一種の催眠状態に入ったかのような、何かに取り憑《つ》かれて本来の魂が抜けたかのような、しかし夢見心地というほど気持ちよさそうでもない様子で、作業台の上で土をこね、ろくろを回す。そんな梓の風情《ふぜい》はフサに、人間だった時に展覧会で見たヨーロッパの自動人形を思い出させた。

「作る時には土に自我を明け渡す、もしくは預ける感じがあります」

房恵がインタビューした折りに、そんなことばを耳にした記憶もあった。

そういうフサも、手動式のろくろのごとごという音を聞きながら梓の手元を眺めていると、うっとりとした心地になるのだった。なめらかに練《ね》られた土の塊がろくろの上で回転しながら、梓の手捌《てさば》きのままにくにゃくにゃと形を変えるところや、器の形に整えた部分を両手でぴんと張った糸で下の部分から切り離す時に、糸がすうっと吸い込まれるように土の中に入り込んで上下がきれいに分かれるところ、革片でこすった器の縁がたちまちなめらかに光るところなど、見ているだけで土のやわらかさや湿り気や粘り気が前肢の肉球に伝わり、フサの体までぐにゃぐにゃになってしっとりした土に混じりそうに感じられた。時々フサは梓が捌いている土の中に飛び込みたくなった。

人間の子供だった頃も泥遊びや工作の授業での粘土細工には特別な喜びを覚えたものだったし、たぶん土の感触には、太古の記憶を呼び醒《ひ》ますのだか何だか知らないけれど、人間も含めた動物を惹き込み我を忘れさせる力があるんだろう、とフサは考えた。梓を見ていても、土の感触を味わうのではない作業をする時、たとえば刃物を取って作品に模様をつけたり作品を釉薬《ゆうやく》に浸したりする時には、魂の宿った人間らしい理知的な表情になる。

ただ、人間の頭脳を持つ悲しさで、連日同じような作業ばかり見学するのに飽きてしまい、夢うつつの世界で会う朱尾に退屈だとこぼすと、朱尾は電子手帳型のブック・リーダーを土産に持って来た。それはボタンとジョグダイヤルを操作すれば、内部にインストールされている文書のデータをモニターに表示させて読むことができるという物で、ボタンもダイヤルもフサの舌や爪の先で扱いやすい大きさと形になっていた。ブック・リーダーのメーカーに特別注文して作らせたのだという。

「文学作品から辞書・実用書まで約三百冊分のデータを入れておいたよ」朱尾は説明した。「当分楽しめるだろう。ただし、これは眠っている時しか読めない。日常の世界には存在しない。それはつまり、隠し場所を考えなくてもいいということでもある」

そして夢うつつの世界の一角に、ブック・リーダーを立て掛けることのできる書見台《しょけん》が据《す》えられた。台の四本の脚が猫脚であるばかりではなく全体に彫り模様が施された凝ったつくりで、塗料の匂いもまだ強くわりあい新しい物らしかった。まじまじと細工に見入っていると、朱尾が声をかけた。

「わたしが作ったんだ」

「すごいね」フサは心からの賛辞を贈った。「指物師《さしもの》にもなれるんじゃないの？」

朱尾は返事をしなかったけれどもまんざらでもなさそうで、ズボンのポケットから麻のハンカチを取り出すと書見台の板の端に溜まっていた木の粉を払った。

それからは夢うつつの世界に入ると、相変わらずどことも知れない場所にブック・リーダーを立て掛けた書見台がぽつんと現われるようになった。その頃までにはフサも、夢うつつの世界は普通に見る夢とは違って、前に起こった出来事をきちんと踏まえて繋がって行く、日常の世界とはまた別の現実世界で、フサひとりの頭の中に生まれる幻想ではないと信じていたのだけれども、ブック・リーダーで本を読み始めて、何度眼を覚まして中断しても眠れば必ずまた続きが読めるのがわかると、いっそう確信を深めた。

フサはもう一つ朱尾に頼んだ。

「音楽聴けるようにならない？」

「けっこうなご身分だな、おまえは」

そう言いながらも朱尾は、民族音楽からヒップホップまで幅広く収録した、これもフサ向け特別仕様の携帯デジタル・オーディオ・プレイヤーを、スピーカーもつけて持って来た。夢うつつの世界は寛ぎの部屋になったようなものだった。こうしてフサの退屈は解消された。

ブック・リーダーにおさめられている本の中に陶芸の入門書があって、それを読むと陶器作りの工程がざっとわかり、道具の名前を始めとする専門用語もいくらか憶えることができた。その上で、焼き上がった作品や倉庫にしまわれている作品を日々眺めていると、梓の腕のほどはともかく作風なら何となくつかめるようになって来る。気がつくと陶芸に関心のなかったフサにもそれなりに趣味が芽ばえていた。

梓が普段作るのは茶碗とか湯呑みとかぐい呑みとか花瓶とか一目見れば何なのかわかる物が多かったが、工房と通じている倉庫の飾り棚には厨子《ずし》のような物、金管楽器のようにくねくねした物、破片を繋ぎ合わせたような物など、あきらかに美術作品として作られた物も並んでいた。房恵としてインタビューに訪れた時には一部しか見せてもらえなかったけれど、フサになった今は倉庫の奥まで入って見える所にある作品はすべて鑑賞することができた。何パターンもの作風のヴァリエーションがある中で、薄い土と厚めの土を組み合わせて、殻の一部が欠け内側の半透明の膜も剝がれかけたゆで卵を思わせる質感を表わした、一連の作品がフサは好きだった。

とりわけ、前面に洞窟の入口のような穴を穿《うが》ったゆで卵で、基調の薫製卵のような色に一部黄色っぽい色を交ぜ込んだ作品に、心をしんとさせるものを感じて、時々フサはその前に佇《たたず》みたくなった。土間に腰を下ろして見つめていると、魂が自分の体の中からゆで卵の洞窟の中に移るような気がした。朱尾だったら何と言うかわからないけれど、フサにとってそれは少しもいやな感覚ではなかった。

そんなふうにお気に入りの作品の前で澄んだ心持ちの時間を過ごしている時、戻って来ないフサを心配したのか、梓が覗きに来たことがあった。梓と眼が合いフサは軽く尻尾を振ったが、梓は少しの間腑に落ちないといった表情を浮かべていた。美術作品を前にした様子が人間臭く映っただろうか、と不安がよぎったけれど、梓はすぐにその場から去ったし、工房に帰ったフサをいつもの通りの温かい眼で迎えた。

梓は日頃ブラシをかけることとタオルで拭くことだけでフサの汚れを取っていて、フサが家に来てから石鹸で洗ったことは二回しかなかったのだけれども、三回目の湯浴《ゆあ》みがあったと思ったら、次の日から社交週間でも始まったのか、訪問客が続いた。

まず現われたのは、素朴で人のよさそうな若奥様といった風情の二人の女で、年恰好からも梓の少女時代からの友達とすぐに見当がついた。フサが梓と一緒に玄関に出迎えた時には、二人はすでに眼を糸のように細くした満面の笑みを浮かべて待ちかまえていて、女子高校生のような華やいだ声で「久しぶりぃ」と挨拶しながら胸のあたりで小刻みに手を振った。

その二、三日後には、庭に隣の県のナンバー・プレートをつけた車が停《と》まり、五十代初め頃の男と三十代後半の女と二十代後半の男が降り立った。年輩の男はたまたま庭に出ていたフサを見つけると近寄って来て「こら、見馴れない人間が来たら吠えなきゃだめだぞ」と説教をした。「人間のことばで話しかけてどうするんですか？」と女が横から言った。三人の体に滲み込んだ土の匂いから、陶芸家仲間なのだとわかった。

二組とも訪問に伴う儀式のようにひとしきりフサを撫でたし、最初に話題にするのも犬にまつわることだった。若奥様ふうの旧友たちに「お手」と言われた時には、フサは梓の口からは一度もそのことばを聞かされたことがないのに、意味がわかるものだからつい、鼻先に差し出された台所洗剤の匂いのする手に前肢を載せるところだった。「そういう芸は教えてないのよ」梓がすぐに説明した。「教えてるのは犬自身の安全のために絶対必要なことだけ。『待て』とか『おいで』とか『だめ』とか」

陶芸家三人組は、女がフサについて「この仔、何かしかつめらしい顔をしてるわね」と言ったのに対して、年輩の男が「ほんとにこいつ、仔犬にしては落ちついてるな」と呟き、痩せた若い男も「何でもわかってるような顔つきですよ」と男にしては高い声で話に参加した。梓まで「散歩に行くとこの仔、看板を読んでるように見える時があるの」と言い出したのには、思い当たる節のあったフサは冷や汗をかき、「化け犬」だとばれないようにこれからはもっと用心しないと、と気持ちを引き締めた。

自分では梓と話すことができないフサにとっては梓の話をたくさん聞く数少ない機会

だし、この友人たちに梓がどんな表情を見せるのか興味があって、マットレスの上で一心に梓と友人たちの会話に耳を傾けた。両日とも会話が始まって間もなく、若奥様ふうの二人は小学校以来のつき合いだけれども会うのは一年半ぶりであること、陶芸家三人組とも一年ぶりの顔合わせだとわかった。そうしたつかず離れずの間柄にふさわしく、談話はどこまでもそつなく運んだ。

「みすみちゃんはどうしてる？」

若奥様ふうの女の一人がどこかで聞いたような名前を口にしたのは、共通の知り合いの近況を教え合う会話の中でのことだった。「みすみ」は梓がメールのやりとりをしている「未澄」だろうか？

「元気よ。時々作品の画像を送ってくれる」

梓はノート・パソコンを持って来て、三人が囲んでいるロー・テーブルに置いた。

「みすみちゃん、美術やってるんだよね。どこに住んでるんだっけ？」

「バルセロナ。あの夫婦は芯からスペインが好きなのね」梓はパソコンの起動ボタンを押した。「みすみちゃんの雅号《がごう》知ってる？」

「雅号って芸名みたいなやつ？　知らない」

「名前の字だけ変えてるの。本名は漢数字の三とコトブキと美しいで三寿美でしょ？

雅号だと『み』は未来の未で、『すみ』は澄んだ水って言う時の澄むの字」

「うまいことつけるねえ」

「できることなら戸籍の名前も雅号と同じにしたいんだって」

そういう意味ありげな雅号はわたしはちょっと気恥ずかしい、と思いつつ、あの未澄が梓の昔からの友達の一人とわかったことでフサはすっきりした。梓は起動したパソコンを手早く操作してからモニターを客の方向に向けた。フサも二人の客の頭の間からモニターに表示された画像を見た。さまざまな色のガラスや瀬戸物やタイルのかけらを貼り合わせて作った鏡餅のような形の、現代美術では珍しくないのだろうけれど、素人の眼にはなじみにくいオブジェが映っていた。

「フサの写真を送ったら、これを送ってくれたの。フサのイメージで作ったんだって」

耳もなければ尻尾もない、それに白黒模様ではなくて、地中海ふうの眼が痛くなりそうに鮮やかな赤だのオレンジ色だの青だのを使っている上に、かけらを平らに貼るだけではなく尖った縁を突き立てるようにした箇所もあって、素手で持つと手を切りそうな剣呑《けんのん》さが感じられる、これがわたしのイメージ？　とフサは首をひねらないではいられなかったのだが、一方でフォルムの基本の曲線はなだらかで優しく安定感もあるし、またオブジェの半分ほどにかかった白っぽい薄絹が荒い印象をやわらげていて、なるほど害のない愛らしい小動物がおとなしく蹲っているように見えないこともなかった。

二人の客はそろって溜息をついた。

「やっぱりこういうのは、わたしたち一般人にはわからないよね」

「梓ちゃんのお茶碗がわたしたちに受け入れられる限界よ」

「三寿美ちゃんのやってることがわかるのは狗児では梓ちゃんだけじゃない？」

「今住んでる町でも」梓は笑いながら言った。「まだ使える瀬戸物をわざわざ叩き割って作品を作ってるなんて知られたら、物をだいじにして暮らしている地元の人々の顰蹙《ひんしゅく》を買うに決まってるから、秘密にしてるんだって」

梓は陶芸家の三人にも同じ画像を見せた。

「面白いけど、こういう材料を使って作られた作品はぼくら瀬戸物を作る側は心が痛むな」

年輩の男がこぼすと、三十代の女は快活に話し始めた。

「前に、この人の作品で、いろんなかけらを一まとめに薄絹で包んで天井から吊るしたインスタレーション見せてもらったでしょ？　かけらの縁が薄絹を突き破って、その上重みで布の裂け目が伝線してるの」

梓はうなずいた。

「近いうちに布が破れてかけらが落ちて散らばるさまが眼に浮かぶあれね。危険だから展示は実物じゃなくて写真とビデオだそうだけど」

「うちで真似してやってみたの。割れた陶器もあるし、布はないけど伝線した絹のストッキングがあったから。でも、ストッキングはだめね。振り回して敵をぶちのめす武器みたいに見えるらしくて、息子に『夫婦喧嘩に使うの？』なんてからかわれたわ」

梓と年輩の男が笑っていると、若い男が唐突に尋ねた。

「梓先輩、結婚しないんですか？」

なかなかいい質問だとフサは思ったのだが、他の二人の客は口々に「恒太《こうた》は話の流れを無視するんだから」「自分の興味が最優先なんだよな」と冗談めかして責めた。梓はといえば、顔を赤くした恒太にさらりと答えた。

「土より魅力的な人がいればね」

「そんなのつまんないじゃないですか」

恒太は唾を飛ばしたけれど、さすがにそれ以上言い募《つの》りはしなかった。そのかわり「梓先輩、薪窯《まきがま》造ってくださいよ。敷地こんなに広いんだから。薪窯使わせてもらえたら、おれどんな雑用でもしますから」と言い始め、家にいる間に四回は繰り返したのだった。

「この間お兄さん見た」そう言ったのは若奥様ふう旧友の一方だった。「奥さんらしい人がベビー・カー押してたけど、お兄さん結婚したのね」

「二年前にね。もう一歳の息子の父親よ」

「差尾町《さしおちょう》の方に住んでるの？」

「うん、実家で三世代同居」

あの男は結婚していたのか、と玉石彬嫌いのフサは意外に感じた。どんな女が彬の妻になるのか想像もつかない。それに、息子がいるだなんて。前に「一つ屋根の下に牡は二匹いらない」と言っていたけど、息子も去勢したいんだろうか？　まさか文字通りの去勢を施すことはないだろうけれど、フサは玉石彬の息子に同情した。

梓が旧友の一人に顔を向けた。

「そういえば、きみちゃん、実家の方に遊びに来たことなかったよね？」

「あ、それは」きみちゃんと呼ばれた女は困った顔をした。「今だから言うけど、ごめん、気を悪くしないでね。あたし、梓ちゃんのお兄さんが怖くて行けなかったの」

「怖いってどうして？」梓はかすかに笑いながら尋ねた。「わかるような気はするけれど」

「百犬町《ひゃっけんちょう》の遊歩道あるじゃない？　みんながよくスケート・ボードの練習やってた。お兄さんもやってたでしょ？　小学校一年の時学校の帰りにあそこで、お兄さんが派手に転ぶ場面に出くわしてうっかり笑っちゃったのよ。そしたら翌日死んだネズミ投げつけられて」

梓は眉根を寄せ、眼を伏せた。

「やりそう。兄なら」

フサもそう思った。

「お兄さんはすぐに忘れたと思うんだけど、あたしはもう怖くて怖くて通学路を変えたほどだったから。学校で見かけてもこそこそ隠れてたのよ。三年で梓ちゃんと同じクラスになったじゃない？　名札見て玉石って名前だってわかってたから、あっ、妹だって思って、最初は梓ちゃんも怖かったの」

「ごめんね」梓が謝った。「でも、きみちゃんは一瞬の出会いですんだけど、わたしなんてそういう乱暴者とおんなじ家で育ったのよ」

「家でも怖かった？」

「子供の頃はね。五歳も年上だし」

梓がフサの方をちらりと見たので、フサは聞き耳を立てているのを勘づかれたかとどきっとした。

「でも、わたしが高校の時、ナツっていう前の犬を飼えるように両親を説得してくれたのが兄なのよ。あの時は心の底から感謝したな」

「ああ、それは人物査定が上がるね」

「動物が絡むとねえ」

二人の客は口々に言った。フサもひそかに同意しないわけには行かなかった。かなり横暴な兄でも犬を飼えるように力を貸してくれたら、その後何かにつけてそのありがたいエピソードを思い出し、「あんないいことをしてくれたんだから」とたいていのことは許すようになるかも知れない。そこまで恩を感じるのは房恵並みのマニアックな犬好きだけだろうか。

このナツを飼い始める時のエピソードが、二組の客を迎えたことで拾えた情報の中で最大の収穫だった。

来客はなおも続いた。三番目の客は土曜日の昼下がりにやって来た玉石彬だった。梓は洗ったバケツや篩《ふるい》や盥《たらい》などを干すために工房の外の壁際に立て掛け、フサはそれを見るともなく見ながら庭をぶらぶらしていた時に、チタンシルヴァーメタリックのＢＭＷ

が門前に姿を現わした。車を降りてアコーディオン式の門扉《もんぴ》をあける彬を見て梓は立ち上がったけれど、二人とも笑顔もなければ挨拶のことばもなかった。

「今日はもう終わるのか?」彬は尋ねた。

「うん」梓は答えた。

彬は黙って工房に入って行くと、棚に並んだ窯で焼かれるのを待っている作品をざっと眺め、さらに奥の倉庫の方へと姿を消してしばらくたってから出て来た。「調子よさそうだな」と梓にひとこと声をかけて一人で母屋に向かう。簡単に工房まわりをかたづけた後、梓とフサがリビング・ダイニング・ルームへ戻ると、彬はダイニング・テーブルで待っていた。

特に用があって来たわけではないらしく、彬はぼそぼそ喋り出した。

「家にいると疲れるから出て来たんだ」

「疲れるってどうして」

「満《みつる》の世話をさせられる」

「すればいいじゃない。父親らしく」

「まあそうだけどな。やる気が出ないんだよ」

「『やる気が出ない』じゃすまない問題じゃない?」

「だけどな。佐也子《さやこ》のやつ、朝おれが寝ている蒲団に満を押し込んだきり、自分の寝室に籠もって出て来ないいんだよ。休日は子供の世話はおれがやれってことらしいんだけど、母親が普通息子のことを人まかせにして部屋に籠もったりするか？」

あまりに自分本位な言い草に梓はことばに詰まったようだった。房恵が話相手だったとしても受け答えに困ったことだろう。

「それで、どうやって家を出て来たの？」梓はやっと言った。

「ばあさんに預けた」

「お母さんは出かける予定はなかったの？」

「わからない。ちょっと見といてって頼んで、そっと抜け出したから」

「それ、ひどいんじゃない？」

「それほどひどくもないだろう？　ばあさんは孫が可愛いんだから」

梓は再びしばし沈黙した。

「佐也子さんは？」

「『佐也子さんはおかしい』って、じいさんもばあさんも言ってるよ」

フサは義憤の唸り声を意志の力で嚙み殺したのだが、梓も息を整えてから言った。

「佐也子さんの気持ちを聞いてあげなきゃ」

「そんなこと言ったって、立て籠もってるんだぜ。話し合いは拒絶されてる」

だんだんフサは気持ちが悪くなって来た。人間同士の会話でこれほど話が噛み合わない、話が進まないことってあるんだろうか？　彬の言い分のずれっぷりは房恵の中学校の時の同級生・美香のずれっぷりともまた違う感触がある……。

梓は立ち上がった。

「何か飲む？　コーヒーとか？」

「うん、ウィスキー、ロックで頼む」

「車なのに？」

「いいんだ」

梓がキッチンで飲み物を用意している間に、彬はマットレスに伏せているフサの所にやって来た。いやだな、と思ったらもう無遠慮にひっくり返され天井を向いていた。

「手術したんだな。うん、男前になったぞ」

ふざけたことを呟いて、彬はテーブルに戻った。梓がグラスを持って来たが、中味がごく薄い水割りだということは遠目にもわかった。

「何だ、どうしてロックじゃないんだ？」

彬は顔をしかめたが、しかたなさそうに一口飲み下すと、口を開いた。

「ばあさんは最悪の場合離婚もしょうがないっていう意見だ」

梓は眼を瞠《みは》った。

「もうそんな話が出てるの？」

「満が産まれたばっかりの時にはばあさんもじいさんも、一人目で男の子を産んだのはすぐれ者だ、大した嫁だって絶賛してたのにな。ばあさんは『そんなに子育てがいやなんだったら解放してあげてもいい』ってぷりぷり怒ってるよ。おれも正直もういい」

梓は瞳を曇らせた。

「もういいって？」

「一人身に戻ってもいいってことさ。聞いてたより結婚生活はきついな。おまえも結婚なんかやめとけ」

梓は返事をせずテーブルを台拭きで拭いた。不審に感じたのか、彬は角を挟んだ所にすわっている梓の方に身を乗り出した。

「別にいいんだぞ、結婚したけりゃしても」

「わかってるわよ」

梓は凛《りん》とした眼で彬を見返した。彬はテーブルに肘をついている梓の手首を握った。

梓は煩わしげに振り払おうとした。しかし、彬は強く握って放さなかった。

「やってくれ、久しぶりに」

「何を？」

梓の問いかけはフサの問いかけでもあった。フサは首をまっすぐに起こした。彬はつかんだ梓の手を自分の方に引いた。

「まいってるんだ。おれを慰められるのはおまえだけなんだよ。おれをいちばんよくわかってるのはおまえだからな」

梓のすわっている椅子が床をこすって鈍い音をたてた。梓はじわじわと彬に引き寄せられて行った。フサもそうだった。フサは自分の肢で二人の方へ近寄って行ったのだけれど。梓が椅子から腰を浮かせた。

「好きでやるんじゃないわよ」

梓は彬を睨んでそう宣告すると、彬の正面に跪《ひざまず》いた。彬の陰になって、フサのいる所からは梓が見えなかった。まさか、とフサの心臓が縮むのと同時にジッパーを下ろす音がした。一瞬目眩がして立ち止まったものの、フサは再びのろのろと歩き出し二人の横に回った。

梓は彬の性器を深くくわえ込んでいたが、次の瞬間、唇でしっかり性器を締めたまましごくように頭を上に動かしたかと思うと、次には舌を伸ばして裏側を舐め始めていた。

右手も性器の下の方を小刻みにこすっているし、左手は亀頭に触れている。彬は腕組みをして眼を閉じている。梓は頭の角度も変えながら性器を舐め上げ舐め下ろす。右手の動きも舌の動きに合わせている。

わたしはあんな丁寧なフェラチオはしたことがない、とぼんやりした頭でフサは思い返した。あんなふうなのが上手《じょうず》なフェラチオと言われるんだろうか。たいていの女は今梓がやっているくらいの技を身につけているんだろうか。久喜はあそこまでのことを要求しなかった。梓はやっぱり彬に教わった？　いったいいつ頃から？　そもそもどうして彬は妹にあんなことをさせるんだろう？

フサの視線を感じたのか、梓の眼がフサのいる方に向いた。頭の動きも手の動きも止まった。梓はもの憂げに立ち上がると、両手でフサをすくい上げ素早い足どりでリビング・ダイニング・ルームを横切り、廊下にフサを置くと部屋に入れないように扉を閉めた。すりガラスを嵌《は》め込んだ扉を数秒見つめた後フサは、自分がそんなことをするとは予想もしていなかったのに、腹から何かがこみ上げるのにまかせて続けざまにワンワンワンワンワンワンと吠え、最後に顎を上げて長く尾を引く遠吠えを冷たい廊下に響かせた。

「知ってたの？　梓と彬のこと」

朱尾と夢うつつの世界で顔を合わせた時、フサが真先に放ったのがこの質問だった。鉢植えのスミレを白いビニール袋に入れて提げて来た朱尾は、まずは無言で鉢を袋から取り出し書見台の隣に置いた。ぼんやりとした世界に輝くような青い色が加わった。朱尾は花の前に跪いたまま答えた。

「まあね」

「『まあね』って言い方は神経を逆撫でするね」

「それに対しても『まあね』としか答えられないな」

「いくらだって答え方はあるでしょ？　頭を使いさえすれば」

いらだちを紛らわせるためにスミレの花弁に鼻を近づけて匂いを嗅いだら、花粉を吸い込んでしまってフサはくしゃみをした。鼻粘膜が痛んで眼まで潤んだ。そしてフサは前日の出来事を思い返した。

リビング・ダイニング・ルームから閉め出され遠吠えをした後、体から力が抜けてフサは板張りの床にくずおれた。が、扉の内側から衣擦れの音やら二人の息遣いやら唾液の鳴る音やらが小さく聞こえて来るのがたまらなくて、立ち上がると扉から離れ、玄関を通り過ぎ梓の寝室を右に見ながら突き当たりの洗面所に入って蹲った。夢うつつの世界に入って朱尾を呼び出そうとしたけれども眠気はちっとも差さず、じっと身を固くしたまま瞼に甦る彬と梓の場面を見つめるばかりだった。

日が落ちかける頃彬の重い足音と梓の足音が廊下に響き、ややあって彬のBMWのエンジン音が空気を震わせた。フサがほっと息をついたのは彬を見送って来た梓がフサの名前を呼びながら洗面所の入口に現われた時だったが、梓のいたわるような眼差を受けても固くなった体はすぐには動かず、「フサ?」と怪訝《けげん》そうに呼んでかがみ込んだ梓の瞳が、それでもフサが蹲ったままなので見る見るうちに悲しげな色をたたえたのをきっかけにようやく、一挙に感情が戻りキャンと鳴き声までたてて跳び上がると、梓に走り寄って膝に取りすがった。

人間同士のように見つめ合った後、梓はフサを膝に載せ耳元に囁いた。

「さっきはごめんね。フサを邪魔にしたわけじゃないのよ」

「そんなすまなそうな顔をしないで。悪くとったりしていないから」と人間だったら心を込めて言い、時によっては肩に手を置いたりして慰めるところだけれど、犬の体では梓の胸元にかけた両前肢をぱたぱたと動かすことしかできず、もどかしさに悶えるうちに、気がつけばフサは人間だったら絶対にしない、最も犬らしいといえる感情表現を最大級の熱心さでしていた。つまり、膝の上で伸び上がって梓の顎や頬をぺろぺろと舐めていた。

これまでにも梓に優しく撫でられたりじゃらされて遊んでもらったりしている時などに鼻先にある手を軽く舐めることはあったけれど、やるせない気持ちに駆り立てられて舐め続けるのは初めてだった。梓の顔からは普段はないくどい匂いが立ち上っていた。それが彬の体臭と精液の匂いだと気がつくと、匂い自体はいやだったもののやるせなさはいっそう昂《たか》まってフサはなおも舐めようとした。梓の方が顔を後ろに引いた。フサを膝から床に下ろすと、梓は洗面台で歯を磨き始めた。

「おまえがあれをあらかじめ知っていたとして、何か変わるのか？　犬になるのをやめたとでも？」

朱尾はどこからか小さな霧吹きを取り出して、スミレの花弁に水を吹きつけた。

「やめはしなかっただろうけど」フサはスミレから離れてうろうろ歩いた。「犬になる時期を遅らせたんじゃないかな、ここまで深刻な事情があるとわかってたら。人間でいる間に、どうしてああいうことになっているのか知ろうとしたと思う。梓の気持ちも彬の言い分も聞きたい」

「人間でいたらおまえはこっそり覗きでもしない限り、兄妹の間でなされていることを眼にする術《すべ》はない」

「朱尾さんから聞かされてたら策を講じるわよ。偶然のふりをして事の起こってる現場に踏み込む場面なら映画や小説にたくさんあるんだし、やってできないことはないでしょ？」

「しかし目撃されたからといって、梓が心を開いて何もかも打ち明けるかな？　人は往々にして自分の秘密を知った人間を避けるもんだぞ」

「わかってる。わたしが人が心の奥底を打ち明けたくなるような器の人物だったかどうかも怪しいしね」

「かりに打ち明けてもらえたとしても力になれるとは限らないしな」

「それもわかってる。だけど……」

「だけど何だ？」

「自分でもおかしな欲求だと思うけど」フサは立ち止まり、これといった物もないのにあたりを見回した。「人間のことばで話し合ってみたかった。こういう重い問題についてで真摯《しんし》に話すような濃い交わりもしてみたかった。どんなことばが梓の口から出て来るか知りたかった。何の役にも立たなくてもね」

「そんなことはファンタジーに過ぎない。現実にはそんな踏み込んだ話はなかなかできないだろう」朱尾は諄々《じゅんじゅん》と説いた。「たとえうまく現場を目撃できたとしても、次に会った時に『あの時のことだけど』なんて切り出せるか？　少なくとも品のいい人間は、何も見なかったかのようにふるまうんじゃないか？　そして、見た者も見られた者も素知らぬ顔をしてつき合い続けるのさ。人間でいたとしても犬である今より具合のいいことなんて意外にないんだよ。『もし前もって知っていたら』なんて考えてもしかたがないということだ」

フサは例によって地面に突き立てたステッキに腰かけている朱尾を見上げた。狼のマスクの口元が笑ったように見えた。

「言いくるめようとしてるでしょ?」

「そんなことはない。それより考えてみろ。昨日洗面所で凝然《ぎょうぜん》としているところを梓に名前を呼ばれてから飛びついて行くまでの間に、めったにない感情の昂ぶりを覚えただろう？　あれほど濃い感情の交わりは人間同士だってそうそう経験できるもんじゃない。人間と犬ならではのものだと思わないか？　どうだ？　早くもおまえの犬生《けんせい》のハイライト・シーンが一つできたわけだ」

朱尾の言うことが事の半面にしか触れていなかったのと、独特の嘲弄《ちょうろう》するような口調が気に障って、フサはぴしりと反論した。

「でも、そのハイライトはあの見るのがつらい場面あってのものだから、純粋に嬉しいことじゃないのよ」

言い終わってからはたと気がついて、フサは狼のマスクから逸らした眼を再び戻した。

「朱尾さん、昨日どこかから覗いてたの？　一部始終を？」

朱尾はさすがにばつが悪そうに身じろぎした。

「覗いていたというか、わたしには見る手段があるんだが……」

「何でも知っててさぞいい気分なんだろうね」

フサが毒づくと、狼のマスクがかすかに揺れた。

「わたしだって何でも知ってるわけじゃない。何でも思い通りにできるわけでもない」

朱尾は書見台にブック・リーダーと並べて立て掛けてあったデジタル・オーディオ・プレイヤーを手に取った。書見台の脚に取りつけたスピーカーからインド歌謡ふうのメロディーとダンス・ビートを組み合わせた騒々しくて奇妙な曲が流れ出した。三十秒ほど聞き馴れない言語と聞き馴れない民族弦楽器の響きを流してから、朱尾はスウィッチを切りプレイヤーを元の場所に戻した。

フサはなおも憤《いきどお》りをことばにした。

「あんなエロビデオみたいな場面に居合わせることになるなんて」

「エロビデオというよりは、ピンサロの光景みたいだった」朱尾は冷静に指摘した。

「あの男はピンサロに通いつめた経験があるんだろうよ」

　そういえば洗面所にやって来た時梓の下半身からは性交の残り香がしなかった、とフサは思い出した。けれども、問題は彬の性的趣味ではなかった。昨日時間をかけて丁寧に歯を磨き口内消毒液で口をすすぎ、手と顔を石鹸で洗ってリビング・ダイニング・ルームに戻ると、庭に面したガラス戸を大きくあけて空気の入れ換えまでした梓が問題なのだった。梓はゆうべも食器棚の引き出しから錠剤を取り出して飲んだ……。

「朱尾さん」フサは呼びかけた。「梓の気持ちを知ることはできないかな？」

「どうやったらできると思うんだ？」朱尾は突慳貪《つっけんどん》に訊き返した。「日記帳でも盗んで来いって言うのか？　あいにく梓は日記なんかつけていないようだがな」

「何とか考えてみてよ。わたしは喋れないんだから」

　朱尾はガラスの眼玉でフサを見つめた後、肩をすくめた。

「知ったところでどうにもならないのに」

「まあね」フサは肩をすくめるかわりによそを向いた。

彬が訪れてから三日ほどたった日、梓は昼食をすませると工房に戻らず陶芸用の服から外出用の服に着替え、キー・ホルダーを取り上げてフサに「おいで」と声をかけた。フサは早い時間からの外出に驚きながらも梓の後を追った。

梓は感情をほとんど面《おもて》に出さないたちらしく、彬との一件があった日の夜こそ打ち沈み暗い風情だったが、翌朝はいつも通りの時間に起きて来てフサを朝の散歩に連れ出し、丘の道で顔見知りの犬の散歩仲間とすれ違う際にはにこやかに挨拶をした。もちろんフサへの態度も変わらず、フサが梓の気分が知りたくてわざとじゃれついてみても、穏やかな顔でフサの頭や首筋を撫でて相手をするのだった。この人は気丈なんだろうか、それとも心の一部にぴったり蓋をして切り抜けるタイプなんだろうか、とフサが考えた矢先のことだった。

気晴らしのドライブでもするのかな、と助手席でフサは想像したけれど、梓は一度車をデパートの駐車場に入れ、菓子折りらしい包みを持って戻って来ると、改めて車を走らせた。狗児市に三年ほどしか住んでいない房恵が足を踏み入れたことのない住宅街に車は入って行った。重厚な瓦屋根の家や凝ったデザインの家が眼につくその地域の町名表示は差尾町とあった。梓は「玉石」と表札のある家の敷地に車を乗り入れた。

外階段があって二世帯住宅だと見分けやすい家屋の、一階の玄関のチャイムを鳴らすと出て来たのは、年は行っているものの眼鼻立ちが梓とそっくりで、一目で梓の母親とわかる女だった。女は梓を認めて眼尻を下げかけたが、梓が腕にかかえているフサに気がつくと「あらっ」と声を上げた。

「そういえばあなた、また犬飼ったんだった？」

「うん、可愛いでしょ？」

梓が言うと、母親は「まあ、そのくらいの大きさのうちはね」と答えただけで、もうフサを見ようとはせず「いらっしゃい、どうぞ」と言いながら踵を返した。母親は全く犬好きではないようだった。

縁側つきの和室に入ると梓は、フサに家から持って来たタオルと犬用のガムを与えた。嗅ぎ馴れない匂いばかりの家は妙な感じだったので、フサはありがたくタオルとガムをかかえ込み一息ついて室内を見回すと、床の間に梓の作品に違いない花瓶や壺や鉢が置かれているのを見つけた。見映えを考えず次々に置けるだけ置いたかのようなのが神経に引っかかったけれど、房恵の両親の美的感覚だってこんなものだったし、自分たちの親の世代の限界なんだろう、と結論づけた。

キッチンから戻って来た母親が座卓に緑茶を置いた。梓がデパートの手提げ袋から菓子折りを出して手渡すと、「躾《しつけ》の行き届いた娘ねえ」と言いながら受け取った。梓が笑

いながら「誰が躾けたの？」と訊くと、「さあ、誰でしょうねえ」と歌うように言って

とても機嫌がいい。が、梓がもう一つ菓子折りの入っている手提げ袋に手をかけたまま

「佐也子さん、上にいる？」と義姉のことを尋ねると、とたんに顔を曇らせた。

「あんた、最近お兄ちゃんと話した？」

「話したけど」

「聞いた？　佐也子さん、育児ノイローゼみたいなのよ」母親は一気に喋り始めた。

「さっぱり一階に下りて来なくなったし、あたしの顔を見ると挨拶はするけど眼を逸らすし、お兄ちゃんが休みの日は疲れてるお兄ちゃんに満を押しつけるし、ご飯も作らないのか、この頃お兄ちゃん、朝ご飯も夕ご飯もあたしたちと食べるのよ。どうなってるのかしら」

「兄さんはちゃんと佐也子さんに気を遣ってあげてたの？」

「そりゃお兄ちゃんは長男でおっとりしてるから気のつかないところもあるだろうけど、そのかわり鷹揚《おうよう》で細かい文句もつけない心の広さがあるじゃないの。佐也子さんがもっとそういう長所を見てくれたらねえ。何だか佐也子さんは型に嵌まった見方しかしてないんじゃないかって思うわよ。夫婦はお互いに譲り合うものなのにね」

「佐也子さんは離婚したいって言ってるの？」

梓は嘆く母親のことばの切れ目に上手に割り込んだ。母親は口元を歪めた。

「そんなことは聞いてないわね。っていうか、あの人、あたしたちと話をしようともしないのよ。陰《いん》に籠もる性質の人は扱いがたいへんよ。縁談を持って来られた時には素直で女らしい人って聞いたんだけど、仲人口《なこうどぐち》はあてにならないってほんとうね」

息子に甘く嫁に冷たい姑の論調はこういうものなんだ、と気圧《けお》される思いで聞いていたフサの体に、梓の手がかかった。

「ちょっと佐也子さんと話して来る」

「あら、そう?」

母親は戸惑った様子で、片手にフサを、もう一方の手に菓子折りを持って立ち上がった梓を見上げた。

「あの、後で変なもめ方しないように……。お兄ちゃんが怒らないようにね」

座卓に片手をついて腰を浮かせている心配顔の母親をちらりと振り返ると、梓は玄関に向かった。

外階段を上がった梓がチャイムを鳴らすと、しばらくして扉の陰から若い女の白い顔が覗いた。梓よりも若くまだ二十四、五歳に見える女は、かすれ気味の声で「どうも」と言うと、扉を押し開いて梓を中へと促した。梓がフサを顎で示して「犬、いい?」と尋ねると、今眠りから覚めたばかりのような眼でフサを見つめた。梓は丁寧に「おとなしい仔よ。満に見せてやりたくて。満が怖がるようだったら下に置いて来るし」と言ったので、フサも耳を倒して人なつっこい表情を作って見せた。女は申しわけ程度に微笑んでうなずいた。

家の中は乳臭さが充満していた。乳臭さの元である満はリビング・ダイニング・ルームのマットレスの上に玩具に取り囲まれてすわっていたが、梓とフサが入って行くと眼を丸くして口の端からひとすじ涎《よだれ》を垂らした。

「満くん、梓叔母ちゃんよ」

梓は快活に話しかけフサを床に下ろしたけれど、慎重にフサの体に手をまわし万が一のハプニングに備えていた。

「これは犬のフサ。生まれて六箇月くらいだから満くんより年下ね。お友達になって可愛がってやって」

フサが軽く尻尾を振って見せても、満は不思議そうにフサを見つめ身動き一つしなかった。その満の顔が彬似でもなく佐也子似でもなく、梓と梓の母親に似ていることにフサは気がついた。気づいたとたんに満がただの子供以上に可愛くなったので、フサは今度は本気で尻尾を振った。すると満も急に笑顔になった。フサの後ろで見ていた佐也子が「ああ」と母親らしく優しい声を漏らすのが聞こえた。

満は壁に手をついて立ち上がった。が、フサの方に歩いて来ようとすると壁から手を離さないといけないので、進むかどうか決心しかねているふうだった。フサの後ろでは、梓と佐也子がロー・テーブルを挟んで向かい合い、話を始めていた。

「もうつかまり立ちするのね」梓が言った。

「昨日はちょっとだけ歩いてました」佐也子が答えた。「今日はまた怖くなってるみたいですけど」

「ますます眼が離せなくなるね。たいへんな毎日でしょうけど、ちゃんと息抜きできてますか？」

「息抜きっていうのがどういうものなのか、もうわからなくなりましたよ」

満は立って歩くのを諦めたようで、手をマットレスにつき四つん這いでフサに向かって来た。やっぱり梓にそっくりだ、大きくなってこの顔に男性的な特徴が出て来たらどんな印象になるんだろう、と考えているうちに、満はフサの正面まで寄って来てぴたりと止まり、笑顔のまま警笛のような甲高い声とともに、片手をフサの鼻面に勢いよく振り下ろした。敏感な鼻先に掌が当たって眼の前がちかちかした。

これは分別のない動物だ、離れよう、と考えながら顔を上げると、満がふらりと立ち上がったところだった。丈《たけ》はそれほどでもないがフサよりも太い輪郭が怪獣のように見えた。立ち上がった怪獣が両手を突き出した恰好で倒れかかって来た。後ずさりのできないフサはなす術もなく満の下敷きになり、ギャンと濁った悲鳴を上げた。梓と佐也子があわてた感じで寄って来て、フサと満を引き離した。

一歳児だから何をしでかすかわからないのは当然だけれど、梓とそっくりの顔に乱暴を働かれると何だか混乱するので、フサはもう満には近づかないことにして梓の陰に隠れた。満はマットレスの上に寝かされた。

梓は寄り添ったフサを撫でながら、佐也子に言った。

「兄があまり佐也子さんを手助けしてないんじゃないかと心配してるんですけど」

佐也子は作り笑いと梓にもはっきりわからせるような、わざとらしい微笑みを浮かべた。

「いいえ、休みの日はずっと満の面倒を見てくれますよ」

「でも、すぐに下に連れて行くんでしょう？　いいんですよ、何でも言ってくれて。兄の性格はよくわかってますから」

佐也子の顔から微笑みが消えた。

「だったら、結婚前に教えてくれればよかったのに」

　フサは梓の体が硬くなったのを感じた。梓は抑えた声でゆっくりと言った。

「そうだったかも知れません。でも、結婚して変わるという可能性もあったわけですから。変わらなかったようで残念ですけど」

「家族に変えられなかった性格が妻によって変わる可能性は、あまり高くないと思います」

「そういう考え方もありますね」

　沈黙を待っていたかのように満が「やあ」というような雄叫《おたけ》びを上げた。見ると、壁から手を離しておぼつかない足どりでじりじりとこちらに歩んで来ようとしていた。フサは梓の陰で身を縮めた。満面の笑顔で近づいて来る子供が怖いと感じたのは、人間だった時代を含めても初めてだった。

「がんばってるね」梓の声に明るさが戻った。

　佐也子が満に向かって両手を差し延べたが、満はそこまで行き着かないうちに疲れたのか、途中で床に手をついた。佐也子は立ち上がって満を抱き上げると、テーブルの前に戻り満を膝に載せた。それから話し始めた。

「もう五、六年前になるのか、アメリカで異様な事件があったんですよ。父親がまだ小さい実の子供を殺したんですけど、原因はよくある折檻《せっかん》の行き過ぎでもないし近親姦がらみでもないんです」

「近親姦」というところでフサはぎくりとしたけれど、梓の息遣いが乱れた様子はなかった。

「父親が言うには殺した理由は、自分の父親が死んだ時に妻は葬式に参列してくれなかった、子供を殺せば妻にもその時の自分の悲しさがわかると思ったからだそうなんです」

「……それは異様ですね」

「ええ。いくら妻の冷淡さに傷ついたって、恨みを晴らすのに自分の子供を殺すなんていうのは、だいじなものが欠落しているとしか思えません。だけど、この父親にとっては筋の通った行動なんですよね。たぶんこの人だって、自分以外の大多数の人が自分の血を分けた子供を可愛く感じることは知っていたと思うんです。でも、知識として知ってるだけで実感がないから殺した。彬さんと結婚してからよくこの事件のことを考えるんです」

「兄がその男に似てると?」

「わかりません。ただ、彬さんが時々この子を両腕で高くかかげて笑いながら『窓から投げ捨ててやろうか』と言うのが、たとえ冗談でもいやでたまらないんです」

フサと梓は同時に息を呑んだ。

「満のお守りをあまりしてくれないとか、頼んでも癌保険に入ってくれないとか、子供が産まれたら自分一人別の部屋で寝るようになったとか、そんなふうなことだけだったらまだいいです。そういうタイプの男の人はいっぱいいると思いますから。でも、さっき言ったことだけはほんとに気持ちが悪いです。『だいじな跡取りを投げたりするわけないだろう』って彬さんは言うし、それは信じられますけどね。そんなことばにも情が通ってないと言うか」

たくさん喋って疲れたのか、佐也子はことばを切ると首をぐるぐる回した。

「申しわけありません」梓は低い声で謝った。「まさかそういうことになってるとは」

「梓さんに謝ってもらわなくてもいいです」

佐也子は満の口元をガーゼのハンカチで拭き、しばらくじっと両腕で抱きかかえていたが、ふと顔を上げると言い出した。

「彬さんがどんなふうにこの子を持ち上げるか、真似して見せましょうか」

「いえ、けっこうです」梓は言下《げんか》に断わった。

「え？　でも、わたしはしょっちゅう彬さんに見せられてるんですよ。ほら、こんなふうに」

佐也子が満を横抱きにした。フサも身震いしたけれど、梓も「やめてください」と厳しい調子で言った。佐也子は横抱きにした満を胸元に引き寄せると、くすりと笑った。


一階に戻ると、梓の母親が待ちかまえていた。

「どうだった？　佐也子さん」

「相当に疲れてるみたい。あんまり内容のある話はできなかった」

梓は曖昧に答えてから、腕時計を見ると「帰るね」と告げてバッグを取り上げた。母親は「到来物おすそ分けするから持って行きなさい」と言っていったんキッチンに引っ込み、大きな紙袋を持って出て来た。

「何ていう品種だったかあたしは憶えられないんだけどね、珍しい種類の蜜柑と、海苔とお茶の葉。それとフルーツ・ゼリーの詰め合わせがあったから入れといたわ。あたし、あんまり好きじゃないから」

梓は黙って紙袋を受け取った。母親は車の所まで見送りに来て、梓が運転席にすわると声をひそめて言った。

「お兄ちゃんたち、どうしたもんかしらねえ。お兄ちゃんは不平屋じゃないから自分の方からは離婚は言い出さないだろうし。こんなに気まずいままじゃ寿命が縮まるわ」

「お母さんは子供の心配をするより、自分が楽しいことをやってればいいんじゃないの？」

そう言うと梓はエンジンをかけた。母親は顔を曇らせたまま後ろに下がった。

家に戻ると梓は母親に持たされた品をダイニング・テーブルの上に出した。お茶と海苔はすぐに棚にしまい、名前のわからない柑橘《かんきつ》類は籠に盛った。残ったフルーツ・ゼリーの箱を梓はじっと見つめていたが、蓋を取り一つ取り出すと付属のスプーンで食べ始めた。二口ほど口に運ぶと、足元にすわっているフサにも「食べる？」と尋ねてひとかけら差し出した。お菓子を食べさせるなんて珍しい、と思いながらフサはゼリーを舐め取った。

白桃の香りのゼリーだった。久しぶりの甘みをだいじに味わったフサを、梓が抱き上げた。抱き上げてくれたことへの返礼のつもりで梓の顎を舐めたフサは、ついでに白桃の香りのする唇も舐めた。梓を舐めるのはすっかり自然な行動になっていた。梓もフサのしたことに応えてフサの首筋を軽く揉《も》んだ。続けて撫でてもらおうとフサが横顔を梓に押しつけた時、テーブルの上の電話の子機が鳴った。梓はフサに触れていた手を電話に伸ばした。

電話器から漏れ聞こえて来たのは、梓の母親の声だった。梓が緊張したのがわかった。梓の母親は上ずった声で喋っていた。あたしうっかりしてたかも知れない。さっきあんたに渡したフルーツ・ゼリー、もしかしたらあんたが今日持って来てくれたやつよね？ ごめんごめん。この頃お兄ちゃんのことで頭がいっぱいだから忘れっぽくなってるのよ。悪気はなかったのよ。あんた、わざとだなんて思わないでよね。もう一回持って来てくれる？ 梓の方は、うん、わかってる、大丈夫よ、わたしとフサで食べてるし、フサはゼリー好きみたい、返してもらってかえってよかった、お母さんには今度もっといい物を持って行くから、と終始穏やかな声で母親を宥《なだ》め続けた。

フサは事の成り行きに唖然としていた。根っから悪辣《あくらつ》な人間なのか極端なうっかり者なのかわからないけれど、梓の母親のしたことはかなりむごいんじゃないだろうか。もしかして、梓の家の人間は兄だけではなく母親も少し変わっている？ 小さい頃から母も兄もあんなふうなんだったとしたら、梓はよくまともに育ったものだ。いや、表面はまともだけれど胸の内はどうなんだろう？ 考えているうちにじわじわと悲しみが押し寄せて来た。

梓は電話器を置くとあいた手をフサの背中に添わせたけれど、そのまま動かなくなった。あまりにも触れた手に力がないのでフサは、自分が動くとその手がぱたりと落ち梓も倒れてしまいそうな気がして、静かに梓に身を寄せていることにした。梓とフサはそうして長い間模型のように固くなっていた。

実家を訪ねた日以来、梓は眼に見えて元気をなくした。昼間工房にいる時はもともと催眠状態に入ったかのような様子だから普段とそう大きく違わなかったけれど、夜母屋に戻ると本もめくらず音楽も聴かず、放心しているのかもの思いに耽《ふけ》っているのか、ただじっとすわっているだけの時間が長くなった。引き出しの薬は母親からの例の電話があった後に三たび取り出されたが、それでもう尽きてしまったようで、白い薬袋は丸められて屑籠に投げ込まれた。その代わりか梓は寝酒の水割りを飲むようになった。

そんな時でも梓がフサの散歩や食事の世話の手をいっさい抜かないのが、フサには痛々しくてならなかった。フサはフサで、梓の心情を人間並みに察していると知られては困るので、梓が散歩の支度《したく》を始めれば無邪気を装って飛び跳ねたり、道を行く時にはわざと元気よく綱を引っぱるようにして歩いたり、と苦心の演技をしていたのだけれど、本心はもちろん梓を慰めたかった。

犬のやりそうな慰め方はないかと知恵を絞って、梓が俯いてすわっている所に玩具のボールをくわえて行き、贈り物のようにそっと床に置いたことがある。ところが梓の方は、フサがボールで遊んでくれと要求したのだと受け取って、かすかに微笑むとボールを壁に向けて転がした。しかたなくフサは、さも楽しそうにボールを拾って来ては梓に渡すのを何度か繰り返した。はしゃいだふりをしてボールを自分で放り上げた時、梓がそのボールをうまく空中でつかみ取ってにっこり笑った。思いがけない梓の笑顔に心も体もはずんで、フサは梓の足に飛びついた。

明るい笑顔はたまにしか惹き出せなくても、フサがいるだけで梓の心がある程度休まるのはわかるので、梓を心配してわたしまで暗くなるよりは無頓着《むとんちゃく》に能天気にふるまった方がいいかも知れない、それでこそ犬らしいんじゃないか、とフサは考えた。実際フサはこんな時でも、梓に触れられるとしばしいやなことを忘れ心地よさに浸ってしまうのだった。その単純さと来たら、自分でも人間だった時からこうだっただろうかと振り返るほどだった。それでも梓が水割りのグラスを手に寝室に入ると、一日が無事に過ぎたと感じてほっとした。

夢うつつの世界には行かなくなった。梓と同じでフサも本を読んだり音楽を聴いたりする気分にはならなかったし、朱尾と喋って冷淡な論評やしたり顔の揶揄を耳にするのも煩わしかった。眠る時は本格的に深く眠った。一度、犬洗川の土手を散歩している時に朱尾が〈天狼〉の前に立っているのを見かけたけれど、梓は朱尾に気がつかずフサも「ああ、いるな」とちらりと思っただけだった。朱尾も声をかけては来なかった。

フサが新しく憶えた気分転換は、真夜中に外に出ることだった。梓が寝室で寝入った頃を見はからい、フサはひとり玄関の犬用スウィング・ドアをくぐり夜気《やき》の中に出る。若葉の香りを嗅ぐとそれだけで気分が変わったし、ざらりとした土に身を横たえて月を眺めていると胸の中の重苦しさが蒸発して行くような気がした。小一時間ほど月の光を浴びると家の中に戻った。月に向かって吠えてみたくなることもあったけれども、絵本かテレビの場面めいて照れ臭いので実行はしなかった。

彬があれからやって来ないのは助かったけれど、母親が三、四日に一回電話をかけて来るようになった。とりのぼせた調子の甲高い声が通話口から聞こえて来て母親だとわかると、フサの耳は自然にぴんと立った。母親の声はよく通るため話の内容はほぼ聞き取ることができた。母親が一方的に喋り続けるのは九割が嫁・佐也子に対する非難と息子・彬の擁護《ようご》で、要するに鬱憤《うっぷん》晴らしの電話なのだった。

聞いているだけでうっとうしく、フサは「こんな母親は持ちたくない」とか「少しは娘のことも気にかけたらどうなの？」とか「息子の性質をもっと見きわめれば？」といったことばを、電話の間中頭の中でぶくぶくと泡立てていたのだが、梓は辛抱強くて、母親からの電話がかかって来ると、食事中でも「後にして」とは決して言わず黙って箸を置き、二十分から三十分続く鬱憤晴らしにつき合った。自分の意見らしいものは口にせず、もっぱら母親の訴えを無難に受け流すばかりのようだったけれども。

梓の母の鬱憤の種は尽きることがなく、ある日これまで以上にはりつめた声が通話口から流れ出した。

「今日という今日は心底佐也子さんの人間性を疑ったわ。朝の十時頃二階から、椅子かテーブルが床に倒れたような大きな音が聞こえて、それから満の泣き声がしたのよ。肝《きも》を潰して縁側から庭に飛び下りて、二階に向かって『満、大丈夫なの？』って叫んだら、窓から佐也子さんが顔を出して『すみません、椅子を倒しただけです。満がびっくりして泣いちゃって』って言うの。何だかいやな笑い方してるなって、その時思ったんだけどね。お昼過ぎに、また上から大きな音がして満が泣き出したのよ」

梓が眉をひそめた。

「これはただならぬことが起きてるんじゃないかって思うわよね。だからあたしは今度は外階段を駆け上がって、チャイムをピンポンピンポン鳴らしてドアをあけさせたわよ。そしたら佐也子さんはにやにや笑いながら出て来て、『すみません、箪笥《たんす》の引き出しを一つ引っこ抜いて落としちゃって』って言ってね。あたしは『満は？　どうして泣いてるの？』って言って、佐也子さんを押しのけるようにして中に上がったの。そしたらね」

梓の母はそこで腹立たしげに咳払いをした。

「確かに箪笥の引き出しがひっくり返ってて、床にタオルやらシーツやらが散らばってるの。満はその時はもう泣きやんでたけど、急いで散らばってる物をまたいで満のすわってるとこに行って、鼻血でも出してやしないか確かめたわよ。だって心配じゃないの。満はあたしの顔見てそれは可愛く笑ってね。安心してほうっと息をついたら佐也子さんが後ろから何て言ったと思う？　小気味よさそうに『お義母さん、あたしが満に乱暴したと思ったんでしょう？』って」

「何てことを」

梓は眉間《みけん》を押さえた。佐也子は先日会った時もすでに相当エキセントリックだったけれど、ますます奇矯《ききよう》さの度合が進んでるみたいだ、とフサも恐ろしく感じた。

「孫を心配する気持ちを弄ばれて、あたしはもうくやしいやら情けないやら。あれは育児ノイローゼなんかじゃないね。すごく冷静に計算したいやがらせよ。何であたしたちがそこまでされなきゃいけないの？　ここまで来たら本気でこれからどうするか考えないといけないから、近々家族会議を開くわ。あんたも来るのよ」

電話が切れると、梓は人間の友達と顔を見合わせるように感情を分かち合おうとする眼でフサを見た。フサも思わずそれに応えて梓としっかりと眼を合わせた。

家族会議なんて冗談だろうとフサは考えていたのだけれど、玉石家の人々は本気で、五月に入ってから間もなく「佐也子さんが満を連れて里帰りしてるから、明日の晩家族会議を開くわよ」と母親が電話をかけて来た。その夜梓は浴室でフサを洗い、翌日の夕刻車に乗せた。よその家の家族会議を傍聴することになるなんて、と思うとフサは自分の運命に感慨を抱いた。

梓は前回実家に帰った時と同様途中でデパートに寄り、匂いからメロンとわかる手土産を買った。よく買う気になるな、とフサは感心した。もしわたしが前回みたいに、せっかく買って行った物をわざとでなくとも返されたら二度とお土産なんか買って行きたくなくなる。いや買って行くのが怖くなる。梓はとても律義だけれど、長男の夫婦仲の問題で家族会議を開くような規律正しく団結力の強い家庭の躾の成果なんだろうか。そんなふうに思いをめぐらせているうちに梓の実家に着いた。

この前と同じ和室に入って行くと、背もたれを百二十度に倒した座椅子に気持ちよさげにすわった彬が「おう」と声をかけた。もう一人、深緑色のジャージのパーカーをはおった初老の男がやはり座椅子にすわってテレビを観ていて、梓とフサを見て軽くうなずいた。梓は「お父さんとはお正月以来？」と言いながら、父親と並ぶ位置に膝をつき、あいている座椅子の後ろにタオルを敷いてフサの席をつくった。「これは牧羊犬なのか？」と尋ねた父親に「普通の雑種だと思う」と答えてから、梓は土産を手に台所に入った。台所から「あら、ありがとう」と母親の声が聞こえた。

テレビでは『サザエさん』をやっていた。彬も父親も別に熱心に観ているわけではなかった。彬が父親に話しかけた。

「『サザエさん』の主題歌、すごい替歌があるの知ってる？」

「知らないな」答えた父親はお義理のように尋ねた。「どんなのだ？」

「サザエさんが町に買物に行ったら財布を忘れてたんで、強盗して車盗んで逃走するっていうの」

「そうか」

父親は笑わなかった。彬も別に話がはずまなくても不満はないようで、「暗黒の『サザエさん』」とつけ加えてからテレビに視線を戻した。フサが人間だったら、『サザエさん』の替歌には彬が今言ったものの他に、カツオが家出してワカメが自殺して波平の毛が抜けるヴァージョンもある、と口を出すところだけれど、たぶん会話が苦手そうなこのお父さんはそれを聞いても笑わないだろうな、と予想がついた。

夕食はしゃぶしゃぶだった。天ぷらと茶碗蒸しと海藻サラダも座卓に並んだ。「祝賀会みたいだな」と彬が呟くと、彬の隣にすわっている母親が「そんなおめでたい会ならいいけど、今日は深刻な会なのよ」と言い、それが家族会議の開会宣言になった。いうまでもなく、司会進行と基調演説を受け持つのは母親だった。

「あたしはね、佐也子さんが面と向かっては話がしづらいんならと思って、手紙を書いたのよ。『困ったことがあるんなら手紙でいいから教えてください』って。返事はすぐにあったの。ところがね、『これまでに彬さんとお義母さまに申し上げた通りです』って、たったの一行、取りつく島もない文が書かれてるだけなのよ。ああ、これは本心を見せるつもりがないんだなって思うでしょ? あたしもついむっとしちゃってね。『佐也子さんも気持ちを休める時間が必要でしょうから、一度里帰りしては』って、また手紙を書いたのよ。それで今あの人、帰ってるのね。お兄ちゃんには不自由させることになって悪いんだけど」

「いやあ、大して変わらないよ」彬は言った。「飯のことなんかは、一階に下りればすむんだし」

「そこよ。佐也子さんはこういう環境に甘えてるんじゃないかしら」母親は語気荒く吐き捨てた。「お兄ちゃんの世話の手を抜いても、下にあたしたちがいるから何とかなるものと思ってるんでしょ」

「まあでも佐也子に限らず、人間手近に利用できるものがあれば利用しちゃうからね」

「お兄ちゃんはそうやってすぐ庇《かば》うのよね。優しいから」

「庇ってるわけじゃないよ」

フサにも彬が佐也子を庇ったようには聞こえなかった。けれども、母親は佐也子を非難する時には逆立てていた眉を下げ、ビールで赤くなった顔に満足げな微笑みを浮かべていた。この母親は息子が可愛いにしても度が過ぎるんじゃないだろうか。無理矢理彬の言動を善意に解釈し美化しようとしているように見える。家族会議といってもおもに喋るのは母親で、彬が少し答える以外は梓も父親もほとんど口を挟まないし、まるで母親主演の芝居みたいだ……。

つけたままのテレビでは野球中継が始まっていて、父親が時々画面に眼をやっていた。父親がどんな表情をしているか見ようと、フサは立ち上がってさりげなく梓の腕に顔をすり寄せた。すると、フサに気がついた父親が鍋から上げた牛肉をフサの鼻先に差し出した。犬になってからは床に置かれたジャーキーを平気で食べるようになったフサだが、梓の父親の箸でつまままれた牛肉を食べるのには抵抗がためらっていると、梓が「よかったね。もらいなさい」と言った。しかたなく気を奮い立たせてフサは牛肉を口に入れた。

「お父さん、犬より嫁問題」

高い声を飛ばした母親を斜《はす》に見て、父親は初めて意見を言った。

「だから、佐也子さんも河井《かわい》先生の所に相談に行けばいいんだ。病院に行くのは体裁が悪いと言うんなら、おれの薬を分けてやってもいいんだけども、先生に人にやっちゃいけないと厳しく言われたからなあ」

「だから、抗鬱剤で何とかなる話じゃないって言ってるのよ」母親は口元に力を込めた。「佐也子さんのもともとの性質が陰性で、いったん臍を曲げると頑《かたくな》に内に籠もって、どんどん心を歪めて行くってことが問題なんじゃないの。あたしは今に佐也子さんがほんとに満に手をかけるんじゃないかって心配してるのよ。そうなる前に満を救い出さないと。この年でまた子育てするのは厳しいけれど、そんなこと言ってられないものね」

「離縁するってことか」

父親は考え込むように黙ったので、他の三人も父親の意見を待つ様子で口を閉ざした。

その時、鋭い打撃音に続いてテレビから大歓声が響き渡った。打球がかなりの勢いでセンター方向へ飛んで行く画面に彬も父親も首をめぐらせたが、母親の眼は父親に据えられたまま微動だにしなかった。打球がセンターの選手のグローブにすっぽりと収まり、解説者が「伸びませんでしたね」と馬鹿にしたように言った三秒後、母親が憤然と声を上げた。

「お父さん、テレビを消してください。だいじな話なんだから」

父親がリモコンを探して座卓の下やら座椅子の後ろやらを見回す間に、いち早くリモコンを見つけた梓がテレビを消した。待ちかねたように母親が話を再開した。

「慰謝料、っていうか手切れ金はあげてもいいわね。でも、何としてでも満はこっちがもらうわよ」

梓が顔を上げ遠慮がちに尋ねた。

「もう離婚を決めてるの？」

「そういうことだ」

答えたのは彬だった。母親もうなずくと眉間に皺を寄せながら言った。

「このことがきれいにかたづいたら、あんたもお兄ちゃんに協力してあげてちょうだいよ」

あの兄妹間のフェラチオの場面を思い浮かべたわけではなかったが、「お兄ちゃんに協力」ということばにフサは総毛立つ思いがした。

フサが久しぶりに朱尾と話そうと思って夢うつつの世界に入って行くと、朱尾はもうステッキに腰かけて待っていた。眼で挨拶した後、何となく視界に彩りが乏しいと感じてまわりを見渡すと、朱尾が察しよく「スミレは枯れたよ。もうかたづけた」と言った。あんなにきれいだったのに二、三回しか観賞しなかった、と思い返すと胸がちくりと痛んだ。水もやらなかった、この場所に持ち込まれる花に水やりが必要だったかどうか知らないけれど、と考えたのも読み取ったように朱尾は、「水をやらなくても半月は咲いているようにプログラミングしておいたんだがな」とつけ加えた。

朱尾は腰の後ろに手をまわして革を巻いた携帯用ウィスキー・ボトルを取り出すと、狼のマスクの口に飲み口を差し込み中味をあおった。ボトルの首の長さからすると、マスクの中の朱尾の口には届かないはずなのだが、問題なく飲めているようだった。朱尾がウィスキーを飲むところは見たことがないし、あれはきっといつもの〈犬〉という名前のカクテルだろう、と推測したフサが空気中に〈犬〉の匂いを探っていると、朱尾が尋ねた。

「愉快な玉石一家の家族会議はどうだった？」

「気持ち悪かった。息子のこととなると分別のつかなくなるお母さんとか、家のことには消極的で影の薄いむっつりしたお父さんとか、甘やかされて殿様みたいなお兄ちゃんとか、別に世間じゃ珍しくもないのかも知れないけれど」

「母親と兄の意見を聞いているだけの従順な娘についてはどうだ？」

「それを言わないで」

おそらく、自発的に佐也子と話しに行くくらい兄夫婦の問題に取り組む気持ちはあるのに、家族の中で発言力がほとんどない梓は無力感を噛みしめているに違いないと思うと、フサは同情的にしかなれないのだった。

あれからフサは、梓がバルセロナの未澄《みすみ》にメールを書いているところを後ろから覗き見た。梓はメールの最後の方で彬の離婚に触れた。

兄はあんなふうだから、離婚そのものは義姉にとっても間違いなくいいことだと思うの。

ただ、もしほんとうにうちの親が孫の満を義姉から取り上げてしまったら気の毒なのと、私にしたら離婚で兄のそこで梓はキーを打つのを中断し、しばらくしてから続きを入力した。

……兄の行動を制限するものがなくなったら、また兄の関心が私に

梓は再び中断し、書き直した。

……また兄が私を暇つぶしの

三度の中断。梓は腕組みまでして考え込んだ末、結局彬の離婚に関する部分を全部削除してメールを送信した。

「誰にも言えない秘密をかかえてると人を立ち入らせない領域も広くなるんだな、って思いながら見てるうちに、もの悲しくなって来てね」

朱尾は全く同情を表わさなかった。

「いっそばらしてやりたくなるな、怪文書でもばらまいて」

「そういうことを言うから朱尾さんとは会わないようにしてたのよ」

フサがそっぽを向くと、朱尾はやや口調をやわらげた。

「今日会いに来たのには理由があるんだな？　何だ？」

「朱尾さん、梓と結婚して彬を遠ざけて」

朱尾は喉を震わせていかにもいやそうな唸り声を出した。

「それはできないって前にも言っただろう」

「どうしてなの？　梓は男にいやがられるようなタイプの女じゃないでしょ？」

「頭を冷《ひ》やせ。梓がどんな人間と性的関係を持っていようが、犬としてのおまえの幸福には何の影響もないだろう？　どんなに気分が沈んでいても梓は犬の世話はきちんとするんだからな。梓にいつもにこやかにしていてほしいのか？　それは過ぎた望みというものだ。犬を飼ってる人間で不幸なやつなんて世界中にごまんといるぞ。梓も少しばかり不幸な飼主だってだけだ。よけいな手を出す必要はない。現状に満足しろ」

「だって、わたしは人間の頭を持ってる化け犬だもの。梓の気持ちをあれこれ想像して憂鬱になるのはしかたがないじゃない。朱尾さんがそういうふうにつくったんでしょ？　知能も普通の犬とおんなじくらいにしてくれたらよかったのに」

「……知能を大きく変えると魂にも影響が出るからだめなんだ」

朱尾が言いにくそうな間を置いたのを見逃がさず、フサはわざとことばに不満を滲ませた。

「そうなの？　朱尾さん、事前の説明手抜きしたんだね？」

「……そうとも言えるが、そもそも事前にあらゆる説明をするなんて不可能なんだよ」

朱尾が間を持たせるようにウィスキー・ボトルを口に運ぶのを、フサがじっと見つめたのも意図してのことだった。朱尾がウィスキー・ボトルの栓を締め一息入れたのを見はからって、フサは切り出した。

「じゃあ結婚とは言わないから、梓と親しくなって」

「親しく？　それが何になるんだ？」

「親しい人間がいると梓がどうなるか見たいの」

「なるほど」

朱尾はいくらか興味を示したようだった。


五月だというのに夏のように気温が上がり、毛の生えているフサの体が蒸れて強い犬臭さを漂わせた日、フサは自分で自分の匂いに驚いて、上体をひねって胴体のあちこちに鼻を寄せ匂いの元を探った。こんなに匂うと梓にいやがられはしないかと心配したのだが、梓は「今日は暑いからね」と言って、いやがるどころかフサのそばに膝をつき顔を寄せて首筋を撫でた。梓の体からもいくらか汗の匂いがしたけれど、馴れ親しんだ匂いに少し変わった味わいが加わったという程度のことなので、フサも全く不快ではなかった。

またフサはこの日初めて、口から舌を出しハッハッと短く息を吐く犬流の体熱の発散をした。人間だった頃には、せわしなく疲れそうな呼吸をしたり汗のかわりの涎を垂らしたりで、犬も暑い時だけは優雅に見えないと思っていたのだけれど、犬になってみればこの呼吸法をやらないとたちまち体に熱が籠もるようで、とても優雅だの何だのと言っていられなかった。

夕刻梓とともに犬洗川の土手を歩くと、散歩に来た犬たちがみんなフサ同様に濃い匂いを振り撒《ま》くので、さまざまな犬の匂いが澱み、さながら犬の公衆浴場の趣きがあった。暑いのに犬好きの犬たちは嬉しそうに鼻を寄せ合ったり、後肢で立って人間同士が抱き合うように胸と胸を合わせたりして、積極的に匂いを交じり合わせる。フサも気のよさそうな犬と会うと軽く舐め合ったりした。そうやって、暑さのつくり出した濃厚な犬の世界にどっぷりと浸っていたのだった。

聞き憶えのある鋭い口笛の音が犬臭い空気を切り裂くように飛んで来たのは、バー

〈天狼〉の前に差しかかった時だった。振り向くと、半袖のTシャツにコットン・パンツという服装の朱尾があけ放した店の扉のそばに立って手を軽く振っていた。フサの頼みを聞いて梓と親しくなる作戦を開始したんだな、と察するとフサの尻尾はゆらゆらと揺れた。朱尾は梓とフサの所にやって来ると、眼を細めてフサを見下ろしながら梓に話しかけた。

「随分大きくなりましたね。もう母犬とあまり変わらない大きさじゃないかな。母親も小柄ですからね」

朱尾はここでも〈犬〉という名の白濁したカクテルの入ったグラスを片手に持っていた。狼のマスクをかぶっていない朱尾を見るのは久しぶりなので、こんな顔だったかと新鮮な気分で見入ったフサの頭の上で、梓が言った。

「やっぱりしばらく暮らした場所や一緒にいた人は憶えてるんですね。口笛が鳴ったとたんにこの仔、ぴたりと立ち止まって朱尾さんの方を向きましたよ」

別に心惹かれて立ち止まったわけじゃないのに、と内心フサが思っているところへ、朱尾は感激の面持《おもも》ちで応えた。

「それは嬉しい。どうです、ちょっと何か飲んで休んで行きませんか？」

自然でうまい誘い方だと感心する一方で、やや口調が演技過剰にフサには聞こえたけれど、梓には感じるところがあったらしく、「じゃあ少しだけ」と答えた声から心のはずみが伝わった。

店に入る時に朱尾は表に出していた椅子を持ち上げた。

「ここで夕涼みしてたんです。土手を通り過ぎる犬たちを眺めながらね」

「いいヴューポイントですね」

そう言いながら梓がフサの引綱を扉のノブに結びつけようとするのを、朱尾は止めた。

「奥の部屋に連れて入りましょう。フサが暮らしていた所に」

店のカウンターではなく奥の部屋にまで入るのは面倒だと梓は思ったかも知れない、一瞬歩みが鈍くなった。しかし、フサが先に立って足どりも軽く店内を奥に向かって進んで行くと、「ああ、やっぱりフサには憶えがあるみたいです」と感嘆の声を上げて後に続いた。

部屋はよく換気がされているようだったけれど、家具調度に朱尾の獣臭い匂いが滲みついているのがフサにはわかった。特に里帰りの喜びなどは覚えなかったが、いつも横たわっていた鬱金色のクッションが眼に入ったので近寄ってみると、獣臭さに交じって仔犬の乳臭い匂いが嗅ぎ分けられた。わたしの匂いだ、まだ何も知らないで梓の元へ行くのだけを心待ちにしていた頃の、と思ったら、突然フサの胸がずきんと痛んだ。素朴で無邪気だった仔犬の自分への憐れみがこみ上げたのだった。

漂って来たシダーの香りがフサの感情を散らした。壁際のロー・チェストの上に赤っぽい光が灯っていた。朱尾がアロマ・ランプのスウィッチを入れたのだった。赤くてごつごつした岩の形のアロマ・ランプに、梓は関心を表わした。

「そのアロマ・ランプは天然の鉱物ですか？」

「ネパールあたりで採掘した岩塩で作っているらしいです」

梓がロー・チェストの所に行ってしげしげと岩塩のランプを眺めると、朱尾は尋ねた。

「何かお飲みになりたい物はありますか？」

「水かお茶でも」

朱尾が「どうぞ、ソファーに」と言い残して中座しても、梓は岩塩のランプからなかなか離れなかった。ここに仮り住まいしている時にはアロマ・ランプなど見たこともなかったので、朱尾は梓を招くにあたって用意したのかも知れない。それも、匂いを消すという実用目的のためだけではなく、梓が興味を持ちそうな素材の物を意識して選んだように思える。朱尾は周到に計画を練って段取りよく実行している、とフサは頼もしく感じた。

梓はソファーに、フサはかつて愛用した鬱金色のクッションに、それぞれ身を落ちつけた頃、朱尾が飲み物を運んで来た。いつもながら気配りを怠らない朱尾は、梓のための玉露《ぎょくろ》、自分のための〈犬〉だけではなく、フサのためにもミネラル・ウォーターをスープ皿に入れて持って来ていた。眼の前に置かれた水で口を湿らせると、フサは声なきことばで「さすがだね」という賛辞を朱尾に送った。朱尾はかすかな眼配せで応えた。

「この頃フサがわたしに何か伝えようとしてるって感じることがあるんです」

不意に梓が言い出したのは、フサと朱尾の間に意思のやりとりがあるのに勘づいたからか、とフサはぎくりとしたが、朱尾は大した関心もなさそうに言った。

「犬は感情を伝えようとするものでしょう？」

「ええ、でも、フサの場合は単純に感情や欲求を投げかけて来るんじゃなくて、わたしの気分を理解して、気持ちを分かち合おうとしてるみたいに見えるんです。飼主の欲目と言われればそれまでですけどね。おかげで最近じゃ気がつかないうちに、フサに声を出して話しかけたりするようになって。ナツの時にはそんなことなかったのに」

「この犬がとても賢いのはわたしもわかりますよ。母犬譲りですね。きょうだいみんな賢いそうですよ」

「きょうだい犬は見た目もフサに似てますか？」

「写真をお見せしましょう」

朱尾は机の前に行き、パソコンのスウィッチを押した。梓は待ちきれないのか、朱尾がマウスを操っている間に吸い寄せられるようにパソコンの前に進んだ。どうせ朱尾が見せるのは化け犬フサとは縁もゆかりもない赤の他犬なのだけれども、可愛い仔犬の写真なら見たいので、フサも小走りに梓の後を追った。モニターを見た梓は「ああ」と溜息のような声を漏らすと、フサを抱き上げてモニターを覗かせた。

画面上には生まれて間もない五匹の幼犬が体を寄せ合って眠っている画像があった。真黒なのが一匹、真白かごく淡いベージュと思われるのが一匹、白地に茶色のぶちが入っているのが二匹、そしてフサの幼犬時代と見せかけた白黒のが一匹という陣容だった。白黒の犬は黒いぶちの入り方が完璧にフサと同じだったので、朱尾はフサをデザインする時この犬をモデルにしたのかも知れない。いずれにせよ、非常に可愛らしい仔犬の画像に思わずフサは尻尾を振りながら身を乗り出した。

「犬は二次元の図像を理解できるのかな」

朱尾が聞こえよがしに呟いた。はっと気がついてフサは昂奮を抑えたが、梓は画面の仔犬たちに見入っていて、フサの反応も朱尾のことばも気に留めなかったようだった。朱尾は梓の横から手を伸ばし、サムネイルの一つをダブル・クリックした。

「これが母犬です」

表示されたのは、白に近い茶色の毛がふさふさした静かな表情の犬だった。フサに似ているといえば似ているように見える。朱尾は細かい所までよく設定を作り込んでいるものだ、名作と呼ばれるテレビ・ゲームの制作者はみんなこれくらいの作り込みはするんだろうけれど、とフサは考えた。

「父犬の写真はないんですよ、別の家の犬なので。やはり雑種だということしか聞いていません」

「いいですよ、家系図を作りたいわけじゃないので」梓は言った。「ところで、この壁紙についてお訊きしていいですか?」

ウィンドウやアイコンの背景に年輩の女性の肖像写真が表示されていた。「これですか」と言いながら、朱尾が肖像を隠しているウィンドウを次々に閉じて行った。その間に梓は重くなったのか、フサを机の前の椅子に置いた。幸い椅子の上からでも見上げればパソコンのモニターが視界に入り、二人の会話にもついて行けそうだった。

ほぼ全体が表われた壁紙は、白い地にモノクロの写真を載せた物だった。胸から上が映った女性は四十代の終わりから五十代初めの年頃、痩せた体に濃い色のニット・ジャケットのような服を着て、椅子のアームの一方に体重をかけるようにしてすわり、カメラのレンズではなく斜め方向に視線をやっている。面長でわずかに鉤《かぎ》鼻がかった鼻筋も

ほっそりとし、落ち窪んだ眼は眼尻が下がっていてどことなく悲しげだった。美貌では
ないけれどいつまでも眺めていたくなるような顔で、しかし眺めているとこちらに悲し
みがうつりそうでもあった。
「お母さんですか?」梓が尋ねた。
「いえ、祖母です。わたしはお祖母さんっ子だったんです。しばらく前に亡くしました
けどね」
お祖母さんっ子などというのは適当に作った話だろうと察せられたけれど、写真の女
性は何となく朱尾のほんとうの祖母と思えて、フサは「素敵な人だね」と声なきことば
を朱尾に送った。朱尾は即座に返事をよこした。
「ヴァージニア・ウルフの顔写真を適当に加工して使ってる」
そう言われてもう一度見ると、なるほど、フラッシュという名前の犬の一代記を書い
た女性そっくりの面差《おもざ》しだった。フサは人間だった時に考えていたことを話したくなっ
た。
「この人が結婚した理由の一つは、ウルフっていう夫の苗字がほしかったからじゃない
かな。スペルは狼のｗｏｌｆよりもｏが一つ多いけど」
フサがことばを送ったのとほぼ同時に梓も尋ねた。

「ご両親はご健在ですか？」

朱尾はフサに「研究家に問い合わせてみるといい」という声なきことばを送りつつ、声帯を使って梓にも答えた。

「いいえ、どちらも亡くしています」

「すみません、悪いことをお尋ねして」

誰の親だっていつかは死ぬんだから別に恐縮しなくてもいいのに、とフサも考えたのだが、朱尾も梓のナイーヴな応対を嘲笑うような汚ない笑いをわざわざフサの頭の内に響かせた。フサは思わずちらりと朱尾を振り返り牙を剝《む》いた。朱尾はフサに対するものか梓に対するものかはっきりしない微笑を浮かべ、話し始めた。

「ちっとも悪いことじゃありませんよ。冷たい人間と思われるかも知れませんが、父に続いて母が死んだ時には悲しみばかりではなくて、これでわたしを縛るものは何もなくなった、自由になれた、と解放感も湧き起こりましたからね」

「わかりますよ」梓は朱尾の方を向いた。「わたしも家族をうっとうしく感じるから、実家を出て犬との暮らしを選んでるんです。家族がいなければいいのにって思うこともありますよ」

素晴らしい、心を打ち明け合ってる、着々と親しくなる作戦が進行している、と喜びながら、フサも椅子の上で朱尾の方に向きを変えた。朱尾は真摯な表情を作っていたけれども、フサにはその表情の下のにやにや笑いが透けて見えるような気がした。梓は立ちっ放しなのも苦にせず会話を続ける。

「朱尾さんはご結婚は？」

「興味ありませんね。セックスにすら関心がない」

「ああ、そんな感じがします」

梓はとても楽しそうに微笑んだ。朱尾はほんとうに人の心をつかむのがうまい、とフサは舌を巻いた。それはこの場合、陰険で狡猾《こうかつ》ということなのだけど。朱尾は梓の微笑にほんのかすかに唇の端を上げて応え、再び話し始めた。

「母は死ぬ直前まで、わたしに結婚しろ、結婚しろとうるさく言っていましたよ。だけど、もしわたしが結婚していたとしても、妻となった人はあの母に嫌気がさして逃げ出したに違いありません」

「意地になって逃げ出すまいとがんばる嫁もいますよ」

梓は兄嫁佐也子のことを言ってるんだな、とフサが耳をそばだてた時、朱尾が待ちかまえていたように言い出した。

「いますねえ。ここまで鬱屈し憎しみを煮詰めてきわどい精神状態に陥るよりも、とっと離婚した方が自分のためではないか、と傍目《はため》には映るのに、自虐に耽るかのように婚家に留まり続ける女性が」

「ええ。よくご存じですね」

「家族間の憎しみに興味があって、本やらインターネットやらで事例を集めているんです。インターネットのブログはすごいですよ、渦中《かちゅう》にある本人の生々しいことばが書き込まれていて。読んでいて気持ちが悪くなる人もいるでしょうけど」

「わたしはそういうのを見たことがないんですけど、気持ち悪くなるほどのものですか？」

「ええ、たとえばこんなのがある。穏健《おんけん》な部類ですが」

朱尾はパソコンの画面上のアイコンの一つをダブル・クリックして開き、ウィンドウの中にずらりと並んだアイコンの中から一つを選んで、もう一度ダブル・クリックした。ブラウザが立ち上がり、黒い地にたくさんの白い文字を載せた画像なしのウェブ・ページを表示した。タイトル・バーには「壊れた夫と意固地な嫁」とあった。

ぱっと字面だけ見てもいかにもどぎつい印象を受けるページで、いやだな、読みたくないな、とフサは思ったけれど、梓はフサを持ち上げて自分が椅子にすわりフサを膝に載せて読み始めたので、フサも読んでみることにした。文章は日記形式で、表示されたページの中では三月の日付がいちばん古かった。

3月1日

夫の夕飯中、ツルリンが泣き出したので見に行こうとすると、止められた。

「ほっとけ。かまってほしくて騒ぎ立てるようなわがままな人間は大嫌いだ」

「人間って・・・まだ赤ん坊なのよ」

「何でも自分の思い通りになるわけじゃないことを今のうちから教えるんだよ」

あんたが先に教わるべきじゃないかと。

3月2日

夫は自分がツルリンの面倒を見ないのは、「男親が息子に触り過ぎると同性愛者になる恐れがあるから」だと言う。

いったいどこの世界の学説だろう。

3月3日

姑は自分の息子を「お兄ちゃん」と呼ぶ。

「お兄ちゃんの朝ご飯にツルリンの離乳食食べさせたんだって?」
いえ、あなたの息子が「うまいのか?」と言って勝手に横取りしたんですが。

3月5日
吹き出物が多い。肉しみが体内で醱酵して皮膚表面に吹き出しているのだろう。潰すと臭い汁が出る。

「肉しみ」とは「憎しみ」だろうか。タイピング・ミスなのか意図的な当て字なのかわからない。息子に当てる仮の名前を「ツルリン」とするセンスも、フサには理解しづらかった。しかし、数日分の日記を読んだだけでも、ここに出て来る夫は妻に嫌われるのも無理はない性格だということが理解できた。息子をその妻と話す時でも「お兄ちゃん」と呼ぶ姑のセンスにはいうまでもなくなじめない。そうしたことよりも、この書き手の境遇が玉石家の嫁・佐也子のものとそっくりなのは、偶然だろうか。

4月7日
夫が休日でいつまでも寝ているので、蒲団に息子を押し込んでやる。あの男と来たら、眼も開かないで息子を押し戻そうとする。ますます腹が立ち、耳元で「休みの日くらいツルリンの面倒見てよ!!!」と言っておいて、寝室に戻る。

あの男が息子の面倒を見るわけがなく、早々に息子を義母に預けてどこかに出かけたようだ。肉らしい。

フサの頭の後ろで梓の胸が大きく息づいた。

「これは?」

梓は後ろに立った朱尾の方に上半身をひねり、緊張した声で尋ねた。同じ疑問を抱いたフサも頭をめぐらせて朱尾の顔を見た。朱尾は質問の意味がわからないふりをして、軽く首をかしげて見せた。

「さっきも言ったように、とあるブログのログですが、どうかしましたか?」

「いえ、知り合いから聞いた話に似てるので」

そうごまかして、梓はモニターに眼を戻した。フサは朱尾に声なき声で質問を飛ばした。

「これ、ほんとにあの嫁が書いてるの? それとも朱尾さんが作ったの?」

「本物だよ」朱尾が答を返した。「わたしが『ツルリン』なんて書くと思うか?」

あの佐也子が書きそうにも思えなかったが、フサはひとまず先を読んだ。

4月8日

昨夜帰宅した夫からは熟れた銀杏《ぎんなん》のような匂いがした。風俗にでも行ったのか？ 本人は妹の所に行っていたと言う。34歳の男が29歳の妹の家にしょっちゅう遊びに行くのは（本当だとしたら）何とも気味が悪い。

4月9日

夫が「おまえが飯を作らないからおふくろが怒ってるぞ」と言う。「おまえ、追い出されるぞ」「ツルリンはQ家のものだからな」・・・。いいえ、あなたがたの思惑《おもわく》通りには行きません。ツルリンは絶対渡さない。

4月11日

義妹が訪ねて来た。薄っぺらな、ものわかりよさげな顔をして。私が夫の食事を作らなくなったとQ家の誰かから聞いて、様子を探りに来たのだろう。「兄の性格はよくわかっているから」と同情するようなことを言うので、以前この日記にも書いた夫の「とっておきの奇行」を話してやったら、案の定絶句。すごすごと帰って行った。義妹は私より5歳年上だが、人間の暗黒面を知らないお嬢さんは役に立たないな（笑）。


梓は立ち上がってフサを床に置くと、さっと朱尾に頭を下げた。

「すみません、やっぱり毒気に当てられて気分が悪くなりました。帰ります」

梓の顔は赤くなっていた。身近なことが生々しく書かれている上、自分を辛辣に描いた記述まで現われたのだから無理もない。梓は慌ただしくフサの首輪に引綱をつけた。朱尾は愛想よく声をかけた。

「また飲みに来てください。お電話しますよ」

フサはかっとして、梓に引かれて行きながらも朱尾に抗議した。

「どういうつもりなの？　わざわざ悪口を読ませるなんて」

「どんな反応をするかと思ってね。大して面白い反応ではなかったな」

「親しくなってくれって頼んだのよ。いたぶってどうするの？」

「別にこういうことがあったって親しくなれるさ」

朱尾は扉口まで出て来て梓とフサを見送った。土手に上がってから梓は一度朱尾を振り返ったけれど、その後は足早に〈天狼〉を離れた。

　梓と朱尾がはたして朱尾の請《う》け合った通り親しくなれるものかどうか、フサは疑わしく思っていたのだけれど、〈天狼〉に立ち寄った翌々日梓は朱尾に電話をした。相変わらず鬱憤晴らしの電話をかけて来る母親の相手を二十分ばかりつとめた後のことだった。相手が朱尾だということは挨拶の後の「この間見せていただいたブログのＵＲＬを教えてください」という科白でわかった。

　朱尾の声は梓の母親の声よりずっと低いのでつぶさに聞き取ることはできなかったが、朱尾が快活に話し、梓からの電話を用件だけで終わらせず雑談めいたやりとりに持ち込んでいるのは察せられた。梓も母親相手の時とは打って変わって明るい調子で、「あれからブログをやる人の心境を考えたんですよ」「友達に話せないようなこともネット上でなら公開できるっていう気持ちは想像がつかないでもありませんね」などとなかなか内容のある会話の後、「そうですね、近いうちにゆっくり」という気軽な約束で電話は締めくくられた。

　数日後、今度は朱尾から梓に電話があった。「ええ、行きます」と応じた梓は、続いて朱尾の言ったことばに「犬連れで大丈夫なんですか？」と尋ねながらフサをちらりと振り返ったが、電話を切ると「朱尾さんの所に行くよ」とフサに話しかけた。

「梓をただいたぶっただけで終わったら、もう朱尾さんとは口をきかないつもりだった」

〈天狼〉のカウンターの中でカクテルを作っている朱尾に、フサは声なきことばを送った。梓とフサを迎えた朱尾は他に客もいないからと言ってフサも店の中に招き入れ、通路の突き当たりに置いた一人掛けのソファーにフサを上がらせた。ソファーの上からは話をする梓と朱尾の横顔を見ることができた。スツールにはすわれないフサが二人の声しか聞こえない床で味気ない思いをしないようにと、朱尾が心を配ったもののようだった。

「わたしは口をきいてもらえなくてもいっこうにかまわないよ。おまえを見ているだけで愉快だからな」

朱尾はフサにそう返すと、梓に〈犬の蕾〉を差し出した。梓は心おきなくアルコールが飲めるように三十分歩いて〈天狼〉に来ていた。

「あのブログ、家でご覧になりましたか？」朱尾は尋ねた。

「ええ」

フサはいつもいつも梓のパソコンのモニターを覗けるわけではないが、梓がロー・テーブルでパソコンを使った時に、何度か佐也子のブログが表示されているのを見た。

5月10日
義母と夫と3人でまた話し合う。義母の科白。
「裁判所で調停してもらうなんて、あなたもいやでしょう? あなたが夫の食事を作らないとか、息子をほったらかして寝室に籠もるとか、そんな話もしないといけないのよ」
はあ? お義母さん、もしかしてそんな話をすれば親権を勝ち取れると思ってるんですか? おめでたい人だ。

5月16日
義母が露骨に脅しをかけて来た。
「調停委員を知ってるって言う人がいてね。紹介してもらえそうなのよ」
裁判でその調停委員に当たるとは限らないけれど、もし当たるとまずい。

そういう日記を読むと梓は、見るからに意気消沈して肩を落とす。梓がしょんぼりするのは身内が争っているからというだけではない。母親側の話も聞いていて、事態がよく見通せるからだろうとフサは思う。フサも電話から漏れ聞こえて来る梓の母親の話をだいたい耳にしている。

「調停離婚となったら親権争いは絶対母親有利だから、何とか話し合いで佐也子さんに満を手放すことに同意してほしいんだけどねえ。弁護士にも相談してみたんだけど、こちらにはまず勝ち目はないって言うのよ」

「裁判で親権を勝ち取るには、調停委員を口説《くど》くしかないかも知れない。今調停委員を知ってる人を探しているところなの」

「お兄ちゃんはこの頃もう話し合いに疲れたのかしら、『俺は佐也子に満を渡してもいい』って言うの。『どのみち満はこの家の跡継ぎなんだし、成人するまで佐也子に貸しといてやるさ』って。お兄ちゃんはやっぱり器が大きいわよ。ただねえ。佐也子さんが満に、あたしたちの悪口を吹き込みながら育てるんじゃないかっていう懸念《けねん》があるわね。佐也子さんは性質が陰性だし」

「調停委員を紹介してもらえそうだって佐也子さんに言ったのよ。ほんとうはまだ心当たりはないんだけどね。作戦、作戦」

梓の母親の必死さや姑息さに傍観者のフサはげんなりするだけだけれども、もしもこれが自分の母親だったら情けなく恥ずかしくたまらない気持ちになるだろう、梓が悄然《しょうぜん》とするのも無理はない、と思う。そして、マットレスにすわって梓の弱々しく肩を丸めた後ろ姿を見ているうちにじっとしていられなくなり、梓を慰めようとしているのか梓に同情している自分の感情を発散しようとしているのかわからないまま、マットレスの端まで歩いて行って、後ろから梓の肩に顎を載せたりそっと鼻を押しつけたりし、梓が振り返ると舌を出してどこでも触れる所を舐める。梓はそういうフサの働きかけを受け入れて、フサの体に腕をまわして撫で回したりマットレスに倒れてしばらく並んで横たわったりする。

わたしは犬としての役割を果たしているから、朱尾さんはどうか人間のふりをして人間にできる親切を梓にしてあげて、と朱尾に送ることばではなく、自分ひとりの胸の中で念じるようにフサは唱えた。

梓と朱尾の会話は進んでいた。梓が言った。

「わたしはすっかりあの日記の愛読者になりましたよ」

「最初はあんなに青くなってたのに？」

「生々しい憎しみに触れる機会はあまりありませんから。でも、馴れるものですね。馴れて冷静に読めるようになると、ああいう憎しみの表わし方を痛快にさえ感じますね」

「あそこに出て来る夫とその母の壊れっぷりが、当事者ではない者にはおかしみを感じさせるでしょう?」

梓は曖昧な表情を浮かべた。

「あの母子、そんなに変だと思いますか?」

「現代社会ではありふれた奇妙さですけどね」

「あれはわたしの母と兄です。日記を書いてるのは兄の妻、つまりわたしの義理の姉です」

梓があっさりと明かしたことにフサは驚いたのだが、朱尾からも「こいつもたまには面白いな」と声なきことばが送られて来た。梓本人に対しては丁重《ていちょう》に詫びる。

「知らずに失礼を申し上げました」

「いえ、お気になさらず。わたしはあれを読んで初めて、偶然自分の悪口が話されている場所に行き当たって、魅入られたように最後まで物陰で立ち聞きしてしまう人の気持ちがわかりました」

「立ち聞きというのはうまいたとえですね」朱尾は感心して見せた。「反論したい所はないんですか?」

「特にありませんね。そりゃ所々脚色も混じってるでしょうけれど、わたしの眼から見ても、書かれているのはいかにも兄や母のやりそうなことばかりですから」

「あそこに登場する義理の妹がいちばんまともそうだと思っていました」朱尾は梓の眼を見ながら静かに言った。「ああいう家族の中で唯一まともだとどんな気分がするものか、考えていたんです」

「わたしだって歪んでますよ。あの人たちと一緒に育ったんですから」

ソファーにべったりと寝そべっていたフサだが、体がびくりと動いた。梓が真情を吐露しようとしている？　かつて房恵も朱尾相手になら他の人間には話せないことでも話せると感じたものだけれど、梓もどうやら同じのようだった。

「でも、梓さんはちゃんとあの家族から独立して生きているではありませんか」

「独立してるようでしてないんです。わたしの家はほとんど親のお金で建てた物です。作った陶器も大半は親の持つホテルに買い上げてもらってるし、一般の人向けのショップもホテルの中にあります。わたしの生活は親が丸かかえしてるんですよ。しかも、そうするように親に言ったのが兄なんです。兄はわたしの肉親であるという以上に、わたしのマネージャーでありプロデューサーなんですね」

「家族が応援するのは普通のことでしょう」

「いえ、わたしの家族は肉親の情では動きません。わたしの家は母がとりしきってるんですけど、その母に対して発言力を持っているのは兄だけなんです。父は家庭内のことには口を出しませんから、兄が母に言わなければ今のようにはならなかったはずです」

響きはやわらかいけれども中心に太くて硬い芯が通っているような声音で、ひたむきに梓は話した。いつの間にかフサもだらけた姿勢を正し、首をしっかり起こして聞き入っていた。朱尾も親身な調子で会話を深めようとする。

「あのお母さんはお兄さんに夢中ですね」

「はい。母は男が好きなんです。セクシュアルな意味ではなくて、男の存在そのものが好き。男の容姿も腕力も経済力も社会的地位も全部好きで、息子はいちばん身近な男だからもうべったりなんです。兄の世話を焼いたり甘え合ったり頼ったりするのが、温泉や指圧やエステティークよりも気持ちいい人なんですよ。わたし、ひどいことを言ってると思いますか?」

「いえ、子供も成人すれば親に対して批判的な見方もするでしょう」

「で、母は女が嫌いです。同性は敵か邪魔者で、仲よくするとしたら他の女たちに対抗し身を守る目的で便宜上組んだ仲間とだけ、というタイプですね。娘のわたしのこともほんとうは好きじゃないと思います。本人に訊いたら『そんなことはない』って否定するでしょうけど」

「いつ頃からそう思ってたんですか？」

「中学生になってからかな。中学生ともなると、もう志向性がはっきりして来て大人のミニチュア版みたいな子も多いじゃないですか。母のミニチュア版みたいな子たちが必ずクラスに何人かいて、グループを作ってるんですよ。その子たちを見ていて、ああ、母はこういうタイプの女なんだって腑に落ちましたね」

一息ついた梓が持ち上げたグラスはすでに空だった。朱尾はそのグラスを手を伸ばして取り上げ、次のカクテルを作る作業に入った。梓の口から聞く家族の話に胸を押し潰される思いをしているフサの頭に、朱尾の声なきことばが届いた。

「痛ましいな、梓の境遇は。淡白な家庭に育ったおまえには想像もつかない世界だろう？」

「朱尾さんは想像がつくの？」

「いや。わたしは家族なんかいないからな。だから身につまされることもなく、平然と聞いていられるわけだ」

「引き続き親睦を深めてね」

朱尾は黄色っぽい色のカクテルを梓の前に置いた。

「〈犬の蜜〉です」

「甘いですね」梓は一口流し込んで言った。

「この世の何よりも甘いと思います」朱尾はうなずいてから会話を再開した。「お兄さんとは仲がいいんですか?」

「いいですよ」そう言うと、梓は笑いを漏らした。「母は、兄とわたしがあまり仲よくしているとやきもちを妬《や》くんですよ。用もないのに兄だけを呼んだりして邪魔をする」

梓と彬がやっていることを知っているフサには、母親のその逸話は滑稽過ぎておぞましいというほかはなかった。朱尾の表情は全く動かなかったけれど、間合いを測るように数秒あけてから言った。

「お兄さんとわたしは一度お会いしてますよね、犬のテーマ・パークで」

「そうでしたね」

フサの所から頬の色がよく見えたわけではないが、梓が眼を伏せたのは顔を赤らめでもしたのだろうか。

「恥ずかしながら兄には頭が上がりません。わたしのプロデューサーですから。わたしが陶芸家として何とかやって行けるのも兄のおかげです」

「それは違うのでは? アーティストあってのプロデューサーでしょう。梓さんに力があるからこそ陶芸家としてやって行けるんだと思いますが。インターネットで調べたんですけど、梓さんは陶芸の賞だって受賞してるんでしょう？」

梓は眼を伏せたまま、また小さく笑った。

「わたしに陶芸家になるように勧めたのも兄なんですよ。もっと遡《さかのぼ》れば、わたしの進学先を美大に決めたのも兄です。わたしは兄の手になる作品なんです」

ぷっ、と吹き出すような音がフサの頭に響いた。実際の朱尾はしごく穏やかな表情を保っていたけれど、蔑《さげす》んだ笑いに唇を歪めた朱尾の顔が眼に浮かぶようだった。だが、朱尾の小憎らしい態度とは別に、フサはフサで梓の言うことに同情を通り越していらだちが湧き起こっていた。朱尾に向かってことばを投げた。

「『それはちょっと馬鹿っぽい』って言って」

朱尾は素早くフサの方に視線をやってから、おもむろに梓に向かって口を開いた。

「それは少し大袈裟《おおげさ》なのでは？　不健康な受け止め方のような気がします」

「そうかも知れません。ただ、その考え方がわたしを奮い立たせてもいるんですよ」

それでどうして奮い立つのかさっぱりわからない、と思ったフサの頭の中に、声も音もない笑い、というか笑いとして弾ける寸前の笑いの気配がふっと現われた。もちろん朱尾の送ってよこしたもので、フサはことばにならない感情も朱尾とやりとりできることを初めて知った。しかし、フサが今朱尾に送りたいのは感情ではなくことばだった。

「家族から遠く離れた所で暮らしたいと思わないか、訊いて」

朱尾は素直にそういう主旨のことを尋ね、自分のことばもつけ足した。

「家族の束縛からは逃げるのがいちばんですよ」

「外国に住むのを夢見たこともありますよ。現代美術をやってる友達がバルセロナで制作してますし。だけど、今の生活がいやでたまらないということはないですから。母のことも兄のことも、どうしようもなくだめな部分があるとわかってはいても、やっぱり肉親は嫌いになれませんからね」

遠慮なく嫌いになればいいのに、とむかむかしているフサに、朱尾が声なきことばを伝えて来た。

「壁にぶつかったな。今夜はこれ以上深い話はできないだろう」

フサも同じ意見だったので「お疲れさま」と返した。朱尾は梓に黄金《こがね》色の飲み物を「蕎麦《そば》茶です」と言って差し出した。梓はといえば、さっきから朱尾の動きを眼で追っていたが、蕎麦茶のグラスに手を添えると新しい話題の口火を切った。

「朱尾さんは家族間の憎しみの事例を集めているとのことですけど、もしかして、バーをやっているのは客から興味のある話を聞けるから、という理由もありますか?」

朱尾は意地悪そうではないまともな微笑を見せた。

「ええ。ここではめったに他の客に会わないでしょう？　わたしが興味のあるお客さんだけを招いてゆっくりお話をするようにしているからです。そう謳《うた》ってはいませんが、実質的には会員制バーですね」

「事例を集めてどうするんですか？　本にでもまとめる？」

朱尾が守勢にまわったのに対して、梓の問いかけは皮肉味を帯びていた。

「そんなつもりはありません。インターネットのサイトで発表することなども考えていません。わたしはコレクター気質が強くて、ただ収集するのが好きなんですよ。もちろん、ここで聞いた話を他の客に漏らすようなことは決してしません」

「わたしの話はコレクションに加わりましたか？」

「おそらく加えることになるでしょう。梓さんが憎しみを抱いていないというところが、少々惜しまれますが」

「すみませんねえ」

梓が苦笑しながら答えた時、携帯電話の着信メロディーが鳴り出した。「失礼します」と言って梓はバッグの中から携帯電話を取り出した。間もなくおなじみの梓の母親の声が、いつも以上に甲高くやかましく漏れ響き始めた。

「あんた、どこにいるの？　どうしてこんな時に出かけてるのよ？　たいへんなのよ、佐也子さんが満を連れて雲隠れしちゃったのよ。ゆうべから帰って来ないから実家の方に電話をかけてみたら、実家にもいないっていうじゃない。さっきお兄ちゃんと行って来たんだけど、ほんとにいないのよ。やられたわね。離婚成立前は父親にも母親にも親権があるから、離婚しないで逃げたんだわ。どうしたらいいのかしら。あんた、ちょっとこっちに来てよ」

母親の話が終わらないうちに自分の携帯電話をインターネットに接続した朱尾は、梓が電話を終えるとモニターを見ながら言った。

「昨日、今日とブログの更新はありませんね。役にも立たない情報ですが」

「聞こえましたか」梓は力なく言った。「呼び出しがかかったので行きます」

梓はフサに顔を向けた。はりつめた表情を見て、フサはソファーを飛び下りた。

「どうぞお気をつけて」

朱尾は気遣わしげに言ったのだが、梓はもの憂げに応えた。

「うちで面白いことがあったら報告しますよ」

梓はいったん自宅に戻ってコーヒーを一杯飲んでから車を出した。

玉石家に向かう途中、住宅街の家々の窓にともる灯《あかり》を眺めながらフサは、一つ一つの灯がそれぞれ離れ小島のように寂しげで頼りなげに見えるのは、今の自分の心境のせいだろうか、と考えた。そして思い出したのは、中学校や高校の頃部活動などで遅くなって日が暮れてから家路についた時、疲れた体で自宅の玄関先に辿り着けばほっとすることはするのだけれども、カーテンの隙間から漏れる灯を眼にするとやはり何だかわびしげに映って、早く中に入って夕飯を食べ体を休めたいのにそうするのをためらう気持ちも確かに一瞬芽ばえたことだった。

人間だった十代の頃に漠然と抱いたのは、灯の漏れる家に入っても大していいことはないだろう、自分も眼の前のわびしげな光景の一部に取り込まれるだけだ、という思いだった。今他人の家の灯を眺めるフサは、自分の育った家がそうだったように、あの慎ましい灯の下には小さな世界に似つかわしい小さな安らぎ、小さなぬくもりがあるだろう、と想像するのだけれど、それでもなお、孤立した狭い世界に少人数の人間が寄り集まって閉じ籠もること自体がとても寂しい営みのように感じるのだった。一人でずっと外にいるのはもっと寂しいとしても。

玉石家の場合は、一階の和室の電灯がほんのりと照らし出す庭の雑草も猛々《たけだけ》しく尖って見え、わびしさの上に荒れた感じまでした。車から降り立った梓がすぐには玄関に向かわず車を背にしばし佇んだのは、しかし、実家の外観にわびしさを感じ取ったせいではなく、母親の憤懣《ふんまん》を受け止める心の準備のために違いなかった。フサにしても、これから始まるはずの梓の母親の感情発散に立ち会うのは考えただけでもげっそりするので、「しょうがないから早くすませようよ」と言うつもりで、梓の足に軽く体をすりつけた。

それでもまだ動き出さない梓を見上げて立っていると、和室のガラス戸が開いて父親が縁側から庭に下りて来た。梓の顔を見て「お母さんは怒り疲れて寝たよ」と言うと、父親は家の壁に立て掛けてあったゴルフ・クラブを取り、口元を引き締めた真剣な表情で素振りを始めた。その短軀《たんく》だけれどそれなりにがっしりした体つきをマレー熊みたいだと思いながら梓について玄関に回り、足の裏を拭いてもらってから家に上がって和室の入口まで行けば、母親は胸元から腿にかけて座布団を二枚載せ座卓と壁の間に体を伸ばして眠っていて、座卓を挟んだ向かい側で彬が新聞を読んでいた。

梓は部屋の入口で母親を横眼で見ながら尋ねた。

「どうして座布団なんかかけてるの？」

「寝入ったみたいだから、俺と親父でかけてやったんだよ」

「毛布くらい取って来てあげればいいじゃない」

梓はそう言って廊下を少し戻り、玄関に近い部屋のドアをあけると中から折り畳んだ毛布をかかえて出て来た。梓が丁寧に母親に毛布をかけている間、彬はいくぶんばつが悪そうににやにや笑っていて、梓が作業を終えて座卓の前にすわりフサもそばに腰を下ろすと、持っていた新聞を畳の上に置いた。

「出かけてたのか？　おかげでおふくろの不機嫌が三割増しになったぞ」

彬は母親がそばにいる時にはさすがに「ばあさん」とは言わないようだった。

「わたしにはわたしの生活があるのよ」

「そりゃそうだ」

母親は低いいびきをかいていた。梓が呟いた。

「お母さんが寝てるんなら、わたし用はないよね。帰ろうかな」

帰れるかと喜んでフサは尻尾を揺らめかせたが、彬は賛成しなかった。

「おふくろ、眼を覚ましておまえが帰ったことを知ったらまた髪の毛を逆立てるんじゃないか」

「どうしてそんなに厄介な性質なんだろうね」梓は溜息をついた。

「悪口言うと眼を覚ますぞ」

彬のことばに梓はうっすらと笑った。彬の表情も弛み、安心したような表情になって言い出したのは佐也子のことだった。

「とうとう逃げられたよ。あいつがこんな荒技に出るなんてな」

「見直した？」

「そうだな。固く身を縮めてじっと恨みをかかえ込んでるだけのやつじゃなかったんだな」

「そんなこと言って、兄さん、内心しめしめと思ってるんじゃない？　うるさい子供もいなくなって、成人するまで会わなくてもよくなったって」

「それ、おふくろには言うなよ」彬は小さな声で言った。「おふくろは満が今いちばんの生きがいだからな。おれもおんなじ気持ちだと思い込んでる」

「兄さんでもお母さんの機嫌を気にするのね」

「あたりまえじゃないか、女帝のご機嫌を窺うのは」

声をひそめてはいても興が乗った調子で話し合う兄妹の様子には、大人の眼の届かない物陰でいたずらの計画を練る子供たちのような無邪気さと親密さがあった。

「そういえば、おふくろはずっと昔から『玉石家』って言うだろ。『玉石家の行事』とか『玉石家の規律』とか。うちの血筋なんて土地転がしで多少の資産を作っただけで、名門でも何でもないのにな。おかげでおれは小学校の二年生くらいまで、誰でも自分の家のことを『何々家』って苗字に家をつけて呼ぶもんだと思ってて、学校で『玉石家の決まりでポテト・チップスは食べちゃいけないんだ』なんて平気で言ってたよ。笑われてからはやめたけどな。おまえはそういうことなかったか？」

「いっぱいある」梓は話し出す前から笑いかけていた。「この頃は聞かないけど、『お兄ちゃんの勇気』っていうお母さん独特の慣用句があったでしょ？　『言いにくかったけど、お兄ちゃんの勇気で文句を言った』とか『高かったけど、お兄ちゃんの勇気を出して買った』ってふうに使うやつね。あれを学校で言ったら誰にも通じないの」

「あったな」彬も口元をほころばせた。「あの『お兄ちゃん』っておれのことか？」

「わからない。あの言いまわし、どこから思いついたんだろうね」

二人が一緒になって笑い声を上げそうになったちょうどその時、母親がまるで抗議をするように、鼻の奥と喉の境目を震わせてひときわ大きないびきを響かせた。兄妹は一瞬びくりとして眠る母親を振り返ったが、彬の「そら怒ったぞ」という囁きをきっかけに声を殺して笑い始めた。梓が「肉親は嫌いになれない」と言うのはこういうひとときがあるからなのか、とフサは想像し、そうだとしてもなお理解も共感もできないと思った。

笑いがおさまると彬は親切そうな声音で言った。

「もう帰れ。おふくろ、きっと今夜はもう眼を覚ましても喋り散らす体力は残ってないよ」

梓はうなずいて軽やかに立ち上がると「ちゃんと寝室に連れて行って寝かせてあげてね」と言い残して和室を出た。フサも小走りに後に続いた。

庭先では父親が地面に立てたクラブに両手を載せ、縁側に腰かけて休んでいた。梓が近づいて行くともそもそと口を動かして「呼びつけたのに悪かったな」と謝った。梓はそれには直接応えず、人差指でクラブを差し明るい声で「今スコアどれくらい？」と尋ねた。父親は「へただよ。彬の方がうまい」と答えてから、なぜか梓の足元のフサをじっと見つめ、またぼそっと呟いた。

「うちは女の人がいつかないな。おまえも佐也子さんも出て行ってしまうし」

梓はほんの一瞬沈黙したものの、「何言ってるの？　お母さんがいるじゃない」と快活な調子で返した。

「まあ、おまえはここにいたとしても、いつかは嫁に行くんだもんな」父親は思い出したように家屋を振り仰いだ。「せっかくおまえの部屋も潰して二世帯用に改造したのに佐也子さんは……」

「無駄にはならないわよ、きっと」

「おまえ、週末だけでも帰って来るか?」

梓が口ごもると、父親は眼線を斜め下に向けて笑いの交じった息を吹いた。

「早く帰らないと、お母さんが起きてしまうぞ」

父親はクラブを壁に立て掛け、それっきり何も言わずに縁側に上がり和室に入って行った。梓も立ち去りがたげな風情で見送っていたけれど、フサも言いたいのにうまく言えないことが体の中に溜まってふくらんでいるかのようなマレー熊の背中に向かって一声ワンと吠えかけてみたい気持ちにさせられた。実際には吠えはしなかったかわりに車に乗り込む直前にもう一度家を振り返ると、和室の隣の寝室の灯がともされたところだった。厚いカーテン越しの鈍い光はとても遠い所にあるみたいに見える、と思っているとカーテンの合わせ目が少し開いて、父親のものらしいずんぐりした黒い人影が覗いた。

フサが乗り込むのを待ってバック・ハッチを支えていた梓は、父親の影に気がついたかどうか。目撃してしまったフサは、寂しい光景をいっそう寂しくさせる人影を一刻も早く忘れてしまいたい、と願いながら車内後部の荷物置場に体を伏せた。

梓の母親が日を改めて梓を呼び出し延々と愚痴と怒りの文句を喋り散らしたのは、予想するまでもないことだった。フサも梓のそばで「小癪《こしゃく》な真似を」「あさはかな」「血圧が上がるわ」「どうしてくれようかしら」といった新鮮味のない文句をさんざん聞かされたのだけれど、話しているうちにますます昂ぶって行った母親が「ああ、呪わしい」と日常生活ではあまり使われない日本語を口走って喰いしばった歯を唇の間から覗かせたのには、意表を突かれて吹き出しそうになった。幸い犬の体は吹き出すようにはできていないので、不審を招くようなことにはならなかったけれど。

梓はしばらくは毎日のように佐也子のブログをチェックしていたが、全く更新されていないようだった。おそらく日々の憂さを紛らわせるためにやっていたブログだろうから、婚家のストレスから逃がれた後はもう更新されることはないんじゃないか、とフサは思っていた。梓もやがてブログを覗くのをやめた。新たな情報は母親が電話で伝えて来た。

「佐也子さん、実家に連絡したそうよ。満も元気だって。でも、あちらの言うには居場所は明かさないんだって。ほんとかしらねえ」

梓は天谷《あまたに》未澄にメールを書いた。

動きがありました。あなたの言う通り、案外早く決着がつくかもしれない。

うちの母も怒ってはいるけど、嫁を失踪するまで追いつめておいて子供を取り上げたんじゃ「鬼の姑」って近所で陰口をきかれそうだから、たぶん子供は義姉に渡すと思う。

それで家同士は丸く収まるんじゃないかな。

梓がつばの広い帽子を助手席に投げ入れ車を海まで走らせたのは、翌日の昼下がりだった。房恵は二十二歳を過ぎてからは日焼けを恐れて海に行かなくなったのだけれど、海そのものが嫌いなわけではないので、犬の毛皮を着込んでフサとなった今、日焼けの心配をせずに海にいられるのは嬉しかった。防波堤に飛び乗って眼の前の巨大な水の広がりを望むと、それだけで胸に満ちて来るものがあった。帽子にサングラス、そしてサンダルを履いてパンツの裾を軽く巻き上げ恰好のいい踝《くるぶし》を剝き出しにした梓の姿も、いつも以上に颯爽《さつそう》として見えた。

梅雨入り前なのでまだ泳いでいる者はなく、ボディボードに興じる若い男が数人海面に浮かんでいるだけだった。フサは久々に味わう乾いた温かい砂に足が沈む感覚や、濡れて固くしまった冷たい砂が足の裏をしっとりと受け止める感覚に夢中になり、梓が引綱をいっぱいに延ばしてくれたのを幸いに、気ままに走ったり波を蹴散らしてみたりかなり激しく動いた。絶えず鼻孔に流れ込んで来る潮の香がいっそう心をかきたてるようだった。梓が後ろにいることを忘れる瞬間すらあったけれども、そのたびにはっと我に返って振り返って、フサのつけた足跡の道のずっと後方を梓がごく穏やかな表情でのんびり歩いて来るのが確かめられると、大きな安心感と満足感に爪先までじいんと痺れるのだった。

岩場に突き当たったので砂浜から道路に上がったら、ちょうど岩場の向こうから歩いて来た三人の男を迎える恰好になった。釣竿と魚を入れるボックスなどを手にした男たちの一人が久喜だとわかると、懐かしさのあまりフサは思わずワンと呼びかけた。尻尾も振ったかも知れない。久喜は眉を上げてフサを見下ろしはしたが、初めて見かける白黒の犬が房恵だとわかるはずもなく、すっと通り過ぎた。フサも無計画にただ衝動的に吠えただけだったから、それ以上は何もせず久喜を見送った。

久喜の連れは弟の道広《みちひろ》と、房恵も二、三度会ったことのある久喜の父親だった。道広と父親が話しながら歩いているのに、半歩先を歩く久喜は一人ぼんやりとしていて相変わらずだけど、その後『犬の眼』はちゃんと発行されてるんだろうか、などと案じながらフサが見守るうちに、久喜も弟と父親を振り返って会話に加わった。しかも機嫌よさそうに微笑んでいた。ああ、うつろに過ごしてるだけじゃないんだ、あんなにいい笑顔を浮かべることもあるんだ、と知ってフサの胸は温かいもので満たされたのだけれど、それはいってみれば見捨てた弟の無事を知った姉のような感情だった。

久喜は梓の顔には眼を向けなかったし、梓は梓でサンダルと足の間に入り込んだ砂を丁寧に払っていたので、二人は面識があるのにお互いに気づかなかった。梓とフサが立ち止まっている間に、久喜たちとの距離は顔を見分けられないくらいに開き、梓が歩き出した時には久喜たちは小道に入りでもしたのか姿を消していた。知った顔が行ってしまったのに加えて、白ちゃけたアスファルトの道の正面に人影が全くなかったせいだろうか、初めてフサは自分は梓とふたりきりなのだ、他には誰もいなくてふたりで寄り添って生きて行くしかないのだ、という事実を厳粛に受け止めたような気がした。

厳粛とはいっても堅苦しい気分や不安な気分にはならず、むしろフサはしみじみとした幸福感を覚えた。梓との世界だって小さくて寂しいけれど、自分が梓を選んだのだと思うと寂しささえも滋味になり誇りまで湧いて来る。「絶対この人とずっと一緒にいる」という決意のことばをもの言えぬ犬の舌に彫り込んでおきたくなる。

車を停めた場所へと歩きながら見上げた梓の顔は、汗に光ってはいたけれど表情そのものは洗われたようにさっぱりとしていた。家に帰ればこの顔にまた影が差すこともある、もうこのままずっとふたりで海沿いの道を歩きながら年をとって死んでしまえればいいのに。そんなこともひそかに考えながら、夕刻の海辺のぬるい空気の中をフサはゆっくりと歩いた。

梅雨に入ってから、佐也子と満が実家に帰ったという知らせがあった。

「もう気を揉むのはいやよ」母親の声には疲れが表われていた。「佐也子さんなんてへたに刺戟すると何をしでかすかわからないんだから。もう協議離婚でいいわ。あたしも満さえすくすくと育ってくれればいいし。もちろん月に一回は会いたいけれど。近々うちのホテルの会議室で双方の親も立ち会って話し合うことになったわ。なるべくいい条件で離婚できるようにがんばって来るからね」

幸い梓は離婚の話し合いの席に参加しろとは言われず、その後は母親からの電話がぱったりとなくなったので、梓とフサの家には久々に静けさが戻った。

蒸し暑い日が多くなって、散歩の時には毛を短く刈られた犬にも出会った。冷房の入っていない時はマットレスに載るとすぐに腹が温まってしまうので、フサはフローリングの床に寝そべるようになった。すると梓は、水を入れて使うウォーター・ベッドふうのクール・マットを出して来た。載ってみるとひんやりとしているし床よりもやわらかいのが気に入った。梓もクール・マットが心地いいのか、たまにフサの横に体の一部を載せて来ることがあった。そういう時にはフサは少し奥にずれてスペースを作ってやり、ついでに載せられた腕などを舐めるのだった。

朱尾と梓はたまにメールをやりとりしているようだった。一度並んで横たわっている時に梓の携帯電話にメールが届き、画面を覗くと「佐也子さんのブログ、なくなりましたね」という文面が読めた。夢うつつの世界で朱尾に尋ねると、「お互いワン・センテンスからスリー・センテンス程度の分量の簡単なメールしか出し合っていない。かろうじて交流を保つのに役立ってるだけだな」とのことだった。

そんな日々にも時折、この静かな時期がいつまで続くだろう、といずれ訪れるに違いないものを恐れていたのは、フサひとりではなかったはずだ。うっとうしく空の曇った土曜日の午後、チタンシルヴァーメタリックのＢＭＷが敷地に入って来た。近づいて来る車の音が耳に入った時から警戒心がむくむくとふくらんで来ていたフサは、吠えまくって発散しなければ体に毒が溜まって腐ってしまうという気持ちになって、思いきり吠え始めた。それでも梓が「フサ」と名前を呼んで顔の前に手を突き出し制止した時には、不思議にぴたりと口を閉ざすことができた。

面白くもなさそうに眉を八の字に曲げ、しかし唇には卑しい笑いを浮かべた怪物が、リビング・ダイニング・ルームの入口に到着した。梓は青ざめた顔でぴくりとも動かず兄を迎えた。

湿度が高く蒸す日だったせいか、入って来た時から彬は硫黄《いおう》に似た体臭を身にまとっていたが、ジャンパーを脱ぐとジャンパーと体の間に籠もっていた匂いと湿り気が一気に放たれ、急速にリビング・ダイニング・ルーム中に広がった。体を硬くして床に蹲ったフサには、彬の匂いが広がるのと一緒に部屋の空気が黄みがかった暗い色に変化して行くのが見えるような気がしたのだけれど、それは人間だった時に観たホラー映画の影響で起きた錯覚に違いなかった。

その後に続いた出来事もすべて錯覚だったらどんなにいいか、とフサは思う。

「おれは結婚してる間は浮気しなかったんだ。おまえとも、他の女とも」

梓を床に押しつけ覆いかぶさって彬が事実に反するおかしなことを言うのを、フサはもぐり込んだロー・テーブルの下で震えながら聞いた。

「絶対に佐也子以外の女には挿《い》れなかった。その手の風俗にも行かなかった。おれなりに結婚というものをだいじにしてたんだ」

この男の論理では挿入しなければ浮気ではないのか、と怒りを感じると体の震えは治まった。

「寂しかったか？」彬は梓の髪を撫でた。「それとも、せいせいしてた？」

予想していないこともなかった光景ではあった。けれども、いざ眼の前で起こると、どうしてこんな場面になっているのかわからなくなるくらい現実離れした眺めだった。初めのうちは二人はダイニング・テーブルで向かい合って、彬の持って来たワインを飲みながら、やっと決着がついた彬の離婚の話をしていた。

「佐也子に、おふくろは満と会ってもいいけど、おれには成人するまで会わせないって言われた時、おれは俯いてつらそうに見せかけたよ。望み通りになったんだから、そのくらいの演技はしてやるさ」

かぐわしいワインの香も、体の中で分解されるといやな匂いとなって人間二人の口から吐き出され、部屋の空気はますます濁って行った。ワインのせいで頬に赤みが差しても表情は硬いまま、梓は言った。

「兄さんの人生は、たいていのことが思い通りになってるんじゃない？」

「おまえだってそうだろう？」

「わたしが？」

な?」

「世の中の標準からすりゃおれたちは恵まれてるだろ。まあおれは長男だから、おまえよりもっといい思いをしてるけど。だけど、その分おれはおまえをサポートして来たよな?」

そのあたりから彬の眼がいやに輝き始め、声が粘っこくなった。

「おれはおまえがだいじなんだ。おふくろよりも、もちろん満よりもな。子供なんてただ種をつけりゃできるんだからつまらない。おまえにはおれの思想とか感性とかを注入して来たよな。おまえはおれが構想して作った作品みたいなもんだ。それも、一生かけて手を加え続ける価値のある作品だよ。創造欲っていうのは肉親の情にまさるんだな」

後で朱尾と話した時にフサは〈彬のテーマ〉と呼んだのだが、粘っこい声で一連の科白を繰り出す彬の調子には、暗誦でもしているかのような、さもなければカラオケで十八番の歌を歌っているかのような、なめらかで即興性に乏しい喋り馴れた感じがあった。梓は眉間のあたりをわずかに曇らせた以外はほとんど表情を動かさず黙って聞いていた。フサが彬の一方的な言い方にむかむかしていたのはいうまでもない。

何がきっかけだったのか、不意に彬がフサに顔を向けた。

「何でこいつはこんな必死な眼で見てるんだ?」

ぎくりとしたフサの所へ彬は近づいて来た。蹲った姿勢を急に変えられなくて、フサは頭だけをやや後ろに引いた。犬のこういう怖《お》じ気づいた仕草を人間だった時に何度か見たことがある、と頭の片隅で思い出しているうちに彬が前にしゃがみ込み、素早く立ち上がって逃げる暇もなく、フサは首筋をぐいとつかまれた。

「マウンティングだ」

そう言って彬はフサに覆いかぶさった。体重はかけられなかったから苦しくはなかったけれども、彬の匂いと体熱に取り巻かれて威圧感に身がすくみ、小さな鳴き声が鼻から漏れた。彬の体の影に閉じ込められまわりがほとんど見えないフサの耳に、梓がそばにやって来る足音が聞こえ、続いて「何やってるのよ、犬相手に」という声と、フサの上にのしかかっている体を軽く二度ばかり叩く音があった。

それから、覆いかぶさっていた影が消え視界が明るくなったかと思うと、梓の「やめてよ」といういらだった声とともにばたばたとした動きがあり、急いで起き上がったちょうどその時、黒い大きな影が落ちかかって来たように感じて、フサはとっさに近くのロー・テーブルの下に飛び込んだ。腹に伝わる床の振動が鎮まってから体の向きを変えると、彬はついさっきフサに対してしたのと近い恰好で、床に倒した梓に体を重ねていた。

そこで彬の口から出たもの以上に不快で気持ちの悪いことばを、フサは三十年ほど生きて来た間に耳にしたことはない。

「結婚する時、おれもいいかげんにおまえから卒業しようと思ったんだよ。だって、おまえとは随分長いもんな」

「重いからどいて」

梓の静かな声を彬は無視した。

「おれが高三の時が初めてだから。おまえは中一だったか?」

その年齢の低さにぞっとして、フサの体はまた震え始めた。

「すげえな。おれ、中一の女に口でやらせてたのか。今思うと鬼畜だな」

どうしてそんなことを嬉しそうに口に出せるんだろう?

「だけど、さすがに挿れはしなかったもんな。おまえが高校に入るまでは」

「中三だった」梓が無感情に訂正した。

「そうか。何にせよ長いだろ。とにかく、おれはおまえがいたから結婚なんてあんまり考えてなかったんだけど、ばあさんにせっつかれて結婚することになった時、するからにはまっとうな結婚生活を送るって決めたんだ。結局うまく行かなかったけどな」

芝居がかった溜息が吐き出された。

「跡継ぎをつくるというつとめは果たした。これからは好きなように生きる」

彬は梓の胸に顔を載せ頬をこすりつけると、Tシャツの布地を歯でくわえて垂直方向に軽く引いた。フサには彬の横に広がった口と歪んだ頬と剝き出しになった歯がひどく醜く見えた。

「兄さん」

「何だ？」

「死んで」

「いつかな」

内容のわりに妙にものやわらかな調子のやりとりの後、彬は梓のTシャツの下に手を差し入れた。ほどなくTシャツは乳房の上まで押し上げられ、ブラジャーにも指がかかった。床でするのか、とフサは眼元をしかめた。

彬のセックスはへただ、とフサは思った。房恵は性行為のうまいへたがわかるほど経験豊富ではなかったのだけれど、へたなように見えた。床でするのは時にはいいだろうと思える。彬は自分の服を脱ごうとしなかったし、梓の服も下着を取る以外はめくり上げるだけで脱がせようとしなかったけれど、それも悪いと決まったものでもない。けれども、首筋と耳と乳房と性器とおぼしきあたり以外にはほとんど触れないというのはどうだろう？　しかも触り方が手数に乏しく単調で、乳房を触る際にはぐいぐい押したり引いたり回したりするだけで指先まで神経が行き渡ってないし、途中でちょっと体勢を変えてみるといった工夫もない。小技といえば時々梓の体に軽く歯を立てることくらい。梓にはあれほど念入りなフェラチオをさせていたのに。フサは腹立たしくてならなかった。あんなのだったら久喜の方がうまいし遥かに誠意がある。変な比較だけれど、わたしだって人間の体を持っていたらもっとうまくできる。梓はまともな女なのに、性格が特殊なばかりではなく性の技巧もつたない男の相手をしなければならないなんて。うまければいいわけではなく、問題の核心は別のところにあるのだけれど、フサはもう何もかもがくやしく憤《いきどお》ろしかった。

梓は彬の手がかかってから心をぴったり閉ざしたようだった。梓の開いたままの眼はほとんど彬に向けられることはなく、視線は天井や壁にそそがれていた。唇からは時おり吐息が漏れたけれど、それがいくらかでも快感を感じた印なのか、うんざりしている気持ちの表われなのかは、聞き分けられなかった。一度フサは、何ができるというわけでもないけれど梓に近づいてみようとして、テーブルの下から体を半分出した。すると梓は、それまでフサがいるのを忘れたようだったのに、厳しい眼をさっとよこして無視するようにすっと逸らした。「来るな」という合図だと受け止めたフサは、おとなしく引っ込んだ。

フェラチオもクンニリングスもなく前戯《ぜんぎ》の時間は申しわけ程度の短さだった。彬はズボンを下着ごと膝まで引き下ろすと、梓の顔に顔を近づけて注文した。

「首に手をまわせ」

「いやなんだけど」

梓がやっと口をきいた。彬はいらだたしげに梓の手首をつかみ、自分の首筋に引き寄せた。梓は彬の要求に従った。

動物は涙を流すんだったろうか。フサの頭は二つに分裂したかのように、彬の腰が盛んに梓に打ちつけられるのを見つめながらも、直接関係のないことを考え始めていた。海亀が産卵する時に涙を流すのはテレビで観た。一人暮らしの友達が飼っていた猫は、忙しくてかまってやらないでいると、ある日出かける支度をしている飼主のそばにすわって涙をこぼしたそうだ。犬は？　樹海の樹の幹に縛りつけられていた犬が、啼き声を聞きつけて助けに来たおばさんに縄をほどいてもらって、ぼろぼろと涙を流したという話があったか。あの話を読んだ時には泣けたものだった、と思い返しているうちに、ほんとうに涙が滲んだ。

「あとちょっとで終わってやるよ」

彬はそう言って動きを加速し、しばらくしてから腰を離して梓の上に倒れ込んだ。とりあえず陰惨な場面は終わった、とフサもひとまず緊張を解き、頭を垂れて深く息をついた。しかし、彬と梓の場面の完全な終わりはまだだった。彬がズボンを引き上げ隣に横たわると、梓は片手を伸ばしてめくれ上がっていたスカートをざっと直しながら呟いた。

「わたしなんかより若くていい女とつき合えばいいのに」

「おれは女に少しいやな顔をされないと途中でやる気をなくすんだ。少しいやがられて、でも結局は受け入れられるのがいい。おまえにつけられた癖だぞ。だから、おまえとするのがいちばん手っ取り早い」

一方的な言い分にはもはや驚きもしないけれど、彬が梓の腹にこぼした精液を人差指の先ですくって梓の口に捩《ね》じ込んだのを見て、へたなくせにくだらないことばかりやって、とフサはまた怒りを燃やした。

「それに、おれを好きになる女なんていないからな」

彬は体を起こすと周囲を見回し、いったん立ってダイニング・テーブルの上にあったボックス・ティッシュを持って来た。梓の腹の精液を拭きながら言う。

「おまえは可愛いよ。不感症っぽいけど」

あの喉笛を喰い破れば彬は死ぬだろうか、とフサが考えていると、彬は精液を拭き取って丸めたティッシュをびゅっとフサに投げつけた。こってりした匂いとともにティッシュが鼻先にぶつかった。幸いティッシュはきれいにはね返って遠くに飛んだけれど、あまりの気持ち悪さにフサは前肢で鼻をこすった。

「何？」梓が起き上がって眉をひそめた。

「こいつ、『おれの女に手を出しやがって』って顔してんだよ」

「そんなわけないでしょ」

梓は落ちているティッシュを拾って屑籠に向かって放ると、「フサ」と呼んだ。フサはロー・テーブルの下から飛び出した。

梓が浴室でシャワーを使っている間、フサは脱衣所を兼ねた洗面所で待った。一緒にリビング・ダイニング・ルームを出る時、彬にはひとことも声をかけなかった梓の冷淡さをフサは気に入り、少し気分がよくなっていた。振り返れば、梓は決して彬の機嫌をとったりはしなくて、むしろ終始陰鬱に無愛想にふるまっていた。それに思い当たると今度は、あれだけ気のない態度をとられても梓を放さない彬の気持ちが、ますます不可解になった。わたしなら冷たくされると傷ついて近づいて行けなくなるけれど……。

彬が音楽をかけたらしく、オーケストラの演奏が聞えて来た。どんな顔をして聴いているのかとリビング・ダイニング・ルームを覗きに行けば、彬はいつかと同じようにオーディオ装置の前に置いたリクライニング・チェアーにゆったりすわり、穏やかな表情で眼を閉じて、肘掛けに載せた右手の指先を指揮をとるように軽く振りながら、音楽に浸っていた。彬は梓の気持ちになんか興味がないんだ、とフサは思った。

彬は「少しいやがられて、でも結局は受け入れられるのがいい」と自分の性癖を説明していたけれど、実際に彬が梓に対してやっているのは、「少し」ではなくてものすごくいやがられているのに、恩を着せたり、暴力はふるわないにせよ女が男の腕力に逆らえないのを利用して、強引に受け入れさせるという行為にほかならない。しかし、彬はそんなことにも気がついていない、というか無頓着なのだった。

梓も梓で、彬に恩を着せられているとはいえ性行為はきっぱりと拒絶できないものなんだろうか、とフサはどうにも納得しがたかった。シャワーを終えると梓はコーヒーを淹れて彬にも出し、五時頃になっても帰らないで音楽を聴き続けている彬に自分から「ご飯食べて行くの？」と尋ね、夕食までともにしたけれど、嵐が過ぎ去るとそんなふうに普通にふるまえるのは頭の切り換えが上手なせいだろうか、それとも自分と兄の関係はこういうものと諦めきって機械的に行動しているんだろうか。

八時を回っても彬が帰らないので、フサは我慢の限度に達して玄関のスウィング・ドアをくぐり外に出た。少し雨が降ったらしく地面が湿り、空気はむっとするほど丘の緑の匂いに充ち満ちていた。彬の匂いのしない外は心が安らいだが、駐車してあるチタンシルヴァーメタリックのBMWが目障りだったので、フサはそばに行って腹いせにタイヤに小便をかけた。しかし、空しくなるばかりでフサは車を離れ草の上に蹲った。

自分が彬の喉を嚙み切る場面がまた頭に浮かんだ。人間を殺した犬はまず殺処分になる。わたしが死ねば梓が悲しむ。殺さないまでも、恐怖心を与えて彬に二度と梓に近寄らせないようにすることができるだろうか。いや、その場合も生き残った彬と兄妹の母親が大騒ぎをして、梓がどんなにフサを守ろうと奮闘しても、殺処分を免れさせるのは難しいだろう。それでは文字通りの犬死にだ。結局わたしには彬を追い払えないということか。

ふと気配を感じて頭を上げると、暗闇の中で映える銀色の毛の狼が四本の肢をすっと伸ばしたきれいな姿勢で立っていた。狼の背後の門扉が大きく開いているのは、彬がBMWを乗り入れた後閉めなかったものと見えた。狼の眼鼻立ちはいつも朱尾がかぶっているマスクと同じ見馴れた物だったが、眼球はガラス製ではなく生きものの器官のようだった。狼の姿の朱尾に会うのはいつ以来だったろうか。獣臭い匂いもかつてと違って親しく感じられ、フサは小刻みに尻尾を振った。狼はふいと体をめぐらせ門に鼻先を向けて立つと、「ついて来い」と言うようにフサを振り返ってから歩き出した。

「どこへ行くの？」

声なきことばを送ってみたけれども、狼は答えず小走りに門を抜けた。その姿態と動きの美しさに惹かれたということもあり、フサは朱尾の意図を測りかねたまま後を追った。

狼は梓の家の前の坂道をしばらく上ったが、ある所で舗装されていない土の道に逸れ、さらに道とはいえないような草叢《くさむら》の中に分け入った。フサの体高よりも丈の高い草に囲まれ先を見通せなくなったけれども、狼が草を分け踏んで行くざわざわみしみしという音と、緑の匂いのただ中でもかき消されることのない狼の匂いを頼りに、さほど混乱することもなく進んだ。

草が低くなったと思うと、平坦な場所に出ていた。ちょうど雲が切れて月の光が差したので見渡せたのだが、風が通り抜け、頭の上の高い所からも緑の匂いがする、そこは雑木林だった。フサのすぐ近くには株立ちしたイヌブナの樹があった。狼は樹々の間でフサを待っていて、フサが追いつくと今度はゆっくりと歩き始めた。

「何で黙ってるの？」

何度尋ねてみても朱尾は返事をしなかった。訝しくはあったけれど、朱尾のことだから悪いようにはしないだろうと思い、フサは話しかけるのをやめた。そして黙って歩いていると、普段は来ることのない丘の奥の風物に触れるのが楽しくなり始めた。狼がそばについているので暗闇も静寂も怖くなかった。足元のぬかるみはひんやりと肢に吸いついて気持ちがいい上に、泥の涼しい香がした。木管楽器のようなフクロウの鳴き声も遠くから聞こえた。地鼠《じねずみ》か何かの小動物が狼とフサを恐れてか慌《あわ》ただしく走って行く音もあった。

やがて細いせせらぎのほとりに出たので、喉が渇いたフサは冷たい水に口をつけた。しばらくはフサの舌が水をすくい取る音だけがあたりに響いた。充分に飲んで顔を上げ、黄色っぽい小さな花がいくつか暗闇の中に浮かび上がるように咲いているのが見えた時には、眼に感じた快さが胸にまで達して締めつけられるような快感を覚えた。気がつくと、体の外側にも内側にもべったり貼りついていたいやな匂いはきれいに落ち、フサは丘の風物の好ましい匂いに包まれていた。

狼は少し離れて地面に横たわり、かすかに光る二つの眼をフサに向けていた。その眼には何の感情も表われていなかったけれど、朱尾がフサの気鬱を慰めるために丘の奥地へと連れ出したのだということは、もう訊いて確かめる必要もなかった。フサは朱尾といることでかつてないほど安らぎ、狼と同じようにその場に肢をたたんで休んだ。心が通い合っているというのは大袈裟でも、ことばを交わすことがまわりくどく感じられるほど、その時フサは狼と気分を一つにしていたと思う。動物同士の連帯は、こういう気配の伝達と気分の共有を基本にしているのかも知れない、そんなことも考えた。

梓の家が近くなると急に足を速めて駆け去った狼とは、結局ひとこともことばを交わさずじまいだった。ことばにはしない感謝の気持ちだけを朱尾に送って、フサはひとり家の敷地に入った。彬は帰ったらしくＢＭＷはなくなっていた。嬉しくなったフサは梓の顔を思い浮かべながらスウィング・ドアをくぐろうとして、はたと自分の体が泥や草にまみれひどく汚れていることに気がついた。こんなに汚れていては家の中に入るわけには行かない。

フサは灯のついているリビング・ダイニング・ルームのガラス戸の方に回って、敷居に前肢をかけた。梓はダイニング・テーブルに頬杖をついて、ステレオから流れるピアノ曲に耳を傾けていた。フサはワンと一声吠えて梓を呼んだ。梓は弾かれたように立ち上がり、駆け寄って来た。

「どこへ行ってたの？　探したのよ」
梓は汚れにもかまわずフサを抱きしめ、泣き出した。

（下巻に続く）

犬身《けんしん》　上

朝日文庫

2020年1月30日　第1刷発行

著　者　松浦理英子《まつうらりえこ》

発行者　三宮博信
発行所　朝日新聞出版
〒104-8011　東京都中央区築地5-3-2
電話　03-5541-8832（編集）
03-5540-7793（販売）
印刷製本　大日本印刷株式会社

Published in Japan by Asahi Shimbun Publications Inc.
定価はカバーに表示してあります

ISBN978-4-02-264945-4
落丁·乱丁の場合は弊社業務部（電話03-5540-7800）へご連絡ください。
送料弊社負担にてお取り替えいたします。

朝日文庫

津村　記久子
八番筋カウンシル

生まれ育った場所を出た者と残った者、それぞれの姿を通じ人生の岐路を見つめなおす。芥川賞作家が描く終わらない物語。《解説・小籔千豊》

津村　記久子
ウエストウイング

会社員と小学生――見知らぬ三人が雑居ビルで物々交換から交流を始める。停滞気味の日々にさしこむ光を温かく描く長編小説。《解説・松浦寿輝》

川上　弘美
七夜物語（上）

小学校の四年生のさよは、図書館でみつけた『七夜物語』というふしぎな本にみちびかれ、同級生の仄田くんと一緒に夜の世界へと迷い込んでゆく。

川上　弘美
七夜物語（中）

若き日の両親に出会ったさよと、自分そっくりの「情けない子」に向き合った仄田くん。二人は夜の世界が現実と通じていることに気がついて…。

川上　弘美
七夜物語（下）

最後の夜を迎えたさよと仄田くんは、夜の世界の住人たちを「ばらばら」にする力と対決する。やがて、夜があけると――。《解説・村田沙耶香》

山口雅也／麻耶雄嵩／篠田真由美／二階堂黎人／法月綸太郎／若竹七海／今邑彩／松尾由美
名探偵の饗宴

凶器不明の殺人、異国での不思議な出会い、少年の謎めいた言葉の真相……人気作家八人による、個性派名探偵が活躍するミステリーアンソロジー。

村田　沙耶香
しろいろの街の、その骨の体温の
《三島由紀夫賞受賞作》

クラスでは目立たない存在の、小学四年と中学二年の結佳を通して、女の子が少女へと変化する時間を丹念に描く、静かな衝撃作。《解説・西加奈子》

あさの　あつこ
アレグロ・ラガッツァ

フルートに挫折した美由は、高校の入学式で個性的な二人の同級生と出会う。吹奏楽部の春から夏までを描くまぶしい青春小説。《解説・北村浩子》

柚木　麻子
嘆きの美女

見た目も性格も「ブス」、ネットに悪口ばかり書き連ねる耶居子は、あるきっかけで美人たちと同居するハメに……。《解説・黒沢かずこ（森三中）》

西　加奈子
ふくわらい

不器用にしか生きられない編集者の鳴木戸定は、自分を包み込む愛すべき世界に気づいていく。第一回河合隼雄物語賞受賞作。《解説・上橋菜穂子》

窪　美澄
クラウドクラスターを愛する方法

「母親に優しくできない自分に、母親になる資格はあるのだろうか」。家族になることの困難と希望を描くみずみずしい傑作。《解説・タナダユキ》

吉本　ばなな
ふなふな船橋

父親は借金を作って失踪し、母親は恋人と再婚。十五歳で独りぼっちの立石花は、船橋で暮らす決断をした。しかし再び悲しい予感が……。

江國　香織
いつか記憶からこぼれおちるとしても
私たちは、いつまでも「あのころ」のままだ——。少女と大人のあわいで揺れる一七歳の孤独と幸福を鮮やかに描く。《解説・石井睦美》

江國　香織
ヤモリ、カエル、シジミチョウ
《谷崎潤一郎賞受賞作》
小さな動物や虫と話ができる拓人の目に映る色鮮やかな世界。穏やかでいられない家族のなか、拓人は日常を冒険する。《解説・倉本さおり》

江國　香織ほか
「いじめ」をめぐる物語
七人の人気作家が「いじめ」をめぐる当事者たちの心模様を、ときにやさしく、ときに辛辣な視点で競作。胸の奥にしずかに波紋を投げかける短編集。

小説トリッパー編集部編
20の短編小説
人気作家二〇人が「二〇」をテーマに短編を競作。現代小説の最前線にいる作家たちのエッセンスが一冊で味わえる、最強のアンソロジー。

林　真理子
マイストーリー
私の物語
自らの欲望をさらけ出し、のし上がろうとする女、知らずにのみこまれていく男——出版をめぐる人々の愛と欲望と野心を鮮やかに描く衝撃作。

太田　紫織
魔女は月曜日に嘘をつく3
北海道のハーブ園オーナーの〝魔女〟杠葉と、カフェを始めた犬居。二人の下には謎めいたお客が次々現れて……。人気キャラミステリ第三弾。